KB274728

공현의 낙수에서 배로 황하로 들어가며
즉흥시를 지어 부현의 벗들에게 부치다

自鞏洛舟行入
黃河卽事寄府縣僚友

강물 낀 푸른 산 뱃길은 동쪽을 향하고
동남쪽 사이 활짝 열려 드넓은 황하로 통하네
겨울 나무는 먼 하늘 끝에 닿아 희미하고
석양은 물결 속에서 사라져 간다

來水蒼山路向東
東南山豁大河通
寒樹依微遠天外
夕陽明滅亂流中

만검조종

萬劍祖宗

만검조동 4
한성수 新무협 판타지 소설

초판 1쇄 찍은 날 § 2006년 5월 2일
초판 1쇄 펴낸 날 § 2006년 5월 12일

지은이 § 한성수
펴낸이 § 서경석

편집장 § 문혜영
편집책임 § 김민정
편집 § 유경화 · 심재영

펴낸곳 § 도서출판 청어람
등록번호 § 제1081-1-89호
등록일자 § 1999. 5. 31
어람번호 § 제2-0900호

주소 § 경기도 부천시 원미구 심곡1동 350-1 남성B/D 3F (우) 420-011
전화 § 032-656-4452 팩스 § 032-656-4453
http://www.chungeoram.com
E-mail § eoram99@chollian.net

ⓒ 한성수, 2006

ISBN 89-251-0100-9 04810
ISBN 89-5831-984-4 (세트)

만검조종

萬劍祖宗

Fantastic Oriental Heroes

한성수 新무협 판타지 소설

4

일검경혼(一劍驚魂), 백검비천(百劍飛天)

도서출판 청어람

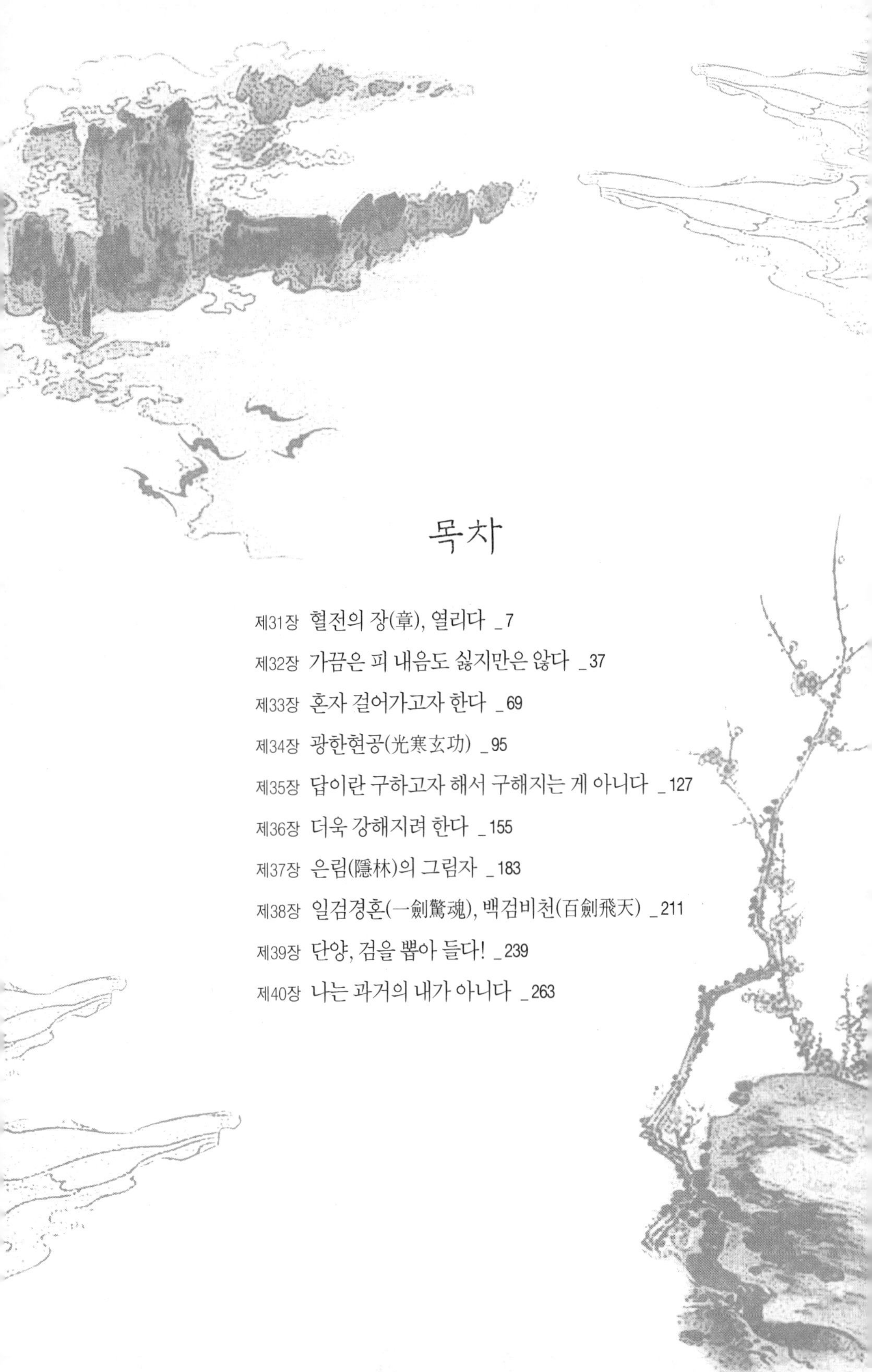

목차

제31장

혈전의 장(章), 열리다

천지를 진동시키는 말발굽 소리.

어둠을 가르며 줄지어 달려오는 불꽃의 현란한 움직임.

획가의 성벽 위에 올라서서 활시위를 재고 있던 궁수들의 안색이 새파랗게 질렸다.

적어도 이백은 족히 넘어 보이는 마적단.

"어, 어쩌라구?"

누군가 겁에 질린 궁수들의 마음을 대변했다. 정말 고작 십여 명의 궁수로 어찌해 볼 상황이 아닌 것이다.

그때 조금 늦게 성벽에 오른 구진충이 자신의 애병인 철삭(鐵索)을 꺼내 들고 절규에 가까운 목소리로 소리쳤다.

"쫄지 마라! 우리에겐 활과 튼튼한 성벽이 있다! 저딴 마적들 따윈 아무것도 아니다!"

후두둑!

마치 구진충의 말을 기다리고라도 있었던 것처럼 토성의 망루에서 몇 개의 흙덩이가 떨어져 내렸다. 하도 마적단에게 많이 침탈을 당해서 토성의 상태는 결코 온전한 것이 아니었다.

'제, 제기랄!'

구진충이 원망스런 표정으로 망루 쪽을 바라봤다. 궁수들의 사기는 이미 떨어질 대로 떨어져 있었다.

바로 그때였다.

슉!

귓가를 간질이는 소성과 함께 한줄기 바람이 된 추소산이 구진충 앞에 떨어져 내렸다. 우약연을 떠난 지 단 몇 걸음 만에 구진충을 따라잡은 것이다.

"꽤 많군요."

추소산의 담담한 중얼거림을 들은 구진충이 흠칫 놀란 표정이 되었다. 그가 바로 옆에 도달하기까지 전혀 기척을 느낄 수 없었던 것이다. 무인으로서 놀라지 않을 도리가 없다.

'추 소협의 무공이 놀랍다는 건 대충 짐작하고 있었지만, 이 정도라니……'

경이를 느끼는 자의 눈빛.

자신을 기대에 차서 바라보는 구진충에게 추소산이 명령하듯 말했다.

"궁수들을 일자로 배치해서 일제히 화전을 쏘아주십시오!"

"화전을 쏘라시면……."

"주변이 너무 어두우니 좀 환하게 밝혀달라는 겁니다. 지금부터 제가 사용할 전법은 그래야만 확실한 효과를 발휘할 수 있으니까요.”

“…….”

구진충은 뭐라 말하려다가 얼른 입을 다물었다. 추소산의 눈에 담긴 강한 확신을 보자 절로 그렇게 됐다.

'어차피 지금 우리가 믿고 의지할 사람은 추 소협밖엔 없다! 그의 말을 따를 수밖에 없는 거야!'

스스로를 설득하듯 내심 크게 소리친 구진충이 얼른 궁수들 사이로 뛰어다니며 고래고래 떠들어대기 시작했다.

“화전이다! 모두들 화살촉에 기름 묻힌 헝겊을 감싼다, 지금 당장!”

“화전이다!”

“화전이다!”

궁수들 사이로 빠르게 명령이 전파되어 갔다. 눈앞에 대적을 둔 이상 실수나 망설임은 결코 용납되지 않았다.

두두두두!

새롭게 단주가 된 혈해검귀 악유성이 선두에 선 천패단의 질주는 그야말로 호호탕탕 그 자체였다.

기세!

그 자체만으로 질주의 앞을 가로막는 모든 것이 산산조각났고, 어둠에 싸인 대기조차 부르르 떨게 만들었다. 산천초목을 뒤흔드는 위세란 이런 걸 두고 하는 말일 터였다.

한데 단숨에 획가의 토성을 눈앞에 둔 악유성의 눈에 일순 작은 이채가 스쳐 갔다. 어둠 속에 잠겨 있던 토성의 성벽에서 갑자기 몇십 개가 넘는 불화살이 유성처럼 사방으로 쏟아져 내렸기 때문이다.

"저게… 뭐 하는 짓이지?"

악유성은 진짜 이해가 가지 않아서 자문했다. 여태까지 수없이 많은 마을과 중소 성읍을 짓밟아왔지만, 눈앞에 보이는 광경과 비슷한 것조차 본 적이 없었다.

혹시 자신들에게 궁수들이 있다는 걸 자랑이라도 하려는 것인가?

악유성에게서 조금 뒤처진 채 좌우를 따르고 있던 흡혈귀매 유상렬과 귀마검치 양패군 역시 이해가 가지 않기는 마찬가지였다.

그들 중 그나마 머리를 쓸 줄 안다고 자부하는 양패군이 미간을 잠시 좁혀 보이다 말했다.

"단주, 혹시 저들이 화공(火攻)을 펼치려는 게 아닌지 모르겠습니다."

"화공?"

"예. 주변에 기름 묻힌 짚풀덩이를 잔뜩 숨겨놓고서 우리를 기다리는 게 아닌가 사료됩니다."

그때 평소 거의 말이 없던 유상렬이 한마디 했다.

"불길이 충천하는 기운은 전혀 보이지 않는군."

"확실히 그렇군. 화공은 아닌 것 같다."

악유성이 유상렬의 말에 동조하자 의견을 낸 양패군의 안색이 가볍게 붉어졌다.

"그럼 저들이 무슨 정신머리로 저런 짓을 하는 겁니까?"

"그걸 몰라서 물었지 않느냐!"

"그랬었지."

악유성과 유상렬이 동시에 양패군에게 퉁박을 줬다. 양패군으로선 침묵하지 않을 수 없었다.

‘이래서 막내는 서럽다!’

내심 심통 맞게 중얼거린 양패군이 고개를 옆으로 돌렸다. 삐친 것이다.

그때 느닷없는 화전 세례로 인해 환해진 획가의 토성을, 안력을 집중해 바라본 악유성이 눈살을 가볍게 찌푸렸다.

“저건 또 뭐 하는 미친놈이냐!”

“미친놈?”

양패군이 언제 삐쳤냐는 듯 악유성을 쫓아 시선을 토성 쪽으로 향했다.

문득 그의 시야 속으로 주변을 환하게 밝힌 불길 속에 서 있는 한 명의 사내가 파고들었다. 화전이 쏟아지는 것과 동시에 성벽에서 뛰어내린 추소산이었다.

‘정말 미친놈이 있었군. 설마 혼자서 우리 천패단을 막기라도 하겠다는 건가?’

양패군이 고개를 좌우로 갸웃거릴 때였다. 문득 뇌리를 스치는 생각 하나를 붙잡은 악유성이 벽력같이 추소산에게 소리쳤다.

“너는 웬 미친놈이더냐!”

“추소산이라는 미친놈이오.”

‘추소산!’

양패군의 입이 가볍게 벌어졌다. 오늘밤 천패단이 획가로 진격한 이유 중 하나가 바로 그런 이름을 가진 자를 척살하는 것이었음을 생각해 낸 것이다.

악유성 역시 그러했다.

갑자기 안색을 침중하게 굳힌 그가 왼손을 쑥 들어올리곤, 말 머리를 강하게 잡아당겼다.

히히히히힝!

평소와 전혀 다른 주인의 행동에 말이 크게 울부짖으며 앞다리를 공중에서 한차례 휘젓더니 곧 달리는 걸 멈췄다. 그에 악유성의 정지 신호를 본 천패단 전체가 질주를 멈췄다.

일개 마적단으로선 볼 수 없는 매우 잘 정련된 움직임!

추소산의 눈에 이채가 떠올랐다.

'천패단. 혈문의 예하라더니, 과연 평범한 마적단과는 달리 꽤나 잘 정련되어 있군. 쉬운 상대는 아니겠어.'

그때 악유성이 말을 몰아 몇 걸음 앞으로 나서서 추소산에게 말했다.

"네가 진짜 추소산이 맞느냐?"

"그렇다고 생각하오."

"그렇다고 생각한다?"

"내 이름 석 자가 추소산이 맞기는 하나 세상에는 꽤나 많은 동명이인의 사람이 있지 않소. 그러니 당신이 찾고 있는 사람이 내가 아닐 가능성도 있다는 거요."

"흥! 획가에 네놈 말고 다른 추소산이 있느냐?"

"아마 없을 거요."

"그렇군."

악유성은 더 이상 추소산에게 질문할 가치를 느끼지 못했다. 생각밖으로 수월하게 목표로 했던 자를 발견했으니, 이젠 그냥 깔아뭉개기만 하면 되는 것이다. 그렇게 생각했다.

그때 추소산이 말했다.

“일기토 승부 어떻소?”

“일기토? 나와 일기토를 벌이자고 한 것이냐?”

“그렇소. 당신은 마적이고 나는 무인이오. 그러니 우리 두 사람이 한차례 승부를 결하는 것으로 오늘의 대결을 마무리 짓는 게 피차간에 귀찮음을 피하는 게 되지 않겠소?”

“하!”

악유성이 어이없다는 듯 크게 입을 벌렸다. 어째서 자신이 추소산과 일기토를 벌여야 하는지 그 까닭을 발견할 수 없었기 때문이다.

그때 악유성의 좌측에서 번개같이 움직임을 보이는 일기(一騎)가 있었다.

항상 말보다는 행동이 앞서는 유상렬이었다.

두두두!

유상렬의 손에는 어느새 시퍼렇게 날이 선 장창이 들려져 있었다. 기마로 적을 쓸어버릴 땐 애병인 흑조보다 장창을 사용하곤 하는 버릇이 나온 것이다.

가가가각!

장창의 첨단이 바닥을 강하게 긁었다. 그러자 그로 인해 튀어 오른 뽀얀 흙먼지가 추소산의 안면을 노리며 쏟아졌다. 먼저 시야를 가린 후 일격에 머리를 베어버리는 기마기창술 특유의 초식이었다.

물론 추소산이 이를 그대로 지켜보고만 있을 까닭이 없었다.

토옥!

살짝 지축을 박차며 신형을 공중으로 띄운 추소산의 손에서 묵암검이 어둠을 토해냈다.

서격!

유상렬이 장창과 더불어 묵암검에 의해 두 쪽 났다.

단 일격 만에 결판난 승부!

추소산이 바닥에 떨어져 내린 순간, 가슴으로부터 허리까지가 양단된 유상렬의 상반신이 피의 폭포수를 쏟아내며 말 위에서 무너져 내렸다.

"이제!"

"이형!"

악유성과 양패군이 동시에 크게 소리 질렀다. 언제나 과묵하게 힘든 일을 묵묵히 해결하곤 하던 유상렬이었다. 그래서 그가 나섰을 땐 쉽사리 승부가 날 것이라 생각했다.

한데 결과는 눈앞의 광경과 다름없었다.

촤악!

일도양단된 유상렬 쪽에 시선조차 던지지 않고, 묵암검에 배어든 핏물을 대지에 뿌린 추소산이 천패단 전체를 향해 일성대갈했다.

"또 덤빌 자 있거든 앞으로 나서라!"

히히히힝!

푸르르! 푸르!

추소산의 일갈에는 전신 공력이 모조리 담겨 있었다. 묵암검이 뿜어내는 암흑의 검기와 더불어 강렬한 기파가 추소산에게서 쏟아지자 천패단 전체가 주춤거리며 뒤로 물러섰다. 그의 기세에 일시 압도당한 것이다.

"저놈이……!"

발작적으로 달려나가려는 악유성을 양패군이 얼른 금나수를 펼쳐 말렸다.

"이형의 죽음을 천패단 전체가 지켜봤습니다. 이미 기세가 꺾였으니, 오늘밤 이대로 진격한다 해도 승부를 장담할 순 없을 듯합니다."

"그렇다고 이제를 죽인 저 녀석을 그냥 놔두잔 거냐!"

"일단 이형의 장례를 치른 후 다시 치면 될 겁니다. 어차피 획가 주변은 이미 우리 천패단의 세력권하에 놓였으니 녀석은 결코 도망칠 수 없습니다."

"도망칠 놈도 아닐 것이다."

살짝 이를 갈아붙인 악유성이 양패군과 함께 급하게 말 머리를 돌렸다. 일단 오늘의 패배를 받아들이기로 한 것이다.

"우와와와와!"

획가의 토성 위에서 추소산의 일기토를 지켜보고 있던 구진충과 궁수들이 미친 듯이 환호성을 질러댔다. 단 한 명의 무인이 수백의 천패단을 막아내는 광경을 봤으니, 그 놀라움과 기쁨은 이루 말할 수 없는 것이었다.

*　　　*　　　*

사흘이 흘렀다.

그동안 천패단은 획가를 포위한 채 특별한 움직임을 보이시 않았다. 어이없게 목숨을 잃은 유상렬의 장례식과 추모의 기간을 보낸 것이다.

때문에 추소산은 매일같이 성루에 서서 천패단을 지켜보고 있었다. 그들이 언제 어느 때 획가를 향해 몰려들지 알 수 없었기에 성루를 떠날 수 없었다. 그가 있어야만 궁수들과 획가 주민들은 안심하고 생활할 수 있었기 때문이다.

'하지만 이렇게 개방 고수들의 구원을 기다리고 앉아 있는 것도 솔직히 마음에 드는 일은 아니군.'

추소산은 성 밖을 서성이고 있는 천패단을 주시하며 내심 고개를 가로저었다.

성 주민들의 희생을 줄이기 위해 일기토를 신청했고, 나름대로 성과를 거두긴 했으나 덕분에 획가에 갇힌 꼴이 되었다. 이런 상황은 그가 결코 바라는 바가 아니었다. 그리고 천패단 역시 그럴 터였다.

"곧 움직이겠군요."

추소산이 짧게 중얼거렸을 때였다. 그의 배후로 남추를 대동한 우약연이 다가들었다.

"그래서 계속 방어만 할 생각인가요?"

"우 소저… 말투가……."

"당신이 진짜 무인임을 알았으니 나 역시 노력을 해야겠지요."

"훗!"

추소산의 입가에 부드러운 미소가 떠올랐다. 아직 어색한 우약연의 말투가 꽤나 귀엽게 느껴졌기 때문이다.

우약연이 말을 이었다.

"이미 획가성 안에는 공포가 전염되고 있어요. 이대로 가다간 며칠 내에 큰 사고가 일어날 가능성을 배제할 수 없을 거예요."

"마적단이 눈앞에 이르렀으니 당연한 일이겠지요."

"예. 그러니 우리는 지금 당장 선제공격에 나서는 게 좋을 것 같아요."

추소산은 우약연의 의견이 일리있다고 생각하면서도 고개를 가로저었다.

"아직 천패단의 기본 전술을 완전히 파악하지 못했기에 안 됩니다."

"사람의 생명을 담보로 잡은 채 싸울 순 없다는 건가요?"

"그것도 아주 많은 사람들의 생명이 달려 있으니 더욱 세심할 수밖에 없는 일이겠지요."

"……."

방갓 아래 감춰진 우약연의 입가에 살짝 미소가 떠올랐다. 추소산이 한 말이 꽤나 마음에 들었기 때문이다.

슥!

신형을 돌리는 우약연에게 추소산이 갑자기 목소리를 높였다.

"만약 홀로 움직일 생각이라면 내가 허락할 수 없습니다!"

"불허(不許)… 라……?"

우약연이 신형을 돌려 추소산을 물끄러미 바라봤다. 이런 강압적인 명령은 꽤나 오랜만에 들어봤다. 나쁘지 않은 기분이란 생각이 들었다.

추소산이 눈에 힘을 담았다.

"획가에는 본인 못지않게 우 소저 역시 필요합니다. 제자리를 지켜주시길 바랍니다."

"모든 위험을 자신이 무릅쓰겠다는 거로군요. 그만큼 자신이 있는 건가요, 아니면 스스로 희생하길 좋아하는 건가요?"

"나는 단지 우 소저를 걱정하는 것뿐입니다."

"……."

휘이!

자신도 모르게 흘러나온 것이리라.

추소산과 사부 우약연 간의 대화를 흥미진진하게 바라보고 있던 남추가 나직이 휘파람을 불었다. 팽팽하게 긴장됐던 두 남녀의 대치를 흐트러뜨리는 행동.

딱!

우약연이 손가락을 튕겨 남추의 이마에 작은 혹 하나를 만들었다.

"날 따르는 동안 그런 행동은 용납할 수 없다고 했다."

"죄, 죄송합니다……."

남추가 얼른 자신의 머리를 두 손으로 붙잡은 채 낑낑거렸다. 머리가 쪼개지듯 아픈데, 우약연 앞에서 아픈 기색을 내보일 수는 없었다.

픽.

추소산의 입가에 미소가 떠올랐다. 그동안 천패단을 상대할 생각에 무겁던 마음이 살짝 풀어짐을 느꼈다. 생활의 활력소가 되는 것이다.

우약연이 그 같은 모습에 미간을 찌푸렸다.

"뭐가 그렇게 우스운가요? 가르침을 내리고 배움을 받는 사이는 결코 우스운 것이 아닙니다."

"우 소저의 말이 옳습니다."

"그리 말을 하면서도 입가의 미소를 지우지 않는군요. 그건 진실로 내 말에 수긍을 한 것이 아니란 뜻이겠지요."

"더 질책하지 않는 겁니까?"

"세상의 모든 일이 모두 내 마음과 같을 순 없는 법이 아닌가요? 혹시 내가 무언가 잘못한 것이 있을 수도 있으니 이번 일은 그냥 넘어가도록 하지요."

'강압적인 의견을 내면서도 결코 독선에 빠지진 않겠다는 거로군.'

추소산은 내심 고개를 끄덕이곤 말했다.

"늦어도 오늘 저녁까지는 천패단이 움직일 거라 생각합니다. 우 소저도 준비해 주시기 바랍니다."

"그전에 부녀자와 노약자를 피신시킬 여유는 없을까요?"

"천패단이 좋아할 일은 하고 싶지 않군요."

"그렇군요."

우약연이 천천히 고개를 끄덕여 보이곤 신형을 돌려세웠다. 아무래도 민병대로 참가한 사내들과 달리 한곳에 모여 있는 부녀자들과 노약자들이 염려스러운 게 분명하다.

추소산이 문득 목소리를 높였다.

"우 소저, 남 소협은 이곳에 남아서 경계를 서는 게 좋을 것 같습니다만?"

"그도 그렇군요."

우약연이 걸음을 멈추곤 남추에게 담담한 목소리로 말했다.

"너 역시 장부이니, 이곳에 남아서 추 소협을 돕도록 해라."

"저기, 그치만……."

"싫다는 것이냐?"

"…아닙니다."

남추가 주눅 든 표정으로 얼른 고개를 숙여 보였다. 감히 우약연의 명을 거역할 수 없는 것이다.

우약연이 미미하게 고개를 끄덕이곤 다시 걸음을 옮겼다. 그녀에겐 지금부터 해야 할 일이 무척이나 많았다.

그 모습을 서운한 표정으로 바라보고 있던 남추 옆으로 추소산이 다가들었다. 남추가 지금 하고 있는 생각을 모를 리 만무하다.

툭툭!

남추의 좁은 어깨를 한차례 두들겨 준 추소산이 중얼거리듯 말했다.

“네 사부는 무척 강한 사람이다. 네가 걱정할 필요는 없어.”

“알고 있습니다. 하지만…….”

“분하냐?”

“…….”

남추가 아무런 말도 하지 못하고 고개만 끄덕여 보였다. 사내만이 이해할 수 있는 어떤 느낌이 두 남자의 가슴을 공명하게 만들었다.

“가끔은 자신의 나이가 어림이 서러울 때가 있지. 그건 누구에게나 있을 수 있는 일이야.”

“소산 형님, 저는…….”

“하지만 나이가 어리다 해서 사내가 아닌 것은 아니다. 언젠가 반드시 네가 사부에게 도움을 줄 수 있을 때가 올 것이다. 지금의 분함은 그때를 위해 아껴두거라.”

“…예.”

남추가 천천히 고개를 끄덕여 보였다. 어느새 입가에 미소가 가득한 것이 애는 애란 생각이 든다.

‘그럼, 이제 천패단에서는 어떻게 나올 것인가?’

추소산의 시선이 성 밖으로 향했다. 싸움과 학살에 익숙한 천패단과의 싸움이 묘하게 가슴을 두근거리게 하고 있었다.

정오를 조금 넘길 무렵.

천패단이 지축을 울리는 소리와 함께 모습을 드러냈다.

혈해검귀 악유성과 귀마검치 양패군이 선두에 선 천패단의 이동은 빠르면서도 노도와 같은 흉포함을 마음껏 발산했다. 단숨에 획가를 지키고 있는 방책과 토성 따위는 산산조각 내버릴 듯하다.

“으윽!”

“컥!”

획가의 성벽에 달라붙어 있던 궁수들의 안색이 샛노랗게 질렸다. 비명이 절로 터져 나왔다.

그때 구진충과 함께 성루에 서 있던 추소산이 눈살을 가볍게 찌푸렸다. 천패단이 대낮에 공격해 들어온 까닭을 쉬이 짐작키 힘들었기 때문이다.

‘뭔가 있다는 건가?’

추소산의 의문은 오래 지속되지 않았다. 천패단 측에서 그의 의문에 대한 해답을 제시해 온 것이다.

두두두두!

선두에 서 있던 악유성과 양패군이 갑자기 좌우로 말 머리를 돌렸을 때였다.

귀를 울리는 굉음과 함께 각기 열 필씩의 말이 끄는 전차 모양의 수레가 모습을 드러냈다.

어째서 수레를 끄는 데 열 필이나 말이 필요한 것인가?

수레 위에 자리잡은 끝이 뾰족한 육중한 크기의 통나무를 보면 의문은 깨끗이 풀린다. 국가와 국가 간의 공성전에 주로 쓰이는 충차(衝車)가 등장한 것이다.

“저, 저저저…….”

구진충은 너무 크게 놀라서 제대로 말을 잇지 못했다. 설마하니 일개 마적단에 불과한 천패단에서 충차를 만들어 덤벼들리라곤 꿈에도 생각지 못했음이 분명하다.

추소산 또한 놀라기는 마찬가지였다. 이미 이번 싸움은 무림인들 간의 세력 싸움의 경계를 월등히 뛰어넘어 버렸다.

그래도 시간이 없었다.

결단을 내려야만 한다.

재빨리 두 충차의 돌격 속도를 눈으로 확인한 추소산이 구진충에게 말했다.

"제가 좌측을 맡을 테니, 우측으로 궁수들의 활을 집중해 주십시오!"

"추, 추 소협 혼자서 저걸 막아내겠단 말씀이십니까?"

"빨리 움직이십시오."

"……."

추소산은 구진충의 대답을 기다리지 않았다. 충차가 이미 꽤나 가까운 곳까지 다가왔기 때문이다.

슉!

추소산이 바람처럼 성루에서 신형을 날렸다. 그러자 천패단과 충차의 모습에 사색이 되어 있던 궁수들과 민병대들의 입에서 탄성이 터져 나왔다.

한 마리 새와 같다고 할까?

추소산은 양팔을 크게 벌린 채 공중에서 멋지게 신형을 뒤집으며 성문 앞에 떨어져 내렸다. 보통의 인간으로선 절대 보일 수 없을 것 같은 경공.

'그래, 우리에겐 추 소협이 있다!'

내심 크게 소리친 구진충이 얼른 궁수들에게 고래고래 소리를 질러 대기 시작했다. 사력을 다해서라도 추소산의 발을 잡아끄는 짓은 할 수 없다는 판단을 내린 것이다.

"궁수들은 우측의 충차를 향해 일제히 화살을 날리도록 해라!"

"오오!"

궁수들이 큰 목소리로 화답했다.

사기충천.

추소산의 그림 같은 경공이 만들어낸 일종의 기적이었다.

'급조된 사기는 얼마 가지 못한다!'

일부러 화려한 경공을 펼치며 성루에서 뛰어내린 추소산의 안색이 딱딱하게 굳었다.

평소 보이던 여유가 전혀 느껴지지 않는 표정.

지금이야말로 단호한 결의가 필요할 때였다. 그리고 그건 피투성이 싸움으로 향하는 길목이기도 했다.

팟!

지축을 밟은 그의 신형이 어느새 십여 장 밖까지 도달한 두 개의 충차 중 좌측을 향해 파고들었다. 일단 하나만 박살 내면 나머지 하나 역시 막아내지 못할 바 없다는 판단이었다.

그러나 막 추소산이 좌측 충차 앞에 다가섰을 때였다.

충차를 끌던 말과 말 사이에 몸을 숨기고 있던 다섯 명의 궁수들이 일제히 모습을 드러냈다.

함정!

어느새 코앞까지 이른 추소산을 향해 궁수들은 강철조차 꿰뚫는다고 알려진 연노(連弩:연속으로 발사할 수 있는 뇌쇠)를 들이댔다.

"흐흐, 잘도 까불었겠다!"

"쌍놈, 뒈져라!"

궁수들은 가차없이 추소산을 향해 연노를 발사했다.

쉐쉐쉐쉐쉑!

절정고수의 호신강기마저 종잇장처럼 꿰뚫는다고 알려진 연노의 철시들이 흉험한 살기를 뿌리며 추소산에게 파고들었다. 누가 보더라도 죽음을 피할 길이 없어 보이는 상황.

토옥.

추소산은 철마류를 펼치며 밟던 지축을 왼발로 살짝 내디디더니, 풍차 돌 듯 신형을 크게 공중에서 회전시켰다. 일단 철시에 직격당하는 건 피하기 위함이었다.

그러자 바로 그때였다. 마치 추소산의 이후 동작을 예상이라도 한 듯 충차의 양옆에 찰싹 매달려 있던 두 명의 은신자가 모습을 드러냈다.

손에 들린 칼날 달린 철그물.

휘익!

공중에서 신형을 뒤집던 추소산의 몸 전체를 뒤덮으며 철그물이 날아들었다. 천패단에서 무림고수를 상대할 때 사용하는 전법이 펼쳐진 것이다.

'처음부터 목표는 나였다는 거군.'

추소산은 눈에 이채를 담은 채 묵암검을 빼 들었다. 그러자 창창하게 일어나기 시작한 어둠의 검기.

차차차차창!

묵암검의 검기에 휩쓸린 두 개의 철그물이 삽시간에 산산조각났다. 신검만이 발휘할 수 있는 위세.

툭!

추소산이 묵암검과 함께 땅에 떨어져 내렸다.

부상이라도 당한 것인가?

그렇지 않다는 걸 보여주기 위해 추소산이 천천히 자리에서 일어섰다. 단지 그는 철그물 두 개를 쪼갠 팔방풍우의 일검으로 인해 잠시 진기의 흐름이 끊겼을 따름이었다.

우우우우우!

묵암검이 나지막한 울음을 토해냈다. 작열하는 햇빛을 무제한적으로 빨아들이며 내는 기음이었다.

"괴, 괴물인가?"

"마검이다! 마검!"

어느새 이동을 멈춘 충차에 붙어 있던 마적들의 입에서 신음 같은 소리가 흘러나왔다. 평생 추소산이 보인 것 같은 위세를 본 일이 없었기 때문이다.

시간이 멈춰 버린 듯한 한순간.

갑자기 추소산이 움직임을 보였다, 묵암검을 짓쳐들고서.

쩌저저저적!

묵암검과 하나가 된 추소산이 충차와 십여 필의 말 사이를 그림자처럼 쓸어갔다. 애초의 목적대로였다.

그러나 그가 충차 하나를 완전히 박살 내는 사이, 다른 방향으로 향하던 충차와 뒤로 빠져 있던 천패단의 본진이 맹렬한 기세를 뿜으며 돌진해 왔다. 추소산의 예상대로 그들의 최종 목표는 획가성이 아니었다.

쉬악!

추소산이 획가성 쪽으로 신형을 돌렸을 때였다. 소리보다 먼저 한 자루의 장창이 추소산을 노리며 파고들어 왔다.

발군의 위세.

추소산은 뒤도 돌아보지 않고 종상벽하의 검초를 날려 장창을 두 쪽 내고는 눈살을 가볍게 찌푸렸다.

묵암검을 든 손끝이 살짝 저려왔다. 장창에 담겨진 내력이 심상치 않다는 의미였다.

'누구……?'

검초를 뿌리느라 잠시 걸음을 멈춘 새, 이미 주변에는 천패단 일색 이었다. 오히려 마음이 느긋해진 추소산의 시선이 장창이 날아온 방향 으로 향했다.

그러자 어느새 추소산을 중심으로 커다란 원형의 진세를 펼친 천패 단 속에서 악유성이 기마일체하여 모습을 드러냈다. 방금 전에 날아든 장창의 주인은 바로 그였다.

다각! 다각!

악유성이 거칠게 말의 고삐를 잡아당기며 추소산을 살기 어린 표정 으로 노려봤다. 자신이 짠 계획 모두를 수포로 돌아가게 한 추소산이 란 존재가 꽤나 짜증났기 때문이다.

"훙, 애송이 주제에 제법이구나. 손에 든 검도 그럴듯하고. 하지만 오늘을 마지막으로 네겐 이제 죽음밖엔 남은 것이 없다고 할 수 있을 것이다."

"당신이 천패단주요?"

"그렇다."

악유성의 말이 떨어지기가 무서웠다.

스으.

대뜸 수류보를 극한까지 펼쳐 낸 추소산이 묵암검과 일체가 되어 악유성에게 쏘아져 갔다.

숫구치는 피보라!

악유성의 앞을 가로막고 있던 여섯 명의 마적이 즉사했다. 추소산은 가차없이 손을 썼다. 반드시 악유성을 죽여야겠다고 생각했기 때문이다.

그렇게 악유성을 눈앞에 뒀을 때였다.

피잉!

피피피피핑!

추소산의 시야를 덮으며 뿌연 석회가루가 쏟아지더니, 전후좌우 네 방향에서 장창이 파고들어 왔다. 악유성이 앞으로 나섰던 것 역시 함정이었음을 말해주는 변화다.

슥!

추소산은 재빨리 소매를 펴서 얼굴로 파고든 석회가루를 막았다.

석회가루가 눈에 들어가면 눈물과 만나서 실명하게 될 소지가 많다. 그것만은 반드시 피해야만 한다.

그래도 완벽하진 못했다.

눈앞이 일시 캄캄해지는 걸 느끼며 추소산은 수중의 묵암검을 풍차같이 회전시켰나. 잉활하던 시력을 잃은 이상 현묘하게 상내의 빈틈을 파악하던 검초를 펼치긴 힘들다.

그의 대응은 최선이었다.

그러나 상황은 최선이란 말로 해결될 만하지 않았다.

찌직! 직!

추소산의 옆구리와 허벅지에서 피가 튀었다. 묵암검이 잘라낸 장창의 창두는 두 개에 불과했다.

'이격이 온다!'

추소산은 고통에 눈살을 찌푸리면서도 재빨리 신형을 바닥으로 굴렸다. 눈을 사용하지 못하는 이상 머리와 본능으로 모든 걸 파악할 수밖에 없다.

그때 과연 추소산이 서 있던 자리로 몇 개의 유성추(流星錘)와 사슬낫이 떨어져 내렸다. 마적단들이나 가지고 다닐 흉험한 물건이다.

휘릭!

추소산은 바닥을 한차례 뒹군 끝에 시야를 다시 확보할 수 있었다. 석회가루가 조금 침습한 탓에 벌겋게 물들긴 했으나 눈을 못 뜰 정도는 아니다.

히히히히힝!

신형을 일으키는 추소산의 머리 위로 공중으로 치켜 올려진 말의 두 다리가 떨어져 내렸다.

짓밟히기만 하면 머리가 박살날 듯한 기세.

추소산은 가차없이 묵암검을 휘둘렀다.

스팟!

말이 순간적으로 크게 몸을 떨더니 옆으로 쓰러졌다. 목을 잃었으니 당연하다.

추소산이 바람같이 말 위로 뛰어오르며 마적 하나의 팔을 잘라 버렸다. 부상을 당한 후 망설임이 없어지자 자연스레 검초가 포악해졌다.

그러자 다시 좌우에서 파고든 장창!

말등을 한 발로 밟은 채 신형을 잠시 고정시킨 추소산이 두 개의 장창을 양 옆구리 새에 끼워 넣었다. 한쪽 방향으로 검초를 펼쳤다가는 한쪽 옆구리에 구멍이 뚫릴 판인지라 어쩔 수 없이 취한 선택이었다.

"미친놈!"

"뒈져라!"

자신이 탄 말을 좌우로 몰아가며 장창의 주인들이 욕설을 터뜨렸다. 추소산을 아예 찢어 죽이겠다는 심산.

우드드드득!

두 개의 장창에 의해 공중에 뜬 상태가 된 추소산의 골격 전체가 울부짖었다. 당장 온몸이 부서질 것만 같았다. 그럼에도 그는 자신의 양 팔꿈치에 힘을 줬다.

콰직! 콰직!

추소산의 옆구리에 끼어 있던 창두 두 개가 연달아 부러졌다. 연신 말을 좌우로 몰아가고 있던 창의 주인들에게는 그야말로 어이없는 모습이 아닐 수 없다.

"씨, 씨발, 뭐 이런……."

"제기랄……."

창을 잃은 마적들이 습관적으로 욕설을 터뜨렸다. 기가 막힌 심정을 그렇게라도 나타내야만 했다.

그때 가볍게 땅에 떨어져 내린 추소산이 다시 공중으로 뛰어오르며 묵암검을 휘둘렀다.

퍼퍽!

하늘을 향해 피의 폭포수가 터져 올랐다. 또다시 두 마리의 말이 주인을 잃어버린 것이다.

“지독한…….”

야수 같은 추소산의 돌격을 피해 뒤로 물러섰던 악유성은 자신도 모르게 이를 갈았다.

처음엔 바보라고 여겼다.

수백이 넘는 천패단에 홀로 싸움을 걸어왔으니, 무림 중에 이 같은 바보는 또 없을 터였다. 어쩌면 고금제일의 바보일지도 모른다. 마적단과 정면에서 맞붙는 건 천하의 고수라 해도 생사를 내놔야 할 일이었다.

그러나 싸움이 계속될수록 악유성은 온몸에 소름이 돋는 걸 느꼈다.

지난 사흘.

그가 획가를 공격하지 않은 건 유상렬의 죽음을 애도하기 위함이 아니었다. 무공이 범상치 않아 보이는 추소산을 쉽게 제압할 함정과 계획을 세우기 위함이었다. 가까스로 수중에 넣은 천패단에 해가 되는 짓은 하고 싶지 않은 게 당연하다.

한데, 지금 눈앞에서 추소산은 그가 준비했던 함정들을 하나하나 깨부수며 다가오고 있었다.

묵검을 든 악귀.

피에 젖은 채 다가드는 추소산을 악유성은 더 이상 혈육으로 된 사람이라 볼 수 없었다. 더 이상 바보란 생각 역시 들지 않았다.

‘그러나 여기서 물러설 순 없다. 이미 한차례 뒤로 물러섰는데, 다시 꼬리를 만다면 앞으로 천패단을 통솔하기 힘들어진다.’

천패단의 마적들은 말 그대로 개차반에 인간 말종들이었다. 당연히 그들에게 충성심을 끌어올리는 데는 향락과 황금, 강력한 힘이 몽땅 필요했다.

이제 새롭게 천패단을 장악한 악유성이 다시 추소산 앞에서 나약한 모습을 보인다면 앞으로 더 이상 편한 잠자리는 보장되지 못할 게 분명하다.

"형님이었으면 어찌했을까?"

악유성이 질문을 던진 상대는 양패군이었다. 어느새 천패단을 이끌던 오패귀 중 생존한 사람은 둘뿐이었다. 만감이 교차하지 않을 수 없다.

"어차피 이기기만 하면 됩니다."

"어떻게?"

"저 빌어먹을 녀석이 죽기 살기로 힘을 내는 건 어쩌면 획가성에 있는 사람들 때문일 겁니다. 천패단을 둘로 나눠서 획가성을 친다면, 필시 동요를 일으킬 겁니다."

"양동작전을 쓰자?"

"다른 의견이 없으시면 제가 백 명쯤 이끌고서 획가성으로 달려가겠습니다."

"……."

악유성이 대답 대신 고개만 한차례 끄덕여 보였다. 양패군의 말이 제법 옳다고 생각한 것이다.

*　　　*　　　*

"획가를 몽땅 불질러 버려라!"

"불질러 버려라!"

"계집들은 모조리 강간하고, 애새끼들은 다 죽여 버린다!"

“모조리 강간하고 죽여 버린다!”

양패군의 호전적인 일갈에 맞춰 마적들은 살기 어린 외침을 마구 터뜨렸다.

진격의 광기.

성안의 관민 모두에게 공포심을 심어서 전의를 잃게 만들기에 충분하다. 지금까지 그래 왔고 앞으로도 그럴 거라 믿어 의심치 않았다.

그러나 양패군이 하나 잘못 생각하고 있는 게 있었다. 추소산이 홀로 성을 벗어나 천패단을 막으러 나올 수 있었던 까닭이다.

양패군을 앞세운 일단의 천패단을 현빙처럼 맑은 눈으로 지켜보고 있던 우약연이 구진충에게 명령했다.

“문을 열게.”

“예? 그렇지만…….”

“지난 사흘간 민병대 중 제법 근력이 좋고 머리가 명민한 자들을 뽑아놨네. 이제 내가 앞장선다면 그들로서도 충분히 저 무도한 마적들을 상대할 수 있을 것이네.”

구진충은 잠시 망설였다. 추소산과 달리 우약연은 조금 믿음이 가지 않았기 때문이다.

우약연의 눈에 사나운 기운이 담겼다.

츄릿!

발검과 동시에 구진충의 목젖에 검날을 들이댄 우약연이 살짝 목소리를 높였다.

“추 소협은 한동안 획가로 돌아오지 못할 것이네. 지금 적의 또 다른 예봉을 막지 못한다면 어찌 사람들을 살릴 수 있겠는가?”

“그, 그렇지만 우 소저와 민병대가 당한다면 그때는…….”

“그때는 획가성의 위아래가 전부 죽을 수밖에 없겠지. 처음부터 그 럴 각오를 하고 성의 방비를 떠맡은 게 아닌가?”

“……”

구진충의 얼굴에서 망설임이 사라졌다. 말투가 조금 이상하긴 하나 우약연의 말은 결코 틀리지 않았다. 게다가 그녀의 말을 듣는 동안 가 슴을 때리는 이 느낌이라니!

구진충의 눈빛이 변한 걸 읽은 우약연이 신형을 날렸다. 필시 성의 대문으로 향함이 분명할 터.

“추 소협도 그렇고… 어찌 세상에 이런 사람들이 있을 수 있단 말인 가!”

진심으로 탄복을 터뜨린 구진충이 목소리를 높였다.

“지체하지 말고 성문을 열어라!”

“예?”

부근에 있던 궁수 한 명이 놀라 목소리를 높이자 구진충이 눈을 크 게 부라려 보였다.

“성문을 열라고 했다! 우 소저가 민병대를 이끌고 적을 막기 위해 나 서실 것이다!”

“조, 존명!”

궁수가 얼른 허리를 숙여 보였다. 구진충의 눈에 담긴 불꽃에 화들 짝 놀라고 만 것이다.

끼이이!

획가성의 성문이 열렸다.

천패단이 몰려온 이후 처음 있는 일.

크게 동요하는 획가성 주민들을 한차례 둘러본 우약연이 자신의 뒤에 도열한 백여 명의 민병대에게 부드럽지만 강한 힘이 느껴지는 목소리로 말했다.

"죽기로 싸워야 할 것이다. 그러면 살 수 있느니."

"오오!"

손에 농장비며 쇠스랑 등을 든 민병대가 크게 소리 질렀다. 오합지졸이나 다름없는 주제에 사기만은 하늘을 찌른다.

'어차피 천패단이란 마적들 역시 정예 정병은 아닐 터. 그 틈을 내가 찌르리라!'

내심 중얼거린 우약연이 손을 들어올렸다.

"출진한다!"

획가성의 싸움이 새로운 양상으로 접어드는 순간이었다.

제32장

가끔은 피 내음도 싫지만은 않다

‘응?’

획가성을 향해 전속력으로 말을 달리고 있던 양패군은 갑자기 성문이 활짝 열리자 눈에 이채를 띠었다. 가장 가능성이 없다고 생각했던 일이 벌어졌기 때문이다.

그렇다고 말의 고삐를 잡아당길 까닭은 없다.

그는 더욱 박차를 가했다.

이렇게 된 거 성문이 닫히기 전에 성안에 난입해서 무차별한 학살을 자행해 볼 생각이었다.

그러나 그는 결국 말의 고삐를 잡아당겨야만 했다. 성문 안쪽에서 모습을 드러낸 각양각색의 복장을 한 민병대를 발견한 까닭이다.

“허!”

양패군은 자신도 모르게 혀를 찼다. 필시 자신들을 막겠다고 나선

게 분명한 눈앞의 민병대가 너무 귀엽게 느껴졌다. 마구 사랑해 주고 싶을 지경이었다. 당연히 그냥 지켜보고만 있을 까닭이 없다.

양패군이 크게 소리 질렀다.

"한 앞에 무조건 세 놈씩이다!"

"다섯씩은 안 될까요?"

양패군의 바로 뒤를 따르던 마적 하나가 음흉한 웃음과 함께 소리치자 여기저기서 박장대소가 터져 나왔다. 흉신악살과 같은 추소산을 피하게 된 자신들의 행운을 마음껏 즐거워하고 있는 것이다.

한데 그때 역시 입가에 미소를 매달고 있던 양패군의 안색이 가볍게 굳었다. 어설프게나마 세모꼴의 진형을 갖추고 있는 민병대의 모양새 때문이 아니다.

그게 아니라 뭔가 다른 어떤 것.

양패군은 안력을 집중했다. 오랜 마적 생활로 다져진 위기 감각을 자극하는 무엇을 찾기 위해서였다.

결국 그는 찾아냈다.

'방립의 검수……'

민병대 앞에 선 검수 한 명.

그는 한눈에 보더라도 다른 민병대와 달리 전문적으로 무학을 연마한 자였다. 그렇게 보였다.

그렇다면 그의 지난바 무공 수준을 알아봐야만 한다. 또다시 추소산 같은 악귀를 만나 고생하고픈 생각은 전혀 없었다.

휘익!

양패군은 손을 들어 진격의 속도를 늦추게 한 후 두 명의 손과 발이 빠른 조장을 불러들였다. 자신 대신 방립의 검수가 지닌 무공 수준을 확인시킬 자들이었다.

"목표는 선두에 선 방립의 검수다. 애들 열 명씩을 데리고 나가서 상대해 봐라."

"죽여도 됩니까?"

"……."

대답 대신 양패군이 고개를 끄덕여 보였다.

허락의 의미였다.

그러자 두 조장의 입가에 짙은 살기가 떠올랐다. 지난바 무공 수준은 그다지 높지 않지만, 살육에 익숙한 자들만이 보일 수 있는 모습이다.

양패군의 좌우에서 두 필의 기마가 곧장 앞으로 튀어나갔다. 그리고 그 뒤를 쫓는 각기 열 필씩의 기마.

'어디 실력 좀 보자.'

양패군의 입가에 진한 살기가 떠올랐다.

우약연은 눈앞에서 세 패로 갈라진 천패단의 움직임을 보며 눈살을 살짝 찌푸려 보였다. 자신이 며칠 동안 급조해 낸 민병대로선 세 패나 되는 기마진형을 감당해 내기 힘들다는 걸 알고 있었기 때문이다.

'그렇다면 신제공격뿐이다!'

우약연은 망설이지 않았다. 신성천교의 신녀로서 몰래 무학을 연마했을뿐더러, 병법 역시 열심히 닦았다. 이 같은 때에 사용하지 않는다면 무슨 의미가 있단 말인가.

"적의 본대가 움직일 때까진 진세를 유지해야 하네. 이는 군령이니, 만약 진세에서 이탈하려는 자가 있거든 가차없이 목을 베도록 하게."

“예?”

“군령이라 했네.”

“예! 예!”

“명심하겠습니다!”

민병대 여기저기서 어설프나마 우렁찬 함성이 터져 나왔다. 그들 중 누구도 우약연이 내린 명령의 의미를 알지 못했으나 무조건 대답했다. 그녀만이 자신들이 믿고 의지할 수 있는 방벽임을 믿어 의심치 않았기 때문이다.

그러나 우약연에겐 민병대 하나하나에게 자신이 세운 기본 전술에 관해 설명해 줄 시간이 없었다. 어느새 양패의 마적들이 지척 앞까지 이르러 있었다.

슉!

검을 곧추세운 우약연이 바람같이 앞으로 짓쳐들었다.

기선 제압!

싸움에 있어 가장 기본적이고 선결되어야 할 일이다. 우약연은 이에 충실하기로 했다.

파팟!

우약연의 검에서 튀어나온 두 개의 전광이 푸른 불꽃의 꼬리를 끌며 선두에 서서 달려오던 마적들이 탄 말의 목을 갈랐다. 일검으로 두 필의 말을 제압하는 신기!

“우와와!”

순간적이나마 민병들의 사기가 하늘을 찢어발길 정도로 치솟았다. 적어도 살기등등한 마적들의 눈빛만 보고 달아나진 않을 정도가 된 것이다.

이는 우약연이 의식적으로 원하고 있던 바였다.

그녀는 재빨리 말에서 굴러 떨어진 마적들의 마혈을 검봉으로 찍고는 검을 높게 들며 민병대에게 목소리를 높였다.

"진세를 유지한 채 창병 앞으로!"

"창병 앞으로!"

민병들이 용케도 세모꼴의 진세를 유지한 채 창병을 앞으로 냈다. 기창을 한 이십 기의 마적들을 상대하기 위함이었다.

차차차차차착!

진형의 외벽으로 수십 개나 되는 창이 삐죽이 튀어나왔다. 창두의 방향은 하늘.

기창기마를 상대하기엔 최적의 모습.

마적들을 이끌고 포악스레 달려들던 두 조장의 시선이 순간적으로 공중에서 얽혔다. 일이 자신들이 생각했던 것과 달리 쉽지 않겠다는 생각이 들었다.

'내가 우회해서 뒤를 치지!'

'그럼 나는 정면에서 친다!'

눈빛의 교환만으로 후다닥 양동작전 하나를 만들어낸 두 조장이 각기 휘하의 마적들을 이끌고 둘로 나뉘었다. 양패군의 명령은 우약연의 솜씨를 파악하란 것이있으나 자신들의 재량껏 목표를 바꾼 것이다.

'양동작전?'

우약연은 거의 지척 앞에서 둘로 나뉜 기마들을 바라보며 눈살을 가볍게 찌푸렸다.

차라리 한꺼번에 몰려오는 게 좋았다.

급조된 민병대로 하여금 양동작전에 대응케 하는 건 불가능에 가까웠다. 피투성이 싸움을 피할 도리가 없어진 셈이다.

"후군은 적의 타격에 대비!"

"후군은 적의 타격에… 뭐……?"

우약연의 명령을 전달하던 민병들의 얼굴에 당황스런 기색이 떠올랐다. 후군이란 것 자체가 민병대엔 없었기 때문이다.

'우, 우짜라고?'

'으어어…….'

민병대에 혼란이 인 순간, 정면을 노린 마적들의 타격이 밀려왔다. 혼란에 빠져 있을 시간 따윈 전혀 없었다.

퍼퍼퍼퍼퍼퍽!

창이 부러지고 검날이 하늘로 튀어 오른다.

창에 복부를 꿰뚫린 자가 울부짖고, 말에 짓밟힌 자들의 입에서 처절한 비명이 터져 나왔다.

삽시간에 벌어진 아수라장이다.

혼전!

그 속에서 우약연의 검은 연달아 마적들이 탄 말을 노리며 날아들었다. 말을 잡는 것이 곧 마적 한 명을 제압하는 것과 다름없다는 걸 잘 알고 있었기 때문이다.

그러자 마치 기다리고라도 있었다는 듯 후방으로 우회를 한 마적들이 질풍같이 몰려들었다. 창병들이 집결하고 있던 선두와는 전혀 다른 상황.

출렁거리는 충격파와 함께 민병대의 진형이 후방으로부터 크게 무너지기 시작했다.

애초에 훈련도 제대로 되지 않은 민간인들로선 살육에 익숙한 마적들을 막기란 역부족이었다.

우약연은 이쯤에서 결정을 내려야만 했다. 더 이상 말만을 노릴 순 없는 것이다.

'역시 피해를 줄이기 위해선 살검을 사용할 수밖에 없는가? 상대가 무인의 혼이 없는 자들일지라도……'

츄릿!

고뇌하는 우약연을 향해 독사 같은 검이 파고들었다. 처음부터 그녀를 노리고 있던 조장이 드디어 독심을 드러냈다.

그러나 그의 야비한 행동은 우약연의 결심을 앞당기는 역할밖엔 한 것이 없었다.

'아무리 좋은 말로 포장해도 검을 익힌 건 살인을 하기 위해서다. 이제 실전에 뛰어들어 머뭇거린다는 건 검을 익힌 자로서 수치스러운 일일 터!'

우약연의 검에서 폭발적으로 청화가 피어올랐다.

청화비폭검의 폭발!

독심을 드러냈던 조장의 사지에 청색 화인이 새겨졌고, 연달아 대여섯 명의 마적들 역시 그 뒤를 따라야만 했다. 우약연이 전력을 검에 담기 시작했음이다.

꿈틀!

양패군은 눈앞에서 철저하게 도륙당하고 있는 수하 마적들을 바라보며 아랫입술을 잘근거리며 씹었다.

예상했던 일?

결코 그런 건 아니었다. 그가 두 명의 조장을 먼저 보낸 건 어디까지나 돌다리도 두들겨 보고 건너자는 노파심의 발로였다. 이렇게 철저하게 박살나는 모습을 보고자 한 건 아니었다. 꿈에도 예상치 못했던 일이다.

획!

그가 손을 들어올리자 휘하의 조장 모두가 집결했다. 하나같이 안색이 딱딱하게 굳어 있는 게 사태의 심각성을 잘 알고 있음이 분명하다.

"달려들자마자 다섯이 차륜전을 펼쳐서 저 빌어먹을 방립의 검수 녀석을 잡는다!"

"다섯 가지고 되겠습니까?"

"조장급 다섯이 차륜전을 펼치고도 패한다면 몽땅 칼을 물고 뒈져야지!"

양패군의 다소 격한 반응에 반문을 던졌던 조장이 얼른 입을 다물었다. 반론을 던질 때가 아닌 것이다.

양패군이 눈을 빛내며 말했다.

"어차피 한 녀석을 제외하면 나머진 오합지졸이다. 숫자로 밀어붙여서 죽여 버리기만 하면 돼!"

"옛!"

조장들이 일제히 대답했다. 이젠 본격적으로 싸움에 나설 때였다.

'획가성, 철저하게 짓밟고 불질러 버릴 테다!'

내심 이를 간 양패군이 급하게 말의 박차를 가했다.

일제 진격이었다.

＊　　　＊　　　＊

몇 명이나 베었을까?

추소산은 싸우면 싸울수록 피에 젖어갔다.

대부분 천패단 마적들의 피였으나 그 역시 적지 않은 상처를 입었다. 사방 오 장여에 걸쳐 그가 만들어놓은 오십여 구에 가까운 시체 더미와 맞바꾼 상처다.

사방에서 창칼이 날아들고 있었다.

대부분 용케 피해내곤 했으나 명민하던 시력을 석회가루에 상당 부분 잃은 탓에 자잘한 상처가 느는 것까지 막기엔 역부족이었다.

그가 지금 상대하고 있는 천패단은 싸움에 굉장히 익숙한 자들이었다. 이 정도 상처쯤으로 이겨 나갈 수 있는 것만도 어쩌면 감지덕지한 일이었다.

"후욱!"

추소산의 입에서 일순 거친 숨결이 터져 나왔다. 갑자기 그를 노리며 파고들던 공격이 사라졌다. 짧은 틈을 타 호흡을 안정시킬 필요가 있다.

아비규환(阿鼻叫喚)!

시체 더미 위에 홀로 서서 묵암검을 늘어뜨리고 있는 추소산의 모습은 그야말로 악귀 그 자체였다.

적어도 악유성을 비롯한 천패단의 눈에는 그리 보였다. 마적단 하나를 혼자서 감당해 낼 수 있는 자가 있으리라고 어찌 상상조차 할 수 있었겠는가.

그때 추소산이 처절한 싸움이 벌어지고 있는 획가성 앞을 바라봤다. 악유성이 갑자기 휘하의 천패단을 물리며 바랐던 그대로의 행동이었다.

'자, 악귀 같은 녀석아! 당황해라! 당황해!'

악유성은 추소산을 바라보며 내심 크게 소리 질렀다. 그가 획가성 쪽에서 벌어지고 있는 싸움을 보고 신형을 돌릴 때를 노려 재차 몰아붙일 작정이었다.

그러나 추소산은 획가성 앞에서 벌어지고 있는 피투성이 싸움에서 재빨리 시선을 떼어냈다.

우약연에 대한 강한 믿음!

그것이 그의 마음을 강철같이 만들었다. 아예 획가성 앞에서 벌어지고 있는 싸움에 대한 생각을 끊을 수 있게 했다. 무관심을 유지시켰다.

그리고 다시 악유성을 향한 귀신과 같은 눈빛.

"큭……."

악유성이 작은 신음을 내뱉었다. 오로지 자신만을 노리고 있는 추소산의 눈빛에 온몸의 털이 몽땅 곤두서는 걸 느꼈다. 산천을 호령하며 자유롭게 생활하던 야수가 자신보다 더 강한 놈을 만났을 때 느끼는 감정이었다.

악유성은 절대 자신의 이런 감정을 용납할 수 없었다.

오기가 치밀어 올랐다.

그 자신 역시 수많은 피투성이 싸움을 헤집으며 살아온 백전의 용사인 것이다.

"일제… 공격이다!"

"예?"

"당장 저 빌어먹을 악귀 새끼를 죽여 버리란 말이다!"

악유성의 으르렁거리는 듯한 외침에 주변의 마적들이 움찔 놀란 표정이 되었다. 다시 질문을 던졌다가는 악유성의 검에 목이 달아나게 될 것을 눈치챘음이다.

'어차피 이판사판인가?'

'저놈을 죽이지 못하면 우리가 죽는다!'

마적들이 다시 추소산이 만들어놓은 피구덩이 속으로 천천히 다가들기 시작했다.

처음에 함정을 펼칠 때완 완전히 달라진 움직임.

마적들의 얼굴에는 각기 광기에 가까운 공포와 살기가 넘실거리고 있었다. 마음껏 살육을 즐길 때와는 달랐다.

그때 추소산이 갑자기 지축을 다시 발로 찍었다. 재차 악유성을 노리며 뛰어든 것이다.

"마, 막아라!"

악유성은 자신도 모르게 공포에 질려 소리쳤다.

그러나 이미 추소산의 묵암검은 다시 처절한 피의 폭풍우를 만들어내고 있었다. 그가 여태까지와 달리 머리가 아닌 본능에 의해 움직이기 시작했다는 뜻.

단숨에 혈로가 만들어졌다. 마적들 중 그의 일검을 받아낼 만한 실력자는 아예 전무했다. 시간을 끄는 정도의 일조차 해낼 수 없었다.

추소산은 연신 검을 휘둘렀고, 드디어 악유성을 눈앞에 두는 곳까지 도착했다.

이젠 지척이나 다름없었다.

파파파팟!

추소산은 자신의 가슴을 노리며 파고든 두 개의 장창과 머리로 떨어져 내린 하나의 대도를 묵암검으로 한꺼번에 잘라냈다. 그러자 순간적으로 나타난 바늘 끝만 한 공간.

‘일검으로 끝낸다!’

추소산이 악유성과 자신 사이에 형성된 작은 틈 속으로 강렬한 눈빛을 던졌다.

오싹!

마침 추소산 쪽을 지켜보고 있던 악유성이 그 눈빛을 봤다. 온몸이 얼어붙지 않을 수 없었다.

“이, 이 녀석!”

악유성이 말 머리를 추소산 쪽으로 돌렸다. 이젠 단기필마라도 그를 죽여 버리고 싶었다.

한데, 바로 그때였다.

퍼퍼퍽!

악유성과 추소산의 사이를 막고 있던 세 조장의 목에서 핏물이 터져 나왔다. 어느새 추소산의 묵암검에 당한 것이다.

자연스레 훤히 비워진 공간.

추소산의 묵암검이 검신에 묻은 핏물을 어둠 속으로 빨아들이는 모습을 본 악유성이 안색이 창백하게 질렸다. 순간적으로 죽음의 그림자를 봤음이다.

“퇴, 퇴각! 퇴각이다!”

“……”

내력을 모아 크게 소리 지른 악유성이 재빨리 말 머리를 돌렸다. 수하 마적들이야 죽거나 말거나 신경 쓰지 않고 도주하기 시작한 것이다.

＊　　　＊　　　＊

다량의 출혈은 집중력을 떨어뜨린다.

몸에 세 개나 되는 검상을 당한 양패군은 점차 자신의 검이 무뎌져 가는 걸 느끼며 거친 숨을 몰아쉬었다. 그러자 당장 죽을 것 같은 고통이 밀려든다.

"크으……."

양패군의 입에서 작은 신음이 흘러나오자 그에게 일검에 세 차례의 검격을 가한 우약연이 담담한 목소리로 말했다.

"폐에 구멍이 뚫렸으니 기침이 나오는 것이고, 다량의 피를 흘렸으니 머리가 어지러운 것이네. 지금이라도 항복한다면 치료약을 주도록 하지."

"치… 료약을 주겠다? 계집이 정말 사람을 우습게보는군."

양패군이 입가에 웃음을 담았다. 본래는 좀 심하게 키득거리고 싶었으나 상처 부위가 너무 아파서 그러질 못했다. 당장이라도 죽을 것만 같다.

슥!

그는 수중의 검을 들어올렸다.

끝까지 싸우겠다는 의미.

우약연은 양패군의 뜻을 존중히기로 했다. 무인이란 지신이 죽을 지리를 선택할 자격이 있다고 여겼기 때문이다.

화륵!

우약연의 검봉을 기점으로 순간적으로 한 점의 푸른 불꽃이 피어올랐다.

청화점정(青火點睛)!

청화비폭검의 삼대살초 중 하나.

환상처럼 펼쳐진 푸른 불꽃의 검이 양패군의 미간 사이에 재빨리 선명한 화인(火印) 하나를 새겨 넣었다.

"컥!"

양패군의 입에서 짤막한 신음이 터져 나왔다. 그리고 힘없이 무너져 내리는 신형.

싸움의 끝이었다.

그러자 그 모습을 확인한 마적들이 열심히 학살하고 있던 민병대에게서 재빨리 떨어져 나가기 시작했다. 썰물과 같았다. 양패군을 죽인 우약연의 검이 곧 자신들을 향할 것임을 알고 있었기 때문이다.

그때 마치 기다리고라도 있었다는 듯 천패단의 본대 쪽에서 붉은색 신호기가 올랐다.

퇴각 신호.

의리 따위완 완전히 담을 쌓은 마적들에겐 선택의 여지가 있을 리 없다.

일제히 말 머리를 돌린 마적들이 양패군의 시체를 뒤로하고 본대를 쫓아 말을 달리기 시작했다.

인솔자였던 양패군을 비롯해 고수급 다섯이 우약연의 검에 목숨을 잃었음에도 꽤나 즉각적인 반응이고 행동이었다. 그들에게 있어 싸움에 패해 도주하는 상황은 그리 낯설지 않은 것이었다. 일상이나 다름없었다.

'…역시 저들은 무인이 아니다. 무인은 이렇게 쉽사리 적에게 등을 보이고 도주하지 않아.'

우약연은 눈살을 가볍게 찌푸려 보였다.

어느새 절반으로 줄어버린 민병대로는 마적들의 뒤를 쫓아 섬멸할 수 없는 건 물론이거니와 추격하는 것조차 용이하지 않았다. 화가 나도 어찌해 볼 도리가 없었다.

그때 민병대를 이끄는 조장 중 하나이던 남추가 피에 젖은 얼굴로 다가왔다.

"사부님, 민병대의 피해가 무척 큽니다. 지금 당장 저 마적 놈들을 추격하기는 힘들 것 같은데요?"

"그렇구나. 지금 저 무도한 자들을 그냥 보내면 안 되는 것을……."

"저라도 뒤쫓아갈까요?"

"네가?"

"예."

우약연이 처음으로 살인을 한 흥분에 잔뜩 젖어 있는 제자의 얼굴을 지그시 바라봤다. 마음 한켠에 안타까움이 일지 않을 수 없다.

"네게는 아직 따로 할 일이 남아 있다."

"그렇지만 저 죽일 마적 놈들을 그냥 내버려 둬선……."

"너 혼자 처리할 수 있는 일이 아니라고 했다."

"……."

우약연이 목소리를 살짝 높이자 남추가 얼른 입을 꾹 다물었다. 마음 깊숙한 곳에서 작은 불만이 고개를 들었지만, 결코 입 밖으로 낼 수는 없었다.

우약연은 그런 남추에게 한차례 고개를 끄덕여 주곤 시선을 천패단의 마적들이 도주하며 남긴 뿌연 흙먼지 쪽으로 던졌다. 문득 홀로 천패단의 본대를 상대하고 있던 추소산의 안위가 염려스러웠기 때문이다.

'그러면 괜찮다. 그는 진짜 무인이니까……'

속마음과 달리 그녀의 얼굴에는 작은 수심이 떠올라 있었다. 아직은 속마음으로나마 솔직해질 수 없는 여심이었다.

＊　　　＊　　　＊

'흐음, 신성천교의 청화비폭검이 이런 곳에서 모습을 드러냈다는 건가? 그건 곤란한데…….'

혈유는 양패군의 시신을 눈으로 살피다 고개를 옆으로 흔들었다. 이런 곳에서 신성천교가 관계된 일을 만날 줄은 몰랐다. 그곳에는 자부심 넘치는 그에게도 껄끄러운 상대가 있었다. 쉽사리 건드리기 힘든 부분이 있는 것이다.

게다가 자신의 예상을 뛰어넘는 일을 만난다는 건, 머리로 먹고사는 모사에겐 기분 좋은 일이 아니다. 사실 꽤나 기분이 나빴다.

물론 그냥 기분만 그렇다는 뜻이다.

그의 냉철한 두뇌는 지금 이 순간에도 맹렬히 회전하고 있었다. 생뚱맞은 일을 만났으니 거기에 대한 해결책을 찾아야만 하는 것이다.

따악!

혈유가 손가락을 가볍게 튕겼다.

갑자기 좋은 생각이 났다.

"그러면 되겠군, 그러면……."

혈유는 양패군의 시신을 무심히 내려다본 후 바로 신형을 돌렸다. 기막힌 계책이 떠올랐으니, 이런 곳에서 시간을 허비하고 있을 까닭이 없다. 그는 추소산과 그가 가진 검에 대해 알아내야 할뿐더러, 투왕 육지견이란 강적을 상대할 계책 역시도 짜놓아야만 했다.

　잠시 후.
　혈유의 손을 떠난 전서응 한 마리가 산서성의 평요(平遙)를 향해 날아올랐다.
　평요.
　산서성을 호령하는 사도의 거파, 혈문이 웅크리고 있는 곳이었다. 혈유는 이미 천패단의 효용 가치가 끝났다는 판단을 내렸음에 분명하다.

＊　　　＊　　　＊

　추소산은 늦은 저녁이 되어서야 획가로 돌아왔다.
　완전히 피로 목욕을 한 모습.
　성문이 열리자 천천히 걸어 들어온 그의 곁으로 다가서려던 구진충이 급히 발길을 멈췄다. 확 쏟아져 들어온 피비린내에 구역질이 치밀어 올랐다.
　그뿐만이 아니었다.
　피에 젖은 추소산의 일굴에는 지옥을 경험하고 온 사람만이 풍길 수 있는 어둠이 깃들어 있었다. 천패단을 막기 위해 성루에서 신형을 날렸을 때완 완전히 달라진 분위기가 자연스레 사람의 접근을 가로막는다.
　"천패단은 한동안 획가를 치러 올 수 없을 것입니다."
　추소산의 담담한 한마디.

구진충은 그제야 자신의 신색을 깨닫고 안색을 가볍게 붉혔다. 명색이 획가의 방비를 책임진 무인으로서 고작 피비린내 따위에 놀란 것이 창피했다.

그때 구진충으로부터 몇 걸음 정도 떨어진 곳에 그림같이 자리하고 있던 우약연이 말했다.

"천패단을 몰살시킨 건 아니로군요?"

"그들의 기마 솜씨가 빼어나서 최선을 다했으나 상당수 놓칠 수밖에 없었습니다."

"그렇게 많은 숫자로 도주를 했다는 건가요?"

"전혀 망설이지 않더군요."

"쓰레기들."

우약연이 나직이 내뱉었다. 천패단의 행태가 그녀에겐 결코 용납되지 않았던 것이다. 그래도 한 가지 확인해 둘 사항이 있었다.

"아쉽게도 획가의 민병대는 더 이상 사용할 수 없게 되었어요."

"그렇게 큰 피해를 입었습니까?"

"절반 정도가 죽었고, 생존자의 삼분지 일 정도는 중경상, 나머지는 지독한 싸움에 공포에 젖어 있어요."

"그럼 오늘과 같은 전법은 당분간 사용할 수 없겠군요?"

"당분간이 아니라 다시는 사용할 수 없을 거예요. 한 번 싸움에 등 돌리고 공포에 젖은 자는 다시 전장에 설 수 없는 법이니까요."

"……."

추소산이 우약연에게 고개를 끄덕여 보였다. 그는 우약연이 한 말을 완전히 신뢰하고 있었다.

"눈에 석회가 들어갔습니다. 일단 좀 씻은 후에 대책을 마련하도록 하지요. 천패단 역시 이번에 꽤나 큰 타격을 받았으니, 적어도 오늘밤에는 야습을 생각하진 않을 겁니다."

"석회? 그래서 눈이 그렇게 붉었군요."

"눈……."

추소산이 자신의 시력이 크게 감퇴한 눈을 손으로 문질렀다. 그러자 따끔거리는 느낌이 심하게 든다. 땀과 피에 전 석회가루가 눈꺼풀을 무겁게 하고 있었다.

그 모습을 본 구진충이 얼른 목소리를 높였다.

"석회라면 그냥 물로 씻어선 안 됩니다. 깨끗한 기름으로 씻어야만 별 탈이 없습니다."

"그렇군요. 그럼……."

"제가 지금 당장 거처로 삼고 계신 객점에 기름과 뜨거운 물을 마련하도록 하겠습니다!"

구진충이 자신의 신분도 고려치 않고 얼른 객점 쪽으로 달려갔다. 자신이 추소산에게 지금 뭔가 해줄 수 있는 일이 있다는 것에 기뻐하면서.

촤아악! 촤악!

깨끗한 기름으로 눈을 씻어낸 후 추소산은 나무 욕조 속에 몸을 뉘었다.

금세 붉게 물들기 시작한 물의 색깔.

몸에 묻은 피가 씻기며 자잘하게 입은 상처 자국이 벌어지기 시작한다. 피가 배어 나오기 시작한 것이다.

그러나 추소산은 전혀 통증을 느끼지 못했다. 마음속 깊숙한 곳에 자리잡은 커다란 상처가 거죽에 입은 상흔의 고통을 훨씬 상회하고 있었다.

피와 죽음의 냄새.

코끝을 감도는 전장의 내음에 추소산은 가볍게 진저리쳤다. 물이 쏟아질수록 핏물은 씻겨 나갔지만 혈향은 여전했다. 잔혹한 기억과 함께 쉽사리 씻겨 나가진 않을 듯싶었다.

목욕에 쓰인 뜨거운 물 다섯 통.

물이 귀한 편인 획가에서는 꽤나 호사스런 목욕이나 구진충과 객점 주인의 배려를 추소산은 묵묵히 받아들였다. 다른 때처럼 마음속에 여유를 가질 수 없었기 때문이다.

그렇게 목욕을 마친 추소산은 욕실에서 빠져나오다 눈이 이채를 띠었다.

침상 한켠에 곱게 접혀 있는 현의 무복.

목욕물처럼 구진충이 신경을 써준 것이란 생각에 그는 미미하게 고개를 끄덕였다. 사실 하나밖에 없던 옷이 피에 젖어 곤란하던 참이었는데 걱정 하나를 덜게 됐다는 생각이 들었다.

스윽, 슥…….

현의 무복은 희한할 정도로 추소산의 몸에 잘 맞았다. 아예 치수를 미리 재어놓은 것 같다.

'구 대협의 눈썰미가 제법 대단하구나.'

몸에 착 감기는 새 옷의 느낌은 대단히 좋았다. 잠시 몸의 근육을 이리저리 움직여 본 추소산의 입가에 얼핏 미소가 떠올랐다. 마음에 들었기 때문이다.

슥!

추소산은 조용히 거처를 빠져나왔다. 눈에 낀 석회가루와 몸에 잔뜩 묻은 피를 닦아냈으니, 이젠 움직일 때였다. 휴식은 더 이상 필요치 않았다.

한데, 그가 막 거처로 정한 객점의 이층에서 주루 쪽으로 걸어 내려왔을 때였다.

끼익!

객점의 문이 열리더니 여느 때처럼 방립을 쓴 우약연이 모습을 드러냈다. 마치 추소산이 거처를 빠져나오길 기다리고라도 있었던 것 같은 모습.

문득 현의 무복을 걸친 추소산을 살핀 우약연이 미미하게 고개를 끄덕여 보았다.

"대충 눈대중으로 만들어봤는데, 다행히 잘 어울리는군요."

"설마… 우 소저가 이걸 직접……?"

"피를 뒤집어쓴 싸움이 될 걸 예상했을 뿐이에요."

"……."

추소산의 얼굴이 살짝 굳었다. 우약연의 말을 듣는 순간, 갑자기 천패단과의 처절한 싸움이 떠올랐다. 애써 잊고 있던 기억이 뇌리를 자극해 온다.

꾸욱!

추소산이 어금니를 사려 물었다. 그리고 양 주먹에 불끈 힘이 들어간다.

그때 우약연이 천천히 그에게 다가와 말했다.

"아직 피 내음이 가시지 않았어요. 하지만 가끔은 이런 피 내음도 싫지만은 않은 것 같으니, 그건 어째서일까요?"

"그건……."

"그건 아마도 한 사람의 무인이 자신이 아니라 만인을 구하기 위해 검을 휘두른 흔적이기 때문일 거예요. 그러니 사람을 죽였다 해서 괴로워할 필요는 없어요. 그들은 무인의 혼도 없으면서 창칼을 휘두른 죽어 마땅한 자들이었으니까요."

'무인의 혼이라…….'

추소산이 잠시 우약연이 한 말을 되뇌이며 입가에 쓰디쓴 고소를 매달았다.

우약연의 논조에 동의하는 것은 아니었다.

오히려 무인이 아닌 사람을 죽인 것은 상관없다는 투는 썩 마음에 들지 않았다. 하지만 이 간사스런 마음이라니!

추소산은 우약연의 무뚝뚝한 한마디에 크게 위로를 얻은 자신의 모습이 한심스러웠다.

그때 우약연이 살짝 방립을 들어올렸다. 그러자 드러나는 절세의 용모.

두근.

몇 번을 다시 봐도 매혹이 될 수밖에 없는 얼굴.

마력의 미모다.

추소산이 눈살을 찌푸려 보였다.

"우 소저, 내가 절대로 얼굴을 드러내선 안 된다고……."

"그럼 약속해 줘요."

"뭘……."

"이번에는 나도 데려가 주겠다고."

추소산은 우약연이 자신의 생각보다 훨씬 현명하다고 생각했다. 이렇게까지 자신의 내심을 남에게 읽혀본 일은 단 한 번도 없었기 때문이다.

"이번 싸움은 오늘 낮보다 더욱 괴로울 겁니다."

"그들… 모두를 죽이려 하는군요?"

"승패를 가리기 위한 싸움이 아닙니다. 삭초제근을 하지 않아선 곤란합니다."

"한 명이라도 살아남는다면 반드시 획가로 복수하러 올 거라 생각하는군요?"

"마적이란 본래 그런 자들입니다."

"개방이 있지 않은가요? 개방의 방주인 협개 나원경은 정파 중에서도 꽤나 의협심이 강한 무인이라고 하더군요. 그가 곧 획가로 온다고 했으니, 더 이상의 살생은 무의미하지 않을까요?"

"획가는 이번에만 마적들의 목표가 됐던 게 아닙니다. 여태까지 수차례나 약탈을 당했고, 고통을 겪어왔기에 개방 역시 관심을 기울이고 있다고 들었습니다. 하지만 그 결과가 바로 지금과 같습니다. 개방만을 믿을 순 없다고 봅니다."

"그래서 자신이 시작한 일을 끝까지 마무리 짓겠다는 거군요."

"그런 셈이지요. 그래도 괜찮겠습니까?"

"……."

우약연이 대답 대신 천천히 고개를 끄덕여 보였다. 그녀의 흑백이 또렷한 아름다운 눈동자에는 강한 힘이 담겨 있었다.

추소산은 그제야 그녀가 방립을 들어올려 자신의 얼굴을 드러낸 까닭을 짐작했다. 이 같은 눈빛을 외면할 수 있는 남아가 세상에 얼마나 있겠는가.

끄덕.

우약연에게 역시 고개를 한차례 끄덕여 보인 추소산이 동의를 구하듯 목소리를 낮춰 말했다.

"남 소협은 놔두고 가는 게 좋을 것 같습니다."

"동감이에요."

우약연이 다시 고개를 끄덕이곤 천천히 방립으로 얼굴을 가렸다. 잠시 아쉬움이 담긴 한숨이 추소산의 입가를 머물다 사라졌다.

획가성을 벗어난 추소산과 우약연은 줄곧 비전의 경공을 전력으로 발휘해서 천패단의 뒤를 쫓았다.

중간중간 떨어져 있는 핏자국.

대규모 말의 이동으로 황폐화된 초지.

아무렇게나 버려진 마적의 시체.

획가성에서 패퇴한 천패단이 남긴 흔적은 꽤나 많았다. 너무 어처구니없는 패배를 당한 탓인지 뒷수습에 그리 크게 신경 쓰지 않았기 때문이다.

덕분에 추격을 시작한 지 오 일째 만에 추소산과 우약연은 천패단을 따라잡는 데 성공했다. 이젠 그들을 상대할 계획을 세워야만 할 때였다.

"오늘밤입니다."

"기습을 하려는 건가요?"

"그들을 정정당당하게 상대할 생각은 없습니다."

"뭔가 다른 생각이 난 모양이군요?"

평소와 똑같았다. 여전히 자신의 의중을 먼저 짐작해 낸 우약연에게 추소산이 빙긋 웃어 보였다.

"여태까지 천패단의 뒤를 쫓으며 생각해 본 결과, 그들의 수뇌진은 생각보다 많지 않은 것 같습니다. 패퇴한 이후에도 후퇴하는 동안 별다른 분란의 조짐이 보이지 않고 일사불란하게 움직이고 있으니까요."

"오늘밤 습격을 해서 수뇌진을 모조리 전멸시키면 후환이 남지 않을 거란 뜻이군요. 그건 나도 찬성이에요."

"그럼 세부 계획에 들어가도록 하지요. 절대로 실수가 있어선 안 될 테니까요."

"좋아요."

우약연이 고개를 끄덕여 동의했다.

그날 밤.

한 달 전보다 세력이 절반 이하로 준 천패단의 야영지에서는 죽음보다 조용한 침묵이 내려앉아 있었다.

근래 들어 오패귀 중 넷이 죽고 서른 명이 넘던 조장 중 살아남은 자가 열 명 안팎에 일반 마적의 숫자는 절반 이하로 줄어들었다. 심각한 전력의 감소였다.

아무리 평소 아무 생각 없이 떠들고 노는 걸 삶의 소명으로 삼는 마적들이라 하나 주변의 조장들 눈치를 보지 않을 수 없었다. 이럴 땐 기분 더럽다는 한 가지 이유만으로 칼부림이 날 수도 있었다.

입 닥치고 찌그러져 있자!

천패단 마적들의 심중 깊숙한 곳에 자리잡은 공통된 마음이었다.

그런 분위기 속에 단주 악유성과 살아남은 조장들 중 선임들은 모두 한 막사에 모여 앉아 숙의를 거듭하고 있었다. 혈전을 벌인 획가에서 대충 삼, 사백 리 떨어졌으니 이젠 뒤처리에 관해 논의할 때였다.

"자유 토론이다. 모두 기탄없이 말하도록 해라!"

먼저 입을 연 악유성의 눈 밑에는 짙은 음영이 드리워져 있었다. 며칠간 말 위에서 밤을 보낸 터라 잠을 설친 까닭이다.

'하긴 친형들을 숙청하고 천패단을 장악한 후 첫 싸움에서 대패를 당했으니, 마음이 불편하기도 하겠지.'

'게다가 중간에 겁을 먹고 제 혼자 달아나기까지 했었지. 겁쟁이처럼……'

내심 악유성을 욕한 선임 조장들은 주변의 눈치를 살피며 침묵했다. 이럴 때 먼저 입을 연 사람 중 칼침을 맞고 죽은 사람을 많이 봐왔기 때문이다.

끝이 없을 듯한 침묵.

악유성의 눈에 짙은 살기가 떠올랐다. 선임 조장들의 침묵이 흡사 얼음으로 된 송곳처럼 가슴을 후벼 파왔다. 자신의 실패를 조롱하는 것 같다.

"왜 아무도 입을 열지 않는 거냐? 기탄없이 말하라고 했잖아!"

"……"

악유성이 목소리를 높이자 선임 조장 중 몇의 얼굴에 움찔 놀란 기색이 떠올랐다. 칼밥을 먹고사는 마적답지 않게 심약한 모습들이다.

그러자 선임 조장 중 가장 연장자인 살도(殺刀) 나후이가 주변을 둘러본 후 입을 열었다.

"단주, 기탄없이 말하라니 제가 한마디 충언을 하겠소이다."

"충언?"

"그렇소이다."

‘흥, 역시 네놈이 나서는구나!’

악유성이 나후이에게 살기 어린 시선을 던졌다. 그가 움직이면 선임 조장 전부가 따른다는 걸 알고 있었기에 초장부터 기선을 제압하려 한 것이다.

“충언을 하겠다니, 내 들어주도록 하지.”

악유성의 거만한 허락에 나후이의 볼살이 가볍게 꿈틀거렸다. 그는 본래 혈문 출신으로 전 단주인 악유철이나 지낭인 악유진조차 예우를 해주곤 했다. 악유성이 대실패를 한 이후 이리 거만을 떠는 건 묵인하기 힘들었다.

‘겁쟁이 놈이!’

내심 크게 눈알을 부라려 보인 나후이가 말했다.

“본래 천패단은 혈문의 예하 세력임을 단주도 잘 알 것이오. 이번에 크게 실패를 경험했으니, 이제 혈문으로 돌아가서 권토중래를 도모함이 옳을 것 같소이다.”

“그건 안 돼!”

바로 악유성이 고개를 가로저어 보이자 나후이가 슬쩍 목소리를 높였다.

“이번에 천패단은 상상 이상의 타격을 입었소이다. 적어도 절반 이상이 죽었고 나머지 중에도 쓸 만한 놈들은 죄다 부상을 당한 상황인데, 어찌 앞으로 마적질을 해먹을 수 있겠소이까? 이렇게 떠돌다가 재수없게 관군과 만나거나 무림문파 녀석들에게 발각된다면 이번에 겪은 패배 따윈 아무것도 아닌 일이 될지도 모르오.”

“그래서 이대로 혈문의 종복이 되잖말이냐?”

“본래 우리 천패단은…….”

“그래, 천패단이 혈문의 예하이긴 하다. 하지만 그건 어디까지나 뒷배경이 필요해서 적당히 타협을 본 것이지, 그들의 종복이 되기 위한 건 아니었다.”

나후이의 입가에 일순 냉소가 떠올랐다.

“그럼 단주는 어째서 전 단주를 제거하신 것이오? 그건 혈문에서 나온 귀인의 명에 의한 것이었다고 알고 있소만?”

“네놈이 감히!”

악유성의 손이 자신의 애검의 검파에 닿았다. 순간적으로 나후이를 죽여 버려야겠다는 생각이 든 것이다.

그러나 나후이는 외눈 하나 깜짝하지 않았다. 그는 오히려 눈에 힘을 담고서 목소리를 더욱 높였다.

“나를 비롯한 선임 조장들이 단주를 따른 건 혈문의 귀인 때문이었소이다! 만약 이제 와서 단주가 혈문과 척을 지려 한다면 결코 천패단을 온전하게 장악할 순 없을 것이오!”

“……”

말을 마친 나후이가 주변의 선임 조장들을 눈으로 훑어봤다. 자신의 말이 맞지 않냐는 모습.

꿀 먹은 벙어리마냥 아무 말도 하지 못하고 있는 주변의 선임 조장들을 역시 빠르게 살핀 악유성이 온몸을 부들부들 떨었다. 눈치만으로도 나후이의 말에 선임 조장들이 동조하고 있음을 느낄 수 있었다.

‘나는 혈문에서 내린 명령을 완전히 실패했다! 지금 그곳에 들어가 봤자 좋은 대접을 받지 못할 텐데, 진짜 지금 그곳에 들어가야 한단 말이냐!’

악유성은 내심 어금니를 깨물었다. 분했다. 힘겹게 얻은 천패단이

단 한차례의 싸움으로 인해 그의 손에서 모래 알갱이처럼 빠져나가고 있었다.

한데, 그때였다.

막 나후이를 한칼에 죽여서라도 상황을 반전시키려던 악유성의 안색이 크게 변했다. 그의 예민한 이목이 밖에서 일기 시작한 이변을 감지해 낸 것이다.

"이건……."

나후이를 비롯한 선임 조장들 역시 한발 늦게 눈치챘다.

"적?"

"야습?"

언제 서로 죽일 듯 으르렁거렸냐는 듯 악유성과 나후이가 거의 동시에 애병을 빼 들고 막사 밖으로 뛰쳐나갔다. 선임 조장들이 그들의 뒤를 따랐음은 물론이었다.

제33장

혼자 걸어가고자 한다

　　추소산과 우약연은 천패단의 야영지를 둘러본 후 다시 세부 계획을 수립했다. 확실하게 서로의 임무를 분담해서 문제가 발생할 소지를 없애기로 한 것이다.

　우약연이 천패단의 야영지 주변을 돌며 바람을 따라 불을 지르는 동안 추소산은 진중 깊숙이 침투해 들어갔다.

　목적은 하나!

　불길이 치솟는 걸 보고 마적들이 대경실색한 틈을 타서 말들을 모조리 들판에 풀어놓는 것이었다. 마적단의 가장 큰 힘이라 할 수 있는 말들을 없애서 천패단의 전력을 확실하게 감소시키려는 전법이었다.

　싯! 싯!

　추소산의 묵암검이 한차례씩 번뜩일 때마다 말 떼를 지키고 있던 마적들은 마른 짚단처럼 바닥에 쓰러졌다. 평소의 명민한 안력을 회복한 추소산의 검초가 유성처럼 마혈을 노리니, 평범한 마적들로선 당해낼 재간이 있을 리 없다.

결국 추소산은 한 식경도 지나지 않아 말 떼를 눈앞에 두게 되었다.

천패단의 목숨줄을 끊기 일보 직전이었다.

한데 그때였다.

갑자기 일어난 불 때문에 놀란 말 떼 속에서 새파란 전광과 같은 검기와 도기가 동시에 솟구쳐 나왔다. 목표는 당연히 묵암검을 손에 든 추소산이었다.

'역시 너무 쉽다 했지!'

추소산은 표홀한 검기와 무거운 힘이 깃든 도기의 움직임을 눈으로 살피곤 재빨리 뒤로 일보 물러섰다. 딱 그만큼이면 족하단 판단.

사삭!

과연 그랬다.

순식간에 그의 눈앞에 이른 검기와 도기는 갑자기 흔적도 없이 자취를 감췄다.

추소산이 파악한 것처럼 처음부터 필살의 각오는 담겨 있지 않았다. 그저 반응을 살피고, 다음 대응에 나서겠다는 의중이 담긴 공격이었다.

노련한 싸움꾼이라면 누구라도 할 수 있는 생각.

추소산이 그 마음의 빈틈을 놓칠 리 만무하다.

스슥.

발끝을 비틀며 수류보를 가속시킨 추소산의 신형이 빠르게 앞으로 튀어나갔다.

양 방향에서 파고든 두 가지 기운 중 상대적으로 약해 보이는 도기가 뻗어 나온 쪽이 목표.

묵암검이 어둠을 끌며 유성처럼 앞으로 튀어나갔다.

오룡희주.

속도를 중시하지 않고 변화에 치중한 검초를 사용했다. 결과는 바로 모습을 드러냈다.

카칵!

흐릿한 달빛 아래 강맹한 도기를 형성하고 있던 도 반 토막이 긴 호선을 그리며 날아올랐다. 오룡희주의 그물망 같은 변화를 피하지 못하고 걸려든 것이다.

"제, 제기랄⋯⋯."

절반 이상 잘린 자신의 애도를 바라보며 나후이는 다급한 마음에 욕설을 내뱉었다.

거의 비슷한 때에 검기를 쏘아낸 악유성을 믿고 잠시 방심했던 것이 화를 불렀다. 싸움에 익숙한 그로선 전혀 예기치 못한 상황을 만난 셈이다.

어쨌든 도가 잘린 이상 더 버티고 있는 건 멍청한 짓이다.

우선 살고 볼 일이다.

나후이는 전력으로 신형을 옆으로 틀었다. 일격에 도를 반 토막 낸 추소신의 묵암검이 만들어낼 이격을 피하기 위함이었다.

그때 어둠 중에 추소산이 고속으로 이동하며 나후이의 눈앞까지 확 파고들어 왔다. 그의 그런 마음까지 이미 짐작하고 있었던 것이다.

싯!

나후이는 목 근처가 따끔해 오는 걸 느꼈다.

벌에라도 쏘인 것인가?

문득 현 상황과 전혀 동떨어진 생각을 떠올린 나후이의 입이 피 한 모금을 게워냈다.

"제, 제기랄……."

두 번째 욕설을 끝으로 나후이는 힘없이 말똥 가득한 초지 위로 코를 박았다. 여느 마적들과 다름없이.

'하나!'

추소산이 조용히 손가락을 꼽았다. 아직 검을 쓰는 자가 남았음을 스스로에게 인지시킨 것이다.

숙!

발끝을 모아 바닥을 찍듯이 찬 추소산이 재빨리 신형을 돌려세웠다. 이젠 검기가 날아왔던 방면이 목표였다.

'그 녀석이다!'

악유성은 막사를 빠져나오자마자 말 떼가 걱정되었다. 자신이라도 마적단을 상대할 땐 말부터 없애 버리려 할 게 뻔했기 때문이다.

그 같은 생각은 나후이 역시 마찬가지였던 듯하다.

두 사람은 거의 동시에 말 떼가 있는 곳에 도착했고, 침입자를 발견하자마자 바로 손을 썼다. 서로 공조를 이루지 못한 탓에 범한 작은 실수였다.

한데 그 실수가 이렇게 큰일이 되어버릴 줄이야!

악유성은 자신의 눈앞에서 천천히 무너져 내리고 있는 나후이의 모습을 보고 어금니를 사려 물었다. 그의 죽음이 뜻하는 바를 잘 알고 있었기 때문이다.

'혈문과의 끈이 완전히 끊겼다!'

그렇다. 악유성에게 있어 나후이는 언제든지 자신의 지위를 위협할 수 있는 양날의 검인 동시에 최후의 최후에 써먹을 수 있는 비장의 패였다. 그가 지닌 무공이나 능력이 문제가 아니라 혈문과의 관계 때문에 그러했다.

혈문 출신의 무사.

세상에 어떤 미친 자가 혈문 출신의 무사를 건들 수 있으며, 그 무사가 속해 있는 천패단을 쉽사리 업신여길 수 있겠는가!

그런데 그 모든 게 지금 눈앞에서 산산조각났다. 망가져 버린 것이다.

"놈!"

악유성이 버럭 노성을 터뜨리며 자신의 애검에 내력을 잔뜩 쏟아 부었다.

지금 당장 나후이를 죽인 자를 찢어발겨야만 속이 풀릴 듯했다. 정말 그러려고 했다.

한데 문득 흐릿한 달빛 아래 모습을 드러낸 현의무사의 자태가 꽤나 눈에 익지 않은가.

덜덜!

악유성은 자신도 모르게 검을 든 손을 떨었다. 달빛이 비추인 추소산의 그림자만으로도 획가성 앞에서 느꼈던 두려움이 다시 살아난다. 생생하게.

휙!

그때 추소산이 신형을 돌렸다.

이젠 악유성 자신의 차례가 된 것이다.

스슥.

추소산은 거의 감각적으로 수류보를 밟으며 악유성 쪽으로 파고들
었다.

순간 달빛이 그의 빠른 이동을 따라잡지 못하고 물결치듯 미끄러져
나간다. 그렇게 보였다.

'환각?'

악유성은 순식간에 눈앞으로 미끄러져 들어오는 추소산의 묵암검을
멍하니 바라보다 가까스로 신형을 옆으로 이동시켰다. 어느새 왼쪽 목
이 따끔해 오는 게 검날에 베인 것 같다.

그렇다면 환각 따윈 아니다.

느닷없이 오 장의 거리를 단축하며 파고든 추소산의 신법은 현실이
다. 그렇게 인정해야만 한다.

'으득, 죽일 놈! 이런 기가 막힌 신법을 어째서 그때는 펼치지 않은
것이냐!'

악유성은 이를 갈며 순간적으로 세 개의 검기를 만들어냈다.

가장 자신하는 분영삼살(分影三殺)의 살초.

상반신 전체를 노리는 듯하다 세 개의 치명적인 사혈을 공격하는 검
초로 웬만한 고수라 해도 받기가 쉽지 않은 강렬한 초식이다.

악유성은 능히 일류고수와 싸워 이길 수 있다고 자신했다.

하지만 추소산은 반걸음도 움직이지 않고 분영삼살을 피해냈다. 명
민한 안력이 단숨에 검초의 변화를 꿰뚫어서 알아본 까닭이다.

싯!

소리보다 검기가 빠르다.

악유성은 소리보다 먼저 자신의 목젖을 노리며 파고드는 검기를 느

졌다. 두 번째 공격이다. 그가 자신하고 있던 분영삼살에 대한 추소산의 답례였다.

카캉!

처음과는 달랐다. 이미 두 사람 사이엔 처음과 같은 오 장의 거리가 존재하지 않았다.

악유성은 신법으로 추소산의 검초를 막아낼 수 없었다. 검을 들어 자신의 목을 방어하는 게 그가 할 수 있는 최선이었다.

결과는 나후이와 동일.

악유성의 애검이 반 토막으로 변했다.

그러자 순간적으로 추소산의 검초가 묘한 굴곡을 일으키며 변화했다.

연환검식!

악유성의 무공이 나후이보다 높은 걸 감안해 삼검을 연환해 낸 것이다.

"컥……."

악유성은 눈앞이 캄캄해지는 걸 느꼈다. 이미 추소산을 정면에서 상대하겠다는 마음은 산산조각난 상황.

그는 두 번 생각할 것도 없이 바닥으로 신형을 날렸다. 도저히 눈앞에서 변화하는 현란한 연환검식을 상대할 방도를 찾을 수 없었기에 취한 행동이다. 그렇게 보였다.

'하지만 갑자기 취한 행동치곤 꽤나 격식이 갖춰진 지당권의 동작인걸?'

추소산은 귀왕산채에서 경험한 바 있는 지당문의 무공을 떠올리며 슬쩍 발끝으로 바닥을 찍었다. 악유성에게 뭔가 숨겨진 한 수가 있을 거란 게 그가 내린 판단이었다.

토옥!

추소산의 신형이 공중으로 반 장가량 떠올랐다. 지당문의 무공을 막아내는 데 가장 적당한 높이.

그 순간 바닥을 구르던 악유성의 허리에서 작은 섬광이 일었다. 허리의 요대에 숨겨놓고 있던 일 척 오 촌가량의 소검이 빠져나오며 일어난 현상이다.

토룡승천(土龍昇天)!

악유성의 소검이 곧바로 살짝 뛰어오른 추소산의 하단전을 노리며 파고들었다. 지당문의 무공에 바로 대처하는 추소산을 보고 역으로 기습을 가한 것이다.

쉬악!

악유성의 소검이 검명을 토해냈다. 그 정도의 내력이 담겼다는 의미였다.

그러나 악유성의 소검은 헛되이 허공을 갈랐을 뿐이다. 놀랍게도 추소산의 신형이 공중에서 분리되며 좌우로 흩어져 버렸기 때문이다.

"이… 형환위?"

악유성의 얼굴에 기가 막힌 표정이 떠올랐다.

이형환위.

무림의 절정고수들이나 펼칠 수 있다고 알려진 신법의 최고 경지였다. 눈앞에서 직접 목도했다곤 하나 믿을 수 없는 마음이 드는 건 당연하다.

그때 갑자기 악유성의 뒤통수가 선뜩해져 왔다. 어느새 배후로 돌아들어온 추소산의 묵암검이 뒷덜미에 닿아져 있었다.

'정말 이형환위가 맞군… 정말 그런 거지 같은 신법을 약관이나 되었을 만한 녀석이 펼칠 수 있었던 거야……'

악유성의 얼굴에 체념의 기색이 떠올랐다.

이형환위 같은 걸 발휘할 수 있는 괴물이라면 처음부터 자신 같은 마적 따윈 상대가 될 수 없었다. 이렇게 아무것도 해보지 못하고 져버리는 것도 어쩔 도리가 없다.

"죽여라!"

악유성의 얼굴에 떠오른 체념의 기색을 살핀 추소산이 눈에 힘을 담았다.

"천패단에 혈문의 고수가 있는가?"

"내가 대답할 의무가 있느냐?"

"순순히 대답을 한다면 말들을 모두 쫓아 보낸 후 천패단의 나머지 마적들은 살려주도록 하겠다."

"훗!"

악유성이 입가에 험상궂은 웃음을 담았다. 추소산의 협박 아닌 협박이 꽤나 우스웠기 때문이다.

"어차피 내가 죽으면 아무런 상관이 없는 녀석들이다. 그 빌어먹을 녀석들이 죽고 사는 문제를 내가 어째서 상관해야 하지?"

"함께 생사고락을 한 수하들이 아닌가?"

"생사고락? 하나같이 쓸모없는 녀석들일 뿐이다. 그런 녀석들은……"

"역시 쓰레기 같은 마적단의 우두머리가 맞군. 수하들 따윈 아무렇지도 않다는 듯 말하다니. 하지만 눈빛에 흐트러짐이 없는 걸 보면 역시 천패단에는 혈문의 고수가 있다고 보는 편이 옳겠군."

추소산의 중얼거림에 악유성은 자신이 넘겨짚기에 당했음을 눈치챘다. 하긴 전장에서 한차례 눈빛을 교환했을 뿐이다. 그러니 어찌 알 수 있겠는가.

'너구리 같은 놈!'

악유성이 내심 욕을 하며 얼른 입을 다물었다. 더 이상 추소산에게 정보를 넘겨주긴 싫었기 때문이다.

추소산이 잠시 염두를 굴리곤 말했다.

"가장 먼저 말 떼가 있는 곳으로 달려온 걸 보면 머리는 나쁘지 않은 편인 것 같은데 꽤나 순진하군. 혼자서 가장 위험한 곳에 나타나다니."

'제기랄, 또 넘겨짚다니, 내가 바보인 줄 아는군.'

내심 투덜거리며 악유성이 추소산을 죽일 듯 노려봤다. 다시 생각해 봐도 눈앞의 추소산이 너무 미워서 도저히 견딜 수가 없었다. 악귀 같은 그만 없었다면 자신의 신세가 이렇게 처량 맞게 되진 않았을 터였다.

그러나 추소산은 냉정했다.

그는 무심하게 악유성의 반응을 살피더니 갑자기 묵암검을 휘둘렀다.

기해와 양어깨의 견정혈. 그리고 양다리의 족심혈.

순식간에 번뜩인 검광은 악유성의 다섯 개 혈도를 거의 동시에 파괴해 버렸다. 그의 무공을 전폐시켰을뿐더러, 평범한 사람보다 못한 불구로 만들어 버린 것이다.

"커헉!"

악유성이 짤막한 신음과 함께 바닥에 무너져 내렸다. 팔다리의 고

통보다는 자신이 평생 쌓아 올린 내력이 산산이 흩어지는 충격에 그
는 정신이 몽롱해져 왔다. 갑자기 이런 꼴이 될 줄은 상상조차 하지
못했다.

"당신이 한 짓을 생각하면 당장 죽이는 게 옳겠지. 하지만 천패단을
해산시키려면 당신의 힘이 필요해. 아쉽게도."

"이, 이 녀석……."

"잠시 쉬고 있으라구."

추소산의 발끝이 악유성의 마혈을 걷어찼다. 아직 밤은 길었고, 해
야 할 일은 잔뜩 남아 있었다.

한 시진 후.

추소산과 우약연이 보는 앞에서 산서성과 하남성의 경계를 오고 가
며 마음껏 날뛰던 마적 집단 천패단이 완전히 해체되었다.

단주 악유성을 비롯한 십여 명의 고수급들이 무공을 전폐당하자 나
머지 마적들로선 전혀 저항할 도리가 없었다. 지난 획가성 싸움에서
악귀와 같은 위세를 떨쳤던 추소산과 우약연에게 감히 대항하려는 자
는 아무도 없었다.

꽤나 길게 끌어왔던 천패단과의 싸움이 끝나는 순간이었다.

*   *   *

두두두두두!

새벽의 여명을 뚫고 거의 이백 필이 넘는 말이 일제히 질주하는 모
습은 가히 장관이라 할 만했다.

적어도 추소산이나 우약연에겐 그리 보였다. 천패단과의 지겨웠던 싸움이 비로소 종말을 고했음을 두 사람 다 알고 있기 때문이다.

우약연이 방립을 살짝 들어올리며 중얼거렸다.

"결국 결말이 났군요."

"결말이라……."

"우리가 처음에 원했던 결말은 아니지만, 그래도 결국 천패단이 해체됐어요. 마적들이 하루아침에 선량한 평민이 될 순 없겠지만, 적어도 앞으론 함께 몰려다니며 살인, 강도짓을 벌일 순 없을 거예요. 이 정도면 그럭저럭 좋은 결말이라고 할 수 있지 않을까요?"

"……."

추소산은 대답 대신 침묵을 선택했다. 뭔가 뇌리를 스치는 찜찜한 느낌 때문이었다.

우약연의 눈에 이채가 떠올랐다.

"천패단을 걱정하고 있는 게 아니군요?"

"천패단주가 마지막으로 했던 말……."

"혈문 말인가요?"

"천패단이 혈문의 비호를 받는 하부 세력이란 건 좀 와전된 소문이었던 것 같지만, 아예 관계가 없는 것도 아닌 것 같습니다. 확실히 그들 중에는 혈문의 옛 무사가 끼어 있었으니까요. 그러니 이번 일로 나는 혈문과 은원을 맺은 셈이 되었습니다."

"혈문의 복수가 무서운 건 아닐 테고… 그들이 지금부터 어떻게 나올지가 걱정되는 모양이군요?"

"뭐, 그런 셈이지요."

추소산이 우약연을 바라보며 피식 웃어 보였다. 자신에 대해 꽤나 확신하고 있는 듯한 그녀의 모습이 귀여워 보였기 때문이다.

우약연이 살짝 눈살을 찌푸렸다. 신녀인 그녀에게 이같이 불성실한 행동을 보인 사람은 그다지 없었다. 추소산의 갑작스레 변한 모습이 마음에 들 리 없다.

"싸울 때와 달리 점잖지 못한 모습이군요."

"싸울 때는 내가 점잖았던 겁니까?"

"그땐 제법 사내대장부다웠죠. 자신과 별로 상관없는 사람들을 위해 자신의 목숨을 걸 수 있는 사람은 세상에 별로 없으니까요."

"그건 우 소저 역시 마찬가진 것 같습니다만?"

"나는 어차피……."

우약연은 갑자기 말을 멈췄다. 문득 아무렇지도 않게 추소산에게 자신의 신세 내력을 말하려 했음에 내심 크게 놀라며.

"…어차피?"

추소산의 시선이 살짝 집요함을 띠었다.

여태까지 함께하면서도 전혀 짐작조차 할 수 없었던 우약연의 신세 내력을 들을 수 있는 흔치 않은 기회였다. 조금쯤 평소와 다른 행동을 하게 되는 것도 무리는 아니다.

그러나 우약연은 더 이상 마음을 열지 않았다. 아직 그럴 때가 되지 않았다고 생각한 것이다. 그녀는 지언스레 화제를 돌려 비렸다.

"혈문은 사파 쪽에서도 가장 자존심이 센 집단으로 분쟁이나 복수에 있어서 집요하고 악랄하기로 악명이 자자해요. 그래서 보통 대문파에서도 그들과는 은원 맺기를 싫어하죠. 하지만 그들이 진짜 소문처럼 자존심이 있는 무인들이 모인 곳이라면 천패단 같은 쓰레기들의 복수를 갚으려고 나서진 않을 거라고 생각해요. 그러니……."

"나는 우 소저가 조금 전에 하려 했던 말을 듣고 싶은데… 아직 안 되겠습니까?"

"……."

자신의 말을 확실히 끊는 추소산에게 우약연이 한숨 어린 시선을 던져 보았다.

애잔함이 느껴지는 표정.

추소산은 마음 한켠이 쓰라려 옴을 느꼈다. 우약연에게서 풍겨져 나오는 분위기에 묘하게 동화되어 버리고 만 것이다.

"알겠습니다. 방금 전에 했던 말은 없었던 것으로 하지요."

"조금만… 조금만 기다려 주실 수 있겠습니까?"

우약연의 마지막 목소리에는 작은 떨림이 담겨져 있었다. 평소 옥을 깎아 만든 듯하던 냉정한 모습과 전혀 어울리지 않는 표정이었다.

두근.

두 번째였다. 추소산은 가슴이 뛰는 걸 느끼며 입가에 머물러 있던 한숨을 얼른 감춰 버렸다.

"기다리지요."

"……."

우약연은 더 이상 말을 잇지 않았다. 대신 그녀의 얼굴에는 언뜻 고마움의 빛이 스쳐 갔다.

그도 그럴 것이, 지금 그녀의 마음은 매우 나약해져 있었다. 만약 추소산이 억지라도 부렸다면, 순간적이나마 무너져 버릴 수도 있었다. 하지만 그는 그리하지 않았고, 우약연은 여전히 신녀로서의 소명을 잠시 제쳐 놓고 있을 수 있게 되었다.

그렇게 두 사람 사이에 잠시 어색한 침묵이 머물렀다.

누구 하나 먼저 입을 열려 하지 않았다.

한데 그때였다.

갑자기 말 떼가 만들어놓은 엄청난 먼지구름 저편에서 일단의 사람들이 모습을 드러냈다.

봉두난발에 타구죽봉.

거진 반이 맨발이다.

"거지……."

우약연이 자신도 모르게 중얼거리자 추소산이 그쪽으로 시선을 던졌다. 내심 스쳐 가는 생각 하나가 있다.

'개방의 정보력이 천하제일이라더니, 과연 대단하군.'

그렇다.

느닷없이 모습을 드러낸 십여 명의 거지는 바로 개방의 고수들이었다. 획가성에 남겨뒀던 남추의 말을 듣고 이곳까지 달려왔음이 분명했다.

"이로써 한 가지 시름은 덜게 된 건가?"

추소산이 나직이 중얼거리자 우약연이 그에게 시선을 던졌다. 의문이 담긴 눈빛이다.

추소산이 그녀에게 씩 웃어 보였다.

"저들은 개방의 고수들입니다. 드디어 획가성이 인진해진 깃이지요."

"개방 방주가 획가성에 도착했겠군요?"

"그렇지 않다면 이같이 빠른 대응은 보이지 못했을 거라 생각합니다."

"잘됐군요."

우약연이 입가에 살풋 미소를 매달았다.

만화가 활짝 만개한 듯한 미소.

문득 눈이 부시단 느낌을 받은 추소산이 시선을 살짝 옆으로 돌렸다. 계속 보고 있다간 눈앞의 우약연을 와락 끌어안아 버릴 것 같았기 때문이다.

우약연이 그런 추소산을 물끄러미 바라보다 천천히 방립을 내리곤 말했다.

"잠시 피해 있겠어요."

"개방과 은원이 있는 겁니까?"

"그들에게 내 모습을 보이고 싶지 않을 뿐이에요."

"……."

추소산은 더 이상 우약연에게 질문하지 않았다. 그녀의 뜻을 존중하기 위해서였다.

우약연이 신형을 날려 추소산에게서 떠나갔다.

'만약 그녀에게 이형환위를 배우지 않았더라면 이번 싸움은 힘들었을 것이다.'

처음 우약연과 비겸했던 때를 떠올리며 추소산이 입가에 담담한 미소를 담았다.

잠시 후.

개방의 삼대후개 후보 중 한 명인 육지개(六指丐) 홍감을 위시한 뇌풍당(雷風堂)의 거지들이 모습을 드러냈다. 모두 이번 신성천교와 음산파 간의 분쟁을 조사키 위해 방주 나원경의 뒤를 보좌하고 있던 거지들이었다.

이미 어느 정도 조사를 끝냈음이다.

주변에 질서 정연하게 포진한 뇌풍당 거지들을 뒤로하고 홍감이 추소산 쪽으로 빠르게 걸어왔다.

번뜩이는 눈빛과 두둑하게 튀어나온 태양혈.

비록 행색은 거지답게 추레하지만 정기가 넘치는 얼굴은 예전에 개봉에서 만났던 파면개 소일충에 못지않다.

슥!

홍감은 자신을 맞은 추소산을 눈으로 살피더니, 바로 양손을 들어올려 포권해 보였다.

"본인은 개방의 뇌풍당을 맡고 있는 육지개 홍감이라 하오. 방주님의 명을 받고 달려왔는데, 좀 늦은 것 같구려?"

'이미 천패단이 해산한 걸 알고 있었다?'

추소산이 역시 포권해 보이며 홍감에게 질문을 던졌다.

"추소산입니다. 개방의 정보가 천하제일이라 들었습니다. 과연 명불허전인 겁니까?"

"정보로 안 것이 아니오. 단지 이곳에 도착하기 전에 발견한 말 떼를 보고 짐작한 것뿐이지요."

"그렇군요."

추소산이 천천히 고개를 끄덕여 보였다. 무공은 어떨지 몰라도 눈앞의 홍감이 꽤나 지모가 있는 자란 생각이 들었다.

홍감 역시 추소산에게 관심을 느꼈다.

개방의 후개 후보 중 인망 면에선 소일충이 으뜸이고, 무공 면에선 정파비무대회에 참가한 천풍개 소유렬이 가장 강하다면, 홍감 자신은 지모로 높게 평가받았다.

　그래서 무림 중에 중요한 사안이 발생하면 사부이자 방주인 나원경은 반드시 홍감을 보좌역으로 데리고 다녔다. 그 역시 홍감의 지모를 높게 평가하고 있다는 뜻이다.

　당연히 홍감은 무공이 고강하거나 협행을 하는 자들보다 머리 좋은 자들에게 관심이 많았다. 자신이 천하제일을 노릴 수 있는 분야에 있어 경쟁자가 될 만한 자들은 미리 가슴속에 새겨둬야만 하기 때문이다.

　'보통의 협객이나 무인이라면 방금 전에 내가 한 말을 듣고 감탄하거나 놀란 표정을 지어 보였을 것이다. 이런 무덤덤한 반응을 보이는 자들이란 그런 판단을 내린다는 게 얼마나 어려운 일인지 모르는 바보 멍청이가 아니라면… 나와 동일할 정도의 생각을 할 수 있는 자일 게 분명해.'

　물론 홍감은 추소산이 바보나 멍청이가 아니라는 걸 한눈에 알아봤다. 천패단 같은 명성 높은 마적단을 괴멸시킬 수 있는 사람이 그런 자일 리 만무한 것이다.

　그렇다면 태도를 바꾸는 게 옳다.

　눈을 살짝 가늘게 떠 보인 홍감이 입가에 부드러운 미소를 만들어 보였다.

　"획가성에서 본 방의 제자를 만난 후에 대충 설명을 듣기는 했지만, 정말 대단한 일을 하셨소이다. 천패단은 보통의 마적단이 아닌데……."

　"혈문을 말씀하시고 싶은 겁니까?"

　"천패단은 확실히 마적단치고 대단한 자들이오. 하지만 정말 무서운 건 그 뒤에 버티고 있는 혈문이라 할 수 있소. 비록 천패단이 혈문의 예하 세력에 불과하긴 하지만 분명 그들은 추 소협에게 복수하려 할 거요."

"그들이 획가성만 건들지 않는다면 별 상관이 없다고 봅니다."

"획가성만… 설마 혈문과 싸우려는 것이오?"

"만약 그들이 도발해 온다면 피할 생각은 없습니다."

말을 마친 추소산이 살짝 웃어 보이자 홍감의 얼굴에 다소 어이없다는 기색이 떠올랐다.

혈문이라면 개방이라 해도 쉽사리 건드릴 수 없는 사파의 거파였다. 어찌 일개인으로서 그들에 맞서 싸우겠다고 선언할 수 있는가.

'설마 미… 친 건가?'

홍감은 바로 자신의 생각을 부정했다. 추소산의 얼굴에 떠올라 있는 강한 의지를 발견했기 때문이다.

그렇다면 단지 협기가 높아 만인을 위해 자기 자신을 희생하려는 것일 수도 있다.

그렇게 잠정적인 판단을 내린 홍감이 말했다.

"혈문은 추 소협의 생각처럼 그리 만만한 곳이 아니오. 그러나 그 의기만큼은 같은 협도에 속한 자로서 존경심을 금치 못할 정도구려. 만약 추 소협이 요청한다면, 내가 방주님께 청을 넣어서 도움을 드리도록 하겠소이다."

"개방에서 보호를 해주겠다는 겁니까?"

"개방의 이름이 결코 혈문보다 못하지 않소이다. 그러니……."

"말씀은 정말 감사합니다. 하지만 이번 일은 저와 혈문 간의 문제입니다. 귀 방에까지 피해를 끼치고 싶은 생각은 없습니다."

"그럼 정녕……."

"혼자 걸어가고자 합니다."

“으음.”

홍감은 더 이상 권하지 못하고 나직이 신음을 토해냈다. 더 이상은 그의 직권 밖의 문제였다. 추소산과 혈문 간의 분쟁에 개방의 이름을 언급한 것만도 꽤나 월권 행위였기 때문이다.

게다가 지금 그에겐 달리 할 일이 있었다. 추소산에 의해 해산된 천패단의 잔당들에 대한 뒤처리와 주변에 대한 탐문이었다.

싸움.

그것은 하는 것도 문제지만, 끝났을 때의 후유증 역시 꽤나 많았다. 싸움에 끼어들지 못했으니, 이후에 나타날 후유증이라도 방비하는 게 옳았다.

잠시 안타까운 시선으로 추소산을 바라본 홍감이 빠르게 결정을 내렸다.

슥!

다시 추소산에게 포권해 보인 홍감이 말했다.

“본인과 뇌풍당은 지금부터 할 일이 있어서 먼저 떠나도록 하겠소이다. 부디 다시 만날 때까지 추 소협이 무탈하길 빌겠소이다.”

“관심에 감사드립니다.”

“그럼.”

홍감이 추소산에게 한차례 고개를 끄덕여 보이곤 신형을 돌렸다. 그러자 기다렸다는 듯 뇌풍당의 거지들이 재빨리 그의 뒤를 따랐다.

개봉에서 봤던 의개당과 마찬가지로 일사불란한 모습.

추소산이 다소 감탄한 표정으로 올 때와 같이 표홀하게 떠나가는 홍감과 뇌풍당 거지들을 바라봤다.

이런 거지답지 않은 위계질서와 행동이 천하제일대방 개방의 명성을 수백 년간 존속시켰다는 생각이 들었다. 혈전을 벌일 때도 다소 중구난방이던 천패단과는 완연히 다른 모습인 것이다.

그때 그의 뒤로 조금 전 모습을 감췄던 우약연이 떨어져 내렸다.

생각했던 것보다 멀리 떠나 있진 않았던 모양.

추소산이 일부러 기척을 낸 우약연에게 시선을 던졌다.

"숨어서 몰래 지켜보고 있었던 겁니까?"

"추 소협이 어찌 개방 거지들을 대하는지 보고 싶었을 뿐이에요."

"어떤 차이가 있는 겁니까?"

"마음속에 거리낌이 있는가 없는가의 차이겠지요."

"그렇군요."

추소산이 더 이상 우약연을 추궁하지 않고 고개를 끄덕여 보였다. 그냥 넘어가 준 것이다.

이런 성격 역시 마음에 든다고 속으로 생각한 우약연이 이번엔 자신이 추궁에 들어갔다.

"혼자 걸어가고자 한다고 하셨던가요?"

"그런 것도 들었습니까?"

"귀가 좀 밝은 편이에요."

"흠."

추소산이 슬쩍 딴청을 해 보였다. 우약연이 어떤 마음으로 자신을 추궁하는지 알 것 같았기 때문이다.

우약연의 목소리가 조금 높아졌다.

"아직 내 질문에 대한 대답이 없었던 것 같은데요?"

"꼭 대답해야 하는 겁니까?"

"함께 싸운 동료로서 요구하는 거예요."

‘어쩔 수 없군.’

내심 고개를 가로저은 추소산이 부드럽지만 단호한 기운을 눈에 담았다.

“우 소저가 들은 그대로입니다.”

“혼자 혈문이 있는 산서성으로 향해서 다른 사람들에게 피해가 가지 않게끔 하겠다는 뜻이군요.”

“지금으로선 그게 최선이라고 생각할 뿐입니다.”

“그렇겠지요.”

우약연은 시큰둥하게 고개를 끄덕였다. 뭔가 상당히 마음이 상한 것 같은 모습이다.

추소산은 그녀 역시 어쩔 수 없는 여인이란 생각이 들었다. 서로 간에 마음을 조금 열게 되자 이렇게 본색을 드러낸다.

“그래서 말인데…….”

“그럼 우린 이만 이곳에서 작별을 고하도록 하죠.”

우약연은 추소산이 뭐라 말을 하기도 전에 신형을 돌려세웠다. 획가성 쪽이었다.

“…….”

추소산은 그런 우약연의 뒷모습을 물끄러미 바라볼 뿐이었다. 잔뜩 골이 난 그녀를 붙잡을 어떤 말도 할 수 없었다. 그래야만 할 것 같았다.

‘이렇게 이별을 하는 건가…….’

한 가닥 아쉬움이 추소산의 가슴속을 스쳐 지나갔다. 여태까지 만났던 어떤 여인에게도 느껴보지 못한 감정이었다.

그러나 끝내 우약연은 뒤도 돌아보지 않고 신형을 날렸고, 추소산은 혼자 남겨졌다. 마치 거짓말처럼 쉽게 이별을 맞이한 것이다.

"아프군."

추소산이 살짝 고개를 옆으로 기울였다.

한줄기 바람이 우약연이 자리하고 있던 곳을 머물다 흔적도 없이 흩어져 갔다. 마치 떠나간 우약연의 뒤를 쫓기라도 하려는 것처럼.

제34장

광한현공(光寒玄功)

산서성 평요.

천하이대사파 중 하나로 불리는 혈문의 심처 혈뇌원(血腦院).

혈문 문주 혈룡대사(血龍大邪) 고양중의 모사이자 명실상부한 이인자인 일보백계(一步百計) 추자량은 자신의 집무실에 틀어박힌 채 그답지 않은 번민에 잠겨 있었다.

오십대의 청수한 얼굴에 떠올라 있는 한 가닥 수심.

추자량에 대해 잘 모르는 자가 본다면 뭔가 그럴듯한 시상이라도 고민하고 있는 노학자의 모습 같다고 생각하리라. 그만큼 겉으로 보이는 모습만큼은 그럴듯하다.

문득 추자량의 눈살이 가볍게 찌푸려졌다.

"아무리 청화비폭검의 흔적을 발견했다 하나 천패단 같은 잡스런 것들의 복수를 위해 혈문의 최정예인 백인혈룡대(百人血龍隊)를 움직이

게 하라니… 혈유는 제정신으로 이런 명령을 내린 것인가?"

추자량은 자신이 그릇의 크기를 잴 수 없는 몇 안 되는 사람 중 한 명인 혈유의 얼굴을 떠올리며 내심 고개를 가로저었다.

그의 심중을 짐작치 못한 일이 이번 한번뿐은 아니나 여전히 기분이 좋지 않았다. 항시 자신의 영역에 흙발로 들어서곤 하는 혈유가 당최 마음에 들지 않아서였다.

그러나 혈유는 추자량이 진심으로 충성을 바치고 있는 주군이 가장 총애하는 심복 중 한 명이었다. 비록 그의 행사가 불만스럽긴 하나 명을 어길 순 없었다.

잠시 침묵하며 염두를 굴리던 추자량의 입가에 기묘한 미소 하나가 떠올랐다. 갑자기 좋은 생각 하나가 뇌리를 맴돌기 시작했다.

"그렇군. 나는 혈유를 건들지 못하지만, 신성천교의 그도 그러리란 보장은 없다는 걸 잊었어……."

기묘한 여운이 감도는 뇌까림.

추자량이 갑자기 서재 한켠에 놓여 있던 문방사우를 끌어와 슥슥 명령서 하나를 휘갈겨 썼다. 백인혈룡대를 문밖으로 내보내는 것에 대한 문주의 재가를 얻기 위한 보고서 작성에 들어간 것이다.

사흘 후.

혈뇌원으로 백인혈룡대의 대주이자 혈문십대고수 중 일인인 칠절마검객(七絶魔劍客) 사마우가 찾아왔다. 느닷없이 떨어진 백인혈룡대 전원의 출동 명령을 납득키 어려웠기 때문이다.

탁!

집무실의 문을 열고 모습을 드러낸 붉은 안색을 한 사십대의 당당한 검객을 바라보는 추자량의 입가에 살짝 미소가 떠올랐다.

부드럽고 인자한 외양과 잘 어울리는 후덕한 미소.

사마우는 노기등등해서 혈뇌원을 찾았던 것도 잊고 잠시 안색을 경직시켰다.

추자량이 이런 미소를 지어 보일 때 무척이나 잔혹하고 비정한 계책을 내놓곤 하는 걸 몇 번이나 봐왔다. 자연스레 긴장을 느끼는 것도 당연하다.

'나는 아직 아무런 말도 하지 않았거늘, 어째서 추 군사가 저런 미소를 지어 보인단 말인가……'

사마우는 잠시 할 말을 잃고 문 앞에서 머뭇거렸다. 그러자 추자량이 입가의 미소를 더욱 짙게 만들었다.

"허허, 사마 대주가 혈뇌원을 다 찾다니, 오늘은 서쪽에서 해가 떠오른 게 아닌지 모르겠구만?"

"아, 그것이……."

"이번 백인혈룡대의 출정 건 때문에 온 것일 테지?"

"……."

사마우는 낯이 가볍게 붉어지는 걸 느꼈다. 눈앞의 추자량이 자신의 내심이나 행동을 모조리 꿰뚫어 보고 있었음을 깨달았기 때문이다.

추자량이 입가의 미소를 거뒀디.

"이번에 천패단이 해산되었고 본 문에서 파견해 놨던 무사 역시 목숨을 잃었다네. 그동안 천패단이 줄곧 본 문의 이름을 팔고 다녔는데, 이번 일을 묵과한다면 천하의 비웃음을 사지 않겠는가?"

"확실히 본 문의 무사가 죽은 일은 절대 그냥 지나칠 수 없는 일입니다. 반드시 복수를 해야 할 일이지요. 하지만 이런 일로 우리 백인혈룡대가 움직인다는 건…….”

“닭 잡는 데 소 잡는 칼을 사용하는 셈이다?”

“바로 그렇습니다.”

“흠.”

추자량이 손가락 하나를 들어 자신의 반백이 다 된 수염을 살살 쓰다듬었다. 뭔가 고심을 하는 듯한 모습이다.

그러나 사마우는 알고 있었다. 추자량이 한 번도 자신이 내린 결정을 가지고 고심해 본 적이 없다는 것을.

‘단지 시간을 끌어 날 초조하게 하려는 짓일 테지. 도대체 무슨 얘기를 꺼내려 하는가…….’

사마우는 속으로 중얼거리며 눈살을 가볍게 찌푸렸다. 아무리 추자량이 혈문의 이인자라곤 하나 당당한 백인혈룡대의 대주인 자신이 이런 대우를 받는다는 건 결코 온당치 않다는 생각이 들었다.

과연 추자량이 시간 끌 것 다 끌고서 다시 입을 열었다.

“내 한 가지만 물어보지. 사마 대주의 백인혈룡대라면 천패단같이 수백이 넘는 마적단과 맞붙어서 얼마 만에 승부를 볼 수 있겠는가?”

“그야…….”

“아무것도 없는 너른 벌판에서 정면으로 맞붙었을 때를 상정해서 대답하게나. 만약 기마를 제대로 하지 못하는 지형에서 맞붙을 경우 일방적인 학살이 되리란 걸 내 몰라서 사마 대주에게 질문한 게 아니니 말이야.”

사마우의 굵은 검미가 일순 슬쩍 치켜 올라갔다. 추자량이 한 말이 자신과 백인혈룡대에 대한 중대한 모욕이란 생각이 들었기 때문이다.

왜 그렇지 않겠는가!

일개 마적단과 혈문의 정예인 백인혈룡대를 비교한다는 것 자체가 어이없고 기막힌 일이라 할 수 있었다. 도저히 비교 대상이 되지 않는 게 당연하다. 하물며 특정한 경우를 상정해서 대답하라는 건 무척이나 사리에 맞지 않는 일이었다.

하지만 문득 사마우의 뇌리로 장대한 영상이 펼쳐졌다.

수백의 마적단과 말들의 울부짖음.

창칼이 넘나드는 혈전의 한가운데.

아무것도 없는 벌판에서 맞닥뜨린 백인혈룡대와 천패단은 그야말로 순식간에 아수라장을 만들어 버렸다. 오직 순수한 무력만이 존재하는 공간 속에 틀어박힌 것이다.

그런데 놀라운 일이 벌어졌다.

개개인이 압도적인 무력을 지니고 있는 백인혈룡대는 쉽사리 천패단을 쓸어버리지 못하고 있었다. 아니, 쓸어버리기는 고사하고 꽤나 고전하고 있었다.

말 때문이다.

기마 특유의 돌진력과 폭발적인 움직임을 정면에서 맞받는다는 건 그만큼 생각보다 쉽지 않은 일이었다. 돌진하는 수백의 기마의 힘은 백인혈룡대가 자랑하는 혈룡합벽검진(血龍合壁劍陣)으로도 단시간 내에 제압하기가 쉽지 않았다. 일거에 밀리지 않는 것만도 다행이란 생각이 들 정도였다.

실룩!

사마우의 입술꼬리가 작은 경련을 만들어냈다. 자신이 내린 결론이 심히 마음에 들지 않았기 때문이다.

그렇다고 계속 입을 다물고 있을 수만은 없었다.

눈앞에서 추자량이 자신의 대답을 기다리고 있는 것이다.

"하루… 아니, 적어도 하루 반의 시간이 필요합니다."

"그건 밤이 돼서 낮의 격전으로 지친 천패단을 기습하는 데까지의 시간이 포함된 것일 테지?"

"천패단 같은 마적단과 말달리기에 이상적인 평야에서 싸울 만큼 저는 바보가 아닙니다."

"나도 그렇게 생각하네."

추자량이 천천히 고개를 끄덕여 보였다.

그리고 덧붙여진 한마디.

"그러나 만약 평야 지대에 세워진 하나의 성이 있고, 그곳에 있는 수천의 사람들을 구해야 하는 입장이라면 사정이 달라지지 않겠는가?"

"사람들을 구하기 위해서… 설마?"

"그래, 천패단의 침입으로부터 사람들을 구하기 위해서 홀로 아무것도 없는 평야 지대에서 수백의 기마와 맞상대한 자가 있네. 그렇기 때문에 자네와 백인혈룡대가 필요한 것이고."

"……."

사마우는 입을 굳게 닫았다. 이번 출정이 자신의 생각보다 훨씬 어려운 일이 될 수도 있다는 걸 비로소 깨달았기 때문이다.

추자량이 말했다.

"게다가 내가 천하에 깔아놓은 밀정들이 보내온 소식에 의하면 신성천교의 삼대절기 중 하나인 청화비폭검의 흔적이 이번에 발견되었다는 말이 있네."

"설마 천패단을 박살 낸 게 신성천교의 고수라는 뜻입니까?"

"그럴 수도 있는 일이란 걸세. 뭐, 어차피 이 일은 자네와 나만 알면 되는 것이고."

입가에 다시 예의 미소를 매다는 추자량을 사마우가 다소 질린 표정으로 바라봤다. 아무리 염두를 굴려도 그의 내심을 예측키 어려웠기 때문이다.

다행히 추자량이 설명해 줬다.

"이번 일을 행함에 있어서 그 일 역시 자세히 알아봐야만 할 것이란 걸세. 신성천교 쪽에 심어놓은 간세가 보내온 소식에 의하면 얼마 전에 그쪽에서 성화신녀(聖火神女)가 모습을 감췄다는데, 혹시 우리 혈문에서 행방을 알 수 있게 된다면 꽤나 좋은 일이 아니겠는가?"

"…명심하겠습니다."

"허허, 명심할 것까지 있겠는가? 방금 전에 내가 한 말 따윈 그냥 잊어버리고 이번 기회에 잠깐 바람이나 쐬고 들어오게나."

'바람이라……'

내심 쓸쓸하게 웃은 사마우가 천천히 허리를 숙여 보였다. 볼일 끝났으니, 이만 물러나겠다는 의미였다.

다음날.

혈문의 붉은색 대문 밖으로 백 명의 핏빛 피풍의(皮風依)를 걸친 검수들이 빠져나갔다.

백인혈룡대.

혈문 최정예로 불리는 검대가 천패단의 복수에 나선 것이다. 설혹 누군가 보고 떠든다 해도 믿을 사람이 별로 없을 만한 광경이나, 현실은 가끔 책 속의 이야기보다 더욱 비현실적일 때가 많다.

                    *   *   *

낙양.

무림맹 총단에서 벌어진 정파비무대회는 우승자인 화산검룡(華山劍龍) 화무겸이란 이름 외에 또 한 명의 청년 영웅을 천하무림인들의 뇌리에 각인시킨 채 성대한 막을 내렸다.

추소산.

천하에 대협이라 일컬어지는 개방 방주 협개 나원경에 의해 알려진 그의 행적은 뭇사람들의 칭송을 받아 마땅했다. 천하무림인들의 이목이 온통 정파비무대회에 집중된 가운데 그는 흉악한 마적의 무리인 천패단을 물리치고 획가성의 수천이 넘는 사람들을 구한 것이다.

정파비무대회가 끝난 며칠 동안 수많은 칭찬의 말들이 쏟아졌고, 그 다음엔 추소산이란 강호 신성의 사문이나 무공에 관한 관심이 증폭되었다.

당연한 수순이었다.

평범한 사람들은 본래 새롭게 등장한 인재보다는 그 배후와 인맥 관계에 더욱 관심이 많은 법이었다.

그러나 천하의 누구도 추소산이란 신성에 관한 명확한 신세 내력을 알지 못했고, 말하지 않았다.

철저한 무명(無名).

추소산이 무림에 나온 후 가장 먼저 관계를 맺은 형산파에선 형산무적검 운진형의 패배를 입에 담을 수 없었고, 개방 역시 반도 기련음마 염규원과의 관계에 대해 말하기가 쉽지 않았다. 침묵하는 편이 낫다는 판단이었다.

결국 다시 며칠이 지나자 확 타올랐던 추소산에 대한 세인들의 관심
은 시간이 지날수록 조금씩 시들해지기 시작했다. 금세 달아올랐던 만
큼 식는 것도 빨랐다.

여전히 술자리에선 심심찮게 강남검협이니 마적주살자 같은 별호를
붙여가며 떠들어대는 사람들이 있었으나, 단지 그뿐이었다.

천하의 정파무림을 떠받치고 있는 구파일방이나 칠대세가, 오악검
파 중 어디에도 속하지 않은 일개 낭인무사에게 주어질 영광의 꽃다발
은 어디에도 존재하지 않았다. 환상 속에서나 찾아볼 법한 일이었다.
그게 대다수 사람들이 살아가는 방식이었고, 이번 일 역시 크게 다를
건 없어 보였다.

그렇게 다시 십여 일이 쏜살같이 지나갔다.

늦은 오후.

낙양의 중심가를 살짝 벗어난 곳에 위치한 화평객점(和平客店)의 주
루에 한 명의 청년이 모습을 드러냈다.

장신의 키에 맵시있게 차려입은 화의무복.

그리고 소맷자락에 선명하게 보이는 세 개의 매화 문양.

부드러우면서도 날카로운 기태를 자연스레 풍겨내며 화무겸은 꽤나
한산해 보이는 주루를 천천히 둘러봤다. 단순히 술이 마시고 싶어 이
곳을 찾은 게 아님을 알 수 있는 모습이다.

'저 사람은……'

화평객점의 점소이는 한눈에 화무겸의 정체를 눈치챘다. 전날 백마
사에서 벌어진 비무대회를 열광하며 구경했기에 우승자를 몰라볼 리
없는 것이다.

도도도도…….

재빨리 화무겸의 곁으로 종종걸음쳐 온 점소이가 다소 쭈뼛거리는 표정으로 말했다.

"저, 저기 혹시 화산검룡 화 대협이 아니십니까?"

'화 대협?'

화무겸이 자신을 선망의 시선으로 올려다보고 있는 점소이에게 시선을 던졌다. 마음 한켠에 씁쓸한 감정 하나가 차올라 온다.

"내가 화산제자인 것은 맞으나 무슨 대협이라 불릴 만한 사람은 아니오."

"예?"

"이곳에 얼굴에 면사를 쓰고 다니는 소저 한 명이 있다고 하던데, 혹시 소형제가 알고 있는지 모르겠소?"

"아! 그 술고래 소저…….”

자신도 모르게 목소리를 높였던 점소이가 재빨리 자신의 입을 손으로 막더니 주변을 살폈다. 무언가 해선 안 될 말을 한 것 같다.

'술고래 소저?'

화무겸의 눈에 이채가 떠오른 순간, 점소이가 얼른 근처로 다가들었다.

"저기… 그 화통하신 소저께서는 잠시 밖에 나가셨습니다. 항상 밤이 되면 이곳 주루로 와서 술을 십여 병씩 거덜을 내니까, 잠시만 기다리시면 될 겁니다."

"고맙소."

화무겸이 점소이에게 동전 몇 개를 집어주곤 주루의 빈자리 중 하나를 차지하고 앉았다. 점소이의 말대로 자리를 잡고 앉아서 기다릴 작정이었다.

'어쩌다가 저런 천하의 영웅이 그런 술주정뱅이 소저한테 빠졌을꼬? 뭐, 몸매는 꽤나 근사하긴 하지만… 그 술 냄새 풀풀 풍겨대는 모습이라니!'

점소이는 잠시 동안 자신의 우상이었던 화무겸 쪽을 흘깃거리다 얼른 주방 쪽으로 달려갔다. 곧 저녁 장사가 시작될 시간이니, 계속 주루 쪽에서 얼쩡거리다간 숙수와 주인한테 된통 혼이 날 터였다.

시간이 흘렀다.

슬금슬금 어둑해지던 하늘에 달이 떠오르고서야 화무겸은 자신이 기다리고 있던 사람을 발견할 수 있었다. 지난 십여 일, 개방의 방주 나원경을 비롯한 거지들에게 찰싹 달라붙어서 얻어낸 추소산에 관한 정보를 확인할 때가 임박한 것이다.

'하지만 정말 생각지도 못한 일이다. 그가 그동안 하오문과 깊은 관련을 맺었을 줄이야……!'

화무겸은 천천히 화평객점 안쪽으로 걸어 들어오는 면사녀 백수빈을 세심하게 살폈다. 그녀에게 접근하기 전에 뭔가 사전 정보가 필요하단 판단이었다.

그 모습이 백수빈에게 딱 걸렸다.

'후우! 이놈의 인기는 식을 줄을 모르니…….'

화무겸을 단숨에 평소 찝쩍대곤 하던 인근 놈팡이들과 동격으로 격하시킨 백수빈이 건들거리며 주루를 가로질렀다.

평소대로의 오만하고 도도한 모습.

화무겸은 백수빈의 움직임을 눈으로 살피던 중 흠칫 놀란 표정이 되고 말했다. 갑자기 그녀가 신형을 돌려세우더니, 그의 앞으로 맹렬하게 다가섰기 때문이다.

후욱!

격한 움직임을 쫓아 여인만의 은밀한 방향이 몰려든다.

꿈틀!

문득 눈살을 가볍게 찌푸린 화무겸이 곧은 등을 살짝 뒤편으로 당겼다.

백수빈에게 위협을 느껴서가 아니었다. 명문정파인 화산파에서 수련을 쌓은 자만이 보일 수 있는 엄격함이었다.

"흐홍!"

백수빈이 낮은 코웃음을 보였다.

화무겸이 보인 행동이 자신의 예상이 맞다는 걸 뒷받침해 줬다. 기분이 나쁠 것은 없다.

"화산검룡 화무겸. 화산파의 고매한 매화검수가 어찌 이런 주루를 배회하는 건지 좀 물어봐도 될까요?"

"본인의 정체를… 알고 있는 것이오?"

"화 소협이 내 정체를 알고 있는 것과 똑같은 이치가 아닐까요?"

"그건……"

화무겸은 중간에 말을 멈췄다. 자신이 백수빈에게 유도신문당하고 있음을 눈치챈 것이다.

문득 백수빈의 눈가에 웃음기가 감돌았다.

"공명정대하긴 하나 어수룩하진 않다는 거군요? 뭐, 좋아요. 그 정도는 되어야 정파비무대회 우승자라고 할 수 있겠지요."

"도대체 소저는……"

“그런 딱딱한 표정은 집어치우고 우리 술이나 한잔할까요? 술자리에서야말로 진짜 대화를 나눌 수 있으니까.”

“……”

백수빈은 화무겸의 대답 따윈 관심도 없다는 듯 냉큼 맞은편 자리에 가서 앉았다.

화무겸으로로선 그야말로 멍청해지지 않을 수 없는 상황.

탁탁탁!

탁자를 손바닥으로 두들겨 점소이를 부른 백수빈이 활기 넘치는 목소리로 소리쳤다.

“술이다! 술을 가져오는 거야!”

도도도도…….

익숙한 백수빈의 목소리를 듣고 주루로 달려온 점소이가 얼른 허리를 굽신거렸다.

“오늘도 열 병이면 되겠습니까?”

“두 사람이니 스무 병!”

“저기… 괜찮으시겠습니까?”

점소이의 화무겸을 향한 조심스런 물음에 백수빈의 늘씬한 다리가 쭉 앞으로 뻗어 나왔다.

픽!

점소이가 죽을 것 같은 얼굴을 한 채 바닥에 나뒹굴었다. 어디를 맞았는지 얼굴이 시커멓고 울상이다.

“크흑! 크흑!”

백수빈의 목소리에 심술이 살짝 매달린다.

“사내새끼가 고깐 걸로 울어? 한 대 더 맞을래?”

"아, 아닙니다! 또 거길 맞으면……."

"왜? 고자라도 될 것 같아서 걱정이냐? 염려 말아라! 그 정도로 심하게 걷어차진 않았으니까. 뭐, 밤일을 못하게 되면 그건 또 어쩔 수 없는 일이고."

제 할 말을 마친 후 깔깔거리는 백수빈을 바라보며 점소이가 기막힌 심정을 가슴 깊숙한 곳에 꾹 눌러 담았다. 뭔가 억울한 기색이라도 내보여 봤자 더 심한 구타밖엔 기다릴 게 없다는 걸 잘 알고 있었기 때문이다.

엉금거리며 기어가는 점소이를 물끄러미 바라보며 화무겸이 입가에 가벼운 한숨을 매달았다.

'여태까지 나는 세상에서 가장 다루기 힘든 여인이 소사매인 줄 알았는데, 눈앞의 여인과 견주자면 귀여울 정도라 할 수 있겠구나!'

화무겸의 뇌리로 정파비무대회가 끝난 후 자신에게 찰싹 달라붙어 떨어지려 하지 않던 강성연의 얼굴이 어른거렸다. 갑자기 몰래 떼어놓고 나온 그녀에게 측은지심마저 드는 것이다.

그때 백수빈이 살짝 고개를 옆으로 기울여 보였다. 그에 따라 옆으로 흘러내리는 면사 자락.

그녀의 선홍빛 가득한 입술이 도발적으로 튀어나왔다.

"나 같은 미인을 앞에 두고 다른 여인을 떠올리고 있다니, 꽤나 무례하군요!"

"예?"

"게다가 정신을 놓기까지……."

나직이 혀를 찬 백수빈이 도로 얼굴을 바로 했다. 화무겸이란 사람의 성격을 파악하기엔 충분한 시간이 흘렀다고 본 것이다.

"그래서, 우리 정파비무대회 우승자께서는 어째서 그동안 개방의 거지들한테 찰싹 달라붙어 있다가 날 찾아왔을까요? 나 같은 미인을 눈앞에 두고서도 눈빛에 흐트러짐이 없는 걸 보면 길을 가던 중 한눈에 반해서 무작정 쫓아온 것 같지는 않고… 역시 화 소협도 내 추랑한테 관심이 있는 건가요?"

'내 추랑이라… 소산 형을 말하는 것인가?'

화무겸은 자신이 사람을 정확하게 찾아왔음을 깨달았다. 개방의 정보력은 타의 추종을 불허한다더니, 역시 대단하다.

눈에 드물게 힘을 담은 화무겸이 말했다.

"소산 형과 본인은 과거 삼년지약을 맺은 바 있소이다."

"들어 알고 있어요. 뭐, 화 소협이 그 당사자란 건 지금에서야 안 사실이지만. 그래서 화 소협은 내 추랑과 삼 년 전의 비무 약속을 지키고 싶은 건가요?"

"그렇소. 그러기 위해 나는 지난 삼 년간 한시도 자신을 게을리 하지 않았으니까."

"뭐, 그건 우리 추랑 역시 마찬가지였어요."

"그랬소이까?"

"예, 그랬어요."

"다행이군."

화무겸의 입가에 강인한 미소가 떠올랐다. 추소산 같은 검재가 그동안 단련을 잊지 않았다면, 필시 자신과 호각의 승부를 벌일 수 있을 터였다. 기쁘지 않다면 그거야말로 거짓말일 게 분명하다.

백수빈이 그 모습을 보고 미미하게 고개를 끄덕여 보였다.

"그는 정말 지난 삼 년간 처절하리만치 자신을 단련했는데, 그건 모두 화 소협과 맺은 삼년지약 때문이었던 것 같아요. 그러고 보면 두 사람 다 대단하다고 할 수 있겠군요.”

“검으로 맺은 약속이오. 어찌 쉽사리 넘겨 버릴 수 있겠소?”

“뭐, 그거야 검에 대해서 그다지 아는 게 없는 나 같은 여류배로선 알 도리가 없는 일일 테지요.”

“…….”

그때 점소이에 의해 술상이 연신 날라져 오기 시작했다. 백수빈의 눈가에 활짝 미소가 머금어졌음은 물론이었다.

“우후후, 오늘은 뭘 안주로 삼을까 했더니, 두 사내대장부의 약속이 취흥을 돋우는구나. 화 소협도 사양치 말고 취하도록 마시도록 해요. 어차피 오늘 술값은 따로 계산해 줄 사람이 있을 테니까요.”

“따로 계산해 줄 사람……?”

“이건 비밀인데, 내가 돈 많은 집 딸내미를 지금 인질로 붙잡고 있어서 꽤나 금전에 관해선 여유가 있답니다.”

백수빈이 화무겸에게 은밀한 목소리로 속삭였다. 물론 화무겸으로선 전혀 알 수 없는 이야기였다.

*　　　*　　　*

여연경은 쌍령과 함께 수다를 떨며 낙양 거리를 걷던 중 자신의 앞을 가로막는 일단의 사내들을 발견했다.

낙양에 도착한 며칠간 종종 만나곤 했던 일.

“또……?”

여연경의 입에서 한숨 섞인 한마디가 흘러나왔을 때였다.

건들건들.

막 뒷골목 건달 특유의 걸음으로 여연경 등에게 다가들던 사내의 몸이 공중으로 붕 떠올랐다가 땅으로 곤두박질쳐졌다. 느닷없이 그의 앞을 스쳐 간 그림자에 의해 벌어진 변화였다.

"뭐, 뭐야!"

"어떤 새끼야!"

뒤에 서 있던 사내들이 두 눈에 쌍심지를 켜고 크게 소리를 질러댔다.

무공을 제대로 연마한 자가 없는가?

가장 먼저 나섰던 사내를 공중으로 집어 던져 버린 그림자의 움직임을 파악한 자는 아무도 없어 보인다.

그러자 흡사 응징이라도 가하려는 듯 그림자가 다시 움직임을 보였다.

스슥!

어둠 속에서 불쑥 튀어나오기라도 한 것처럼 모습을 드러낸 사람은 천면살수객 철호운이었다. 그의 쌍수가 바람같이 움직이더니 몇 개의 검은색 분영을 만들어냈다.

흑살장(黑殺掌)!

스치기만 해도 뼛속까지 독기가 스며드는 흑도의 독장(毒掌)이다. 절대 뒷골목 건달패들에게 함부로 펼칠 만한 무공이 아닌 것이다.

그 점을 무공이 뛰어난 여연경이 모를 리 없다.

그녀의 아미가 살짝 휘어진다.

'저들은 분명 철 노인의 공격을 피해낼 수 있을 것이다! 그렇다면 도대체 왜 저런 짓거리들을 하고 있는 걸까?

　여연경의 첫 번째 예측은 정확히 들어맞았다.

　전혀 무공을 익힌 흔적을 보이지 않고 있던 건달패들 중 둘이 번개 같은 철호운의 장세를 재빨리 피해냈다. 물론 평범한 나머지 둘은 피하지 못했다.

　퍼퍽!

　두 사내가 피를 토하며 바닥에 쓰러져 내렸다. 그들 중 자신이 어째서 그런 꼴이 됐는지 눈치챈 자는 아무도 없었다. 그만큼 빠른 철호운의 흑살장이었다. 마른하늘에 날벼락을 맞은 꼴이었다.

　철호운은 그들을 전혀 개의치 않았다.

　그의 온 정신은 자신의 흑살장을 피해낸 두 사내에 집중되어 있었다. 그들의 무공 수준이 처음 예상을 훨씬 뛰어넘는다는 생각이 들었기 때문이다.

　'제법!'

　철호운의 얇은 입가에 슬쩍 미소가 떠올랐다. 치솟아오르는 전의를 그는 그렇게 가라앉혔다. 살수의 본능이 다음 수에 들어가기 전에 그들의 실력을 정확히 파악해야만 한다고 속삭이고 있었다.

　그때 두 사내 중 하나가 철호운 앞으로 슥 다가섰다.

　그와 함께 튀어나온 시퍼런 전광!

　스악!

　순식간에 지척까지 파고든 도기를 철호운은 어렵지 않게 피해냈다. 이미 준비하고 있었던 것이다.

　당연히 반격이 없을 수 없다.

　슈욱!

　철호운의 손이 다시 흑살장을 펼치는 듯한 움직임을 보였다. 처음 보였던 것과 정확히 일치하는 동작이다.

그러나 결과는 판이했다.

철호운에게 도기를 뿌렸던 사내가 일순 휘청하더니, 바닥에 풀썩 쓰러져 내렸다. 흑살장의 변화에 맞춰 방어 동작을 취하던 중 전혀 생뚱맞은 공격을 뒤통수에 받았다. 쓰러지지 않을 도리가 없다.

그러자 뒤에 남아 있던 사내가 비로소 움직임을 보였다. 앞서 나섰던 동료의 무공 실력을 믿고 있었던 듯 그의 얼굴은 딱딱하게 굳어 있었다.

'동료가 쓰러졌는데도 입을 굳게 다물고 있다는 건 특수한 수련을 받은 자가 아니면 힘든 법. 도대체 어느 곳에서 이런 자들을 키워냈는지 모르겠구만.'

철호운은 재빨리 소지를 움직여 방금 전에 흑살장을 펼치는 척하며 날려 보낸 탈명륜(奪命輪)을 회수했다. 이는 하오문 사상 최강의 살수라 불리는 그의 삼대절기 중 하나로, 소지에 매단 천잠사를 움직여 자유자재로 조종하는 암기였다.

슥!

순식간에 탈명륜이 철호운의 소매 속으로 회수되었다.

바로 눈앞에 서 있는 사내조차 보고도 제대로 파악할 수 없을 정도로 빠르고 은밀한 회수였다.

그래도 감이란 게 있다.

사내는 눈살을 살짝 찡그리며 철호운을 노려보다 품 안에서 천천히 한 척 반가량 되는 길이의 중도(中刀)를 꺼내 들었다. 방금 전에 철호운을 공격했던 자에게서 튀어나왔던 전광의 정체가 밝혀지는 순간이었다.

“도를 사용하는군?”

철호운의 입술이 살짝 꿈틀거렸다.

마치 뭔가 눈치챈 듯한 태도.

사내의 얼굴에 잠시 머뭇거리는 기색이 떠올랐다. 철호운의 말속에 담긴 묘한 느낌이 공격을 잠시 머뭇거리게 만들었음에 분명하다.

“수양이 모자라는구만.”

“……”

철호운의 말이 떨어진 순간, 사내가 재빨리 수중의 도를 중단으로 이동시켰다. 거의 본능적인 대응이었다.

그러나 이미 철호운의 소매를 떠난 탈명륜은 기다란 반원을 그리고 있었다. 두 번째 말을 던지기 전에 벌써 소지를 움직여 암습을 가한 까닭이다.

“큭!”

제대로 된 공격 한 번 보이지 못하고 사내가 바닥에 무너지듯 쓰러졌다. 처음으로 나섰던 동료와 똑같은 모습이었다.

슉!

철호운이 냉정하게 다시 탈명륜을 회수했다. 평소 백수빈이나 쌍령과 시시껄렁한 농담을 주고받던 주책 맞은 늙은이의 모습은 전혀 보이지 않았다.

오히려 냉철함만이 돋보인달까?

철호운은 탈명륜을 회수하면서도 주변에 대한 경계를 결코 늦추지 않았다. 또 다른 암습에 대비하고 있는 것이다.

한데 그때였다.

철호운과 껄렁한 시정잡배를 연기하던 두 명의 도객 간의 대결을 조용히 지켜보고 있던 여연경이 갑자기 목소리를 높였다.

"둘째 오빠! 나 화났으니까, 지금 당장 나오는 게 좋을 거예요!"

'둘째 오빠?'

'둘째 오빠?'

쌍령이 서로를 바라보며 의혹 어린 표정을 지어 보였다. 그럴 수밖에 없다. 여연경의 외침이 무척이나 뜻밖이었기 때문이다.

그러나 철호운은 내심 고개를 끄덕였다. 이미 그가 예상하고 있었다는 의미.

문득 나직한 웃음소리가 바람을 타고 날아들었다.

"하하하, 근처에 이런 고수까지 두고 있을 줄 알았더라면 좀 더 무공이 높은 녀석들을 보낼걸, 실수했군."

'역시, 이가였구나!'

여연경이 눈살을 가볍게 찌푸려 보였다. 그녀는 둘째 오빠인 여문진이 야심 많고 비틀린 성격임을 알고 있었다. 비록 처음엔 화가 나서 소리치긴 했으나 무단으로 가출한 처지에 뭔가 찔리는 구석이 없을 수 없다.

그때 맨 처음 건달들이 모습을 드러냈던 골목 저편에서 한 명의 자의미공자가 모습을 드러냈다. 여연경의 예상대로 패천도문의 이공자인 여문진이었다.

그의 시선이 대뜸 여연경에게 향한다. 보는 이의 심혼을 옭아맬 듯 예리한 시선이다.

"가출해서 문중 어르신들에게 심려를 끼쳐 드린 주제에 뭐가 화가 났다는 것이냐? 중간에 호위를 맡고 있던 파도 현 대주까지 떨궜으니, 네 죄는 보통 중한 것이 아닐 것이다."

"그렇다고 해서 세 번째 후계권자인 날 오라버니가 강제로 납치할 수는 없는 일이에요."

여문진의 눈에 더욱 차가운 빛이 담겼다.

"감히 조부님께서 강건하신 때에 네가 본 문의 후계권 쟁탈을 입에 담는 것이냐!"

"그, 그건 아니지만……."

"시끄럽다! 너는 당장 나와 함께 본 문으로 돌아가서 조부님과 문중 어르신들에게 용서를 빌어야만 할 것이다!"

"싫어요!"

"철딱서니없는 것! 결국 네가 나로 하여금 피를 보게 하는구나!"

촤륵!

다시 예리한 시선을 여연경에게 던져 그녀를 뒤로 물러서게 만든 여문진이 수중에 들고 있던 섭선을 펴 들었다.

태화찬.

화산의 풍광을 노래한 우아한 시구가 섭선의 표면 위를 흐르듯 노닐었다. 평소 시가를 좋아하는 문인들이라면 눈이 휘둥그레질 정도로 빼어난 초서체이다.

물론 중요한 건 섭선에 그려진 태화찬이 아니다. 여연경을 떠난 여문진의 시선이 머문 곳이었다.

"본 문의 암영도객(暗影刀客)들은 개개인이 강호의 일류고수조차 죽일 수 있을 정도의 수업을 받았는데 이렇게 허망하게 둘을 잃다니, 놀랍군. 어쩌면 하오문에 대한 세상의 평가는 달라지는 게 마땅할지도 모르겠어."

여문진이 혼잣말하듯 말을 건넨 상대는 두 남매 간의 날이 선 대화를 묵묵히 지켜보고 있던 철호운이었다. 이미 그의 정체를 대충 짐작하고 있음이 분명해 보인다.

철호운의 눈매가 가늘어졌다. 나직한 코웃음이 입가를 스쳐 간다.

"흥, 패천도문에 암영대(暗影隊)란 살행 집단이 있단 말을 예전부터 듣기는 했었지. 생각보다 솜씨가 떨어져서 긴가민가하고 있었거늘, 이렇게 직접 모습을 드러내 얘기를 해주니 고마운 일이군. 고마운 일이야."

"고맙다?"

"좋은 정보를 줬으니까."

"더러운 하오문 출신다운 말이군."

문득 여문진의 입가에 얄팍한 미소가 떠올랐다.

그와 함께 일어난 한 가닥 무형의 살기.

이미 주의를 게을리 하지 않고 있던 철호운이 재빨리 신형을 옆으로 한 걸음 이동시켰다. 갑자기 자신을 노리며 파고든 칼날 같은 무형의 살기를 자연스레 피해낸 것이다.

'애송이 주제에……!'

철호운의 안색이 대변했다. 여문진이 쏘아 보낸 살기를 정면으로 받지 않고 흘려보냈음에도 내부가 격탕되어 미친 듯이 끓어오르고 있었다. 두 사람 간의 내공 격차가 그의 예상을 월등히 뛰어넘고 있음을 보여주는 현상이다.

당연하다.

여문진은 패천도문에서도 다섯 손가락 안에 꼽히는 고수로 불리는 강자였다.

내공 역시 어려서부터 온갖 영약을 먹고 벌모세수를 받은 여연경에

못잖을 정도로 뛰어나다 알려져 있었다.

무력으로 크게 인정받지 못하는 하오문의 살수인 철호운이 그와 내공 대결을 벌인다는 자체가 말도 안 되는 상황이었다.

그러나 철호운은 불리함을 알면서도 더 이상 물러서려 하지 않았다. 뒤에 여연경과 쌍령이 있었기 때문이다. 또다시 그가 물러선다면 여문진은 순식간에 달려들어 그녀들을 제압할 게 분명했다.

여문진이 철호운의 속마음을 읽었다.

"버티시겠다?"

"버틸 수 없을 것 같은가?"

여문진의 입가에 계속 매달려 있던 미소가 갑자기 씻은 듯 사라졌다. 갑자기 자신의 뒤통수를 노리며 파고드는 기묘한 기파를 읽었기 때문이다.

핏!

화산을 노래하고 있던 여문진의 섭선이 갑자기 본래의 모습을 회복하더니 재빨리 고개 뒤로 향해졌다.

그러자 기다렸다는 듯 터져 나온 작은 폭발음.

"커헉!"

여문진의 내력에 밀리는 상태에서도 태연하던 철호운의 입에서 피화살이 터져 나왔다. 탈명륜에 연결된 천잠사를 통해 전달된 막대한 기파에 이미 격탕되어 있던 기혈이 역류해 버린 것이다.

스윽!

순간 여문진이 기다렸다는 듯 앞으로 나섰다.

화살보다 빠른 속도.

여문진의 시선으로부터 여연경을 보호해 주고 있던 쌍령이 일제히 비명을 터뜨렸다. 무적이라 믿고 있던 철호운이 피를 토했으니 당연하다.

그러나 그 순간 상황이 또다시 급변했다.

차륵!

거의 철호운의 면전까지 이르렀던 여문진이 갑자기 신법의 속도를 늦추더니, 수중의 섭선을 다시 펼쳐 들었다. 그리고 맹렬한 진기를 품은 채 좌우로 휘저어지는 부채의 변화.

파파파파팟!

부채로부터 터져 나온 엄청난 기파 사이로 몇 개의 번쩍임이 보였다. 은은한 달빛이 만들어놓은 기변인가?

그렇진 않았다.

분명 다른 까닭이 있다.

그때 삼대절기 중 또 다른 하나인 탈명침(奪命針)을 뿌린 철호운이 여유있는 동작으로 신형을 뒤로 물렸다. 애초에 여문진이 어찌 움직일지를 정확하게 파악하고 있지 않았다면 절대 보일 수 없는 임기응변이었다.

스으.

그에 맞추려 함인지 여문진 또한 철호운을 다시 쫓지 않고 뒤로 물러섰다. 재빨리 섭신을 펼쳐서 빙어했음에도 수백 개가 넘는 탈명침을 완벽하게 방어하는 데 실패했다. 물러서지 않을 도리가 없다.

그렇게 양자간의 간격이 삽시간에 삼 장 이상으로 벌어졌을 때였다.

철호운이 경고하듯 소리쳤다.

"이미 탈명침을 맞은 이상 체내의 진기를 흩뜨리고서 절대 운기조식하면 안 될 것이야!"

“운기조식을 하지 말라?”

“탈명침은 소털보다도 가는 세침이니, 체내의 혈맥을 따라 빠르게 이동하는데, 진기를 끌어올리면 그 속도가 가속되네.”

“그러면 곧 내 심장이 멎겠군.”

“그렇다고 할 수 있지. 그러니 노부의 말대로…….”

“그렇게 고분고분 일을 끝내면 재미가 있을 리 만무하지.”

“…….”

순간 여문진의 전신에서 찬연한 백광이 일어났다. 흡사 천지를 비추던 달빛이 한곳으로 집약된 듯한 모습이다.

“광한현공(光寒玄功)이니 조심하세요!”

‘광한현공?’

여연경의 갑작스런 경호성에 철호운이 안색을 살짝 경직시켰다.

광한현공.

강남제일세라 불리는 패천도문의 삼대신공 중 하나로 불리는 절대의 무공으로 그 위력이 하늘에 닿아 있다고 알려져 있다. 여문진의 범상치 않은 변화에 이미 잔뜩 긴장해 있던 철호운이 이를 간과할 리 없다.

스웃!

철호운이 재빨리 뒤로 신형을 날렸다. 일단은 피하고 볼 일이란 판단을 내린 것이다.

바로 그때였다.

은은한 백광을 온몸에 두른 채 여문진이 다시 철호운에게 쏘아져 왔다. 첫 번째보다 족히 두 배는 빠른 움직임.

콰쾅!

빠르게 분영을 만들어내던 철호운의 노구가 한켠으로 나뒹굴었다. 흡사 태풍에 휩쓸린 나뭇잎 같다.

그러나 그는 금세 자리를 털고 일어섰다. 여연경의 경호성에 미리 대비한 탓에 광한현공의 일격을 비껴내는 데 성공했다. 최소한의 피해만으로 태풍을 흘려낸 셈이다.

그렇다고 현재 철호운의 상태가 썩 좋은 건 아니었다.

솔직히 말해 좋지 않았다. 꽤나 중한 내상을 당해 신형을 일으킨 게 고작일 정도였다. 허장성세라도 부려서 여연경과 쌍령이 도주할 시간을 버는 게 현재 그가 바랄 수 있는 최선의 결과인 것이다.

그때 철호운 쪽을 힐끔 바라본 여문진이 자신의 왼손을 활짝 펼쳐 보였다.

투투툭!

좀 전 체내로 파고들었던 탈명침 세 개가 얼음 조각 몇 개와 함께 힘없이 바닥에 떨어져 내렸다. 광한현공을 운용해 장심 쪽으로 탈명침을 밀어냈음이 분명하다.

'저게 천하제일을 노리는 세력만이 가질 수 있는 신공의 위력이란 건가……'

철호운의 안색이 더할 수 없을 정도로 침중하게 굳어졌다. 자신의 힘으론 더 이상 여연경을 보호할 수 없음을 자인한 수밖에 없었다.

그러자 쌍령의 뒤에 몸을 숨기고 있던 여연경이 앞으로 나섰다. 지금 자신이 나서지 않았다간 여문진이 철호운을 비롯한 하오문 사람들을 모조리 죽일까 겁이 난 것이다.

"문진 오라버니, 정말 소매를 핍박하려 하시는 건가요?"

"네가 자초한 일이다."

"그럴지도 모르죠. 하지만 오늘의 일을 저는 똑똑히 기억하고 있을 거예요."

"말속에 가시가 담겼구나? 내가 네 조그만 힘을 두려워하리라 보는 것이냐?"

"물론 제가 가진 힘은 미약해요. 하지만 큰오라버니께서 곧 폐관 수련을 끝마치십니다. 그때가 돼도 문진 오라버니가 그리 태연할 수 있을지 궁금하네요."

'이야기책이나 읽던 어리광쟁이가 어느새……'

여문진의 눈매가 살짝 가늘어졌다. 여연경이 한 말이야말로 그가 가장 꺼림칙하게 생각하는 바였다. 그래서 휘하의 암영대에서 몇 명을 뽑아 보낸 것인데, 일이 완전히 꼬였다. 심중에 걸리는 바가 없을 리 만무하다.

그때 여연경이 다시 목소리를 높였다.

"게다가 하오문은 문진 오라버니가 생각하는 것처럼 만만한 조직이 아니에요. 저 때문에 원한을 맺어놓는다면 후일 반드시 후회하게 될 거예요."

"지금 다 죽여 버리면 된다."

"저에겐 대파천도법이 있어요. 문진 오라버니라 해도 제가 전력을 다 기울인다면 한동안은 쉽사리 몸을 빼낼 수 없을 거예요."

슥!

여연경은 자신이 한 말이 결코 허세가 아님을 보여주기라도 하려는 듯 왼발을 반 족장 정도 앞으로 내밀었다. 여문진 또한 알고 있는 대파천도법의 발도 자세에 들어간 것이다.

'끝까지 해보겠다는 거로군……'

여문진이 수중의 섭선을 접었다. 여연경에게서 흘러나오고 있는 기파가 그의 예상을 뛰어넘을 정도였다. 무시할 수 없는 것도 당연한 일이다.

툥!

자신의 허리에 매단 패도의 도파를 슬쩍 손가락으로 튕겨 보인 여문진이 갑자기 태도를 바꿨다.

"원하는 바가 뭐냐?"

"예?"

"네가 원하는 바를 말하라고 했다."

잠시 머뭇거리는 표정을 짓던 여연경이 갑자기 백옥같이 고운 손을 불쑥 내밀어 보였다.

"돈 좀 주세요."

"얼마나?"

"많이요."

여연경의 말이 떨어진 순간, 여문진이 품 안에서 묵직한 전낭을 꺼내 집어 던졌다.

툭!

"그 밖에 원하는 것은 또 없냐?"

"한동안 절 그냥 내버려 둬주세요. 때가 되면 알아서 집으로 돌아갈 테니까요."

"낭군감과 함께 말이냐?"

"그, 그걸 어떻게……."

"네 선택을 기대하고 있으마."

처음으로 사람의 감정이 느껴지는 표정을 얼굴에 지어 보인 여문진이 신형을 돌렸다. 여연경을 납치하려던 계획이 수포로 돌아간 이상 이곳에 남아 있을 까닭이 없다.

"인재군, 인재야!"

멀어져 가는 여문진의 뒷모습을 계속 주시하고 있던 철호운이 더 이상 견디지 못하고 천천히 무너져 내렸다. 긴장이 풀린 순간, 광한현공으로 인해 얻은 내상이 급격하게 온몸으로 전파되기 시작한 것이다.

"철 노야!"

"철 노야!"

쌍령이 놀란 표정이 되어 철호운에게 달려들었다. 그가 추소산의 행세를 하며 자신들을 속였던 사실조차 까맣게 잊은 듯 그녀들의 얼굴에는 구슬 같은 눈물이 잔뜩 번져 나오고 있었다.

'휴우! 협객전에 나온 대로 했을 뿐인데 이가가 속아 넘어가다니, 정말 다행이다. 그나저나 슬슬 온몸의 피가 얼음처럼 변하는 고통을 겪었으니, 그만 봐주기로 할까?'

여연경은 내심 한숨을 내쉬며 쌍령에게 둘러싸인 철호운 쪽으로 걸어갔다.

이곳에서 광한현공에 당한 내상을 치료할 수 있는 사람이라곤 오직 그녀뿐이었다.

쌍령보다 훨씬 더 철호운에게 화가 나 있긴 했으나 그냥 내버려 두고만 있을 순 없었다. 그가 추소산의 부탁을 받고 그런 짓을 했다는 걸 잘 알고 있었기 때문이다.

제35장

답이란 구하고자 해서 구해지는 게 아니다

　여연경이 부상당한 철호운을 부축한 쌍령과 함께 화
평객점으로 돌아왔을 때였다.

　넘실거리는 객점의 불빛 너머로 호탕한 백수빈의 대소가 연신 귓전
을 때려왔다.

　"와하하하하!"

　취기가 대충 얼큰한 정도로 올랐을 때 보이곤 하는 모습.

　백수빈이 꽤나 기분이 좋은 상태임을 직감적으로 눈치챈 어연경의
눈에 이채가 떠올랐다.

　'그동안 계속 횟술만 들이키고 있더니, 오늘은 무슨 바람이 불었길
래 저리 기분이 좋은 것이지?'

　백수빈은 여연경이 추소산을 차지하기 위해 가장 먼저 넘어서야 할
강적이었다. 연적이었다. 당연히 그녀의 갑작스런 감정 변화에 관심이

가지 않을 리 만무하다.

여연경의 걸음이 조금 빨라졌다.

그러자 끙끙대며 철호운을 부축하고 있던 쌍령의 얼굴에 울상이 떠올랐다.

"히잉, 연경 언니, 너무 빨리 걷지 말아요!"

"철 노야는 생각보다 꽤나 무겁다구요!"

여연경이 걸음을 늦췄다. 그제야 철호운을 부축한 쌍령에게 생각이 미친다.

'이미 내가 내력을 움직여서 이가의 광한현공의 공력을 바깥으로 배출시켰다. 비록 내상이야 조금 남았겠지만 거동을 못할 정도는 아닐 텐데, 어째서 철 노인은 기력을 회복하지 못한 것일까?

평소의 여연경이라면 필시 별다른 생각 없이 의협심을 발휘해 힘들어하는 쌍령을 도와줬을 것이다. 그게 그녀의 본래 성정이었다.

하지만 잠시 전 협객전에서 봤던 음모자들을 흉내 내어 여문진을 물러나게 만든 그녀의 머리는 꽤나 명민해진 상태였다. 철호운에게서 뭔가 이상한 점을 금세 발견해 냈다.

'그러고 보니 그동안 철 노인은 쌍령 누이들과 백 소저에게 꽤나 냉대를 받고 있었으니, 이번과 같이 부상을 당한 게 오히려 그녀들의 신임을 회복하는 데는 호재가 될 수도 있겠구나.'

픽!

도톰한 입술에 작은 미소를 만들어낸 여연경이 쌍령에게 상냥한 표정으로 말했다.

"철 노인은 괜찮아요. 쌍령 누이들은 그를 힘들게 부축할 필요가 없어요."

‘이크!’

입에 앓는 소리를 계속 달고 있던 철호운은 내심 가슴이 뜨끔했다. 진짜 그의 부상은 이미 상당수 회복되어 부축받을 정도는 아니었다. 다분히 쌍령을 놀리는 재미로 부축을 받고 있었는데, 이를 여연경이 눈치채자 노살수의 가슴이 조마조마하지 않을 수 없었다.

쌍령 중 조금 현명한 대령이 눈살을 가볍게 찌푸려 보였다.

“연경 언니, 철 노야는 방금 전까지 신음을 흘릴 정도로 부상이 심한데, 어찌 부축할 필요가 없다는 건가요?”

“그야 그가…….”

“어이쿠! 이런 고마울 데가 있는가! 잠시 의식을 잃은 새에 우리 꼬맹이 아가씨들의 도움을 받고 말았구만!”

여연경의 말을 중간에 끊은 건 느닷없이 쌍령에게서 떨어져 나온 철호운이었다.

그는 다소 호들갑스레 말을 내뱉고는 몇 차례에 걸쳐 잔기침을 터뜨렸다. 너무 서두르는 바람에 체내에서 완전히 배출시키지 못한 피가 입을 통해 터져 나왔다.

그 모습을 본 쌍령의 얼굴에 잠시 떠올랐던 의심의 기색이 씻은 듯 사라졌다.

“철 노야!”

“아직도 많이 아프신 거예요?”

소령의 거의 울 듯한 말에 철호운이 진중한 표정으로 고개를 천천히 가로저어 보였다.

“너희들 덕분에 많이 나았다. 울 것까지는 없어.”

“히잉, 그렇지만…….”

“허허, 녀석 하고는.”

철호운이 자신의 품에 얼굴을 묻은 소령의 머리를 거친 손으로 다정하게 쓰다듬어 줬다. 누가 보더라도 정다운 조손지간의 모습이었다.

“……”

문득 여연경의 입가에 가벼운 한숨이 매달렸다. 슬쩍 자신에게 곁눈질하는 철호운의 밉상 맞은 시선과 눈이 마주쳤기 때문이다.

그때 객점 안에서 한 쌍의 남녀가 모습을 드러냈다.

밖에서 인 작은 소란을 확인하러 나온 화무겸과 백수빈이다.

“무슨 일이 있었던 거죠?”

백수빈이 쌍령을 품 안에 안고 있는 철호운을 향해 눈살을 가볍게 찌푸려 보였다. 아직도 철호운이 추소산의 행세를 하며 자신을 속인 일에 대한 용서를 하지 않은 모습이다.

‘노부의 옆구리에 커다란 멍울을 만들어놓고도 아직 화가 덜 풀렸다니. 부문주의 성질머리도 정말 보통은 아니야.’

내심 고개를 절레절레 흔들어 보인 철호운이 재빨리 쌍령을 품에서 떼어내곤 진중한 기색을 드러냈다.

“부문주, 축하드리오!”

“예?”

“드디어 새 남자를 만든 것 말이오.”

“……”

“화산검룡이 상대라면 문주님께서도 결코 이 혼약을 반대하지 않으실 거라고 생각하오. 만약 문주님께서 반대를 하신다면 노부가 반드시 나서서……”

쉬악!

백수빈이 손에 들고 있던 술병을 철호운에게 냅다 던져 버렸다. 평소 하던 짓, 그대로였다.

그러나 철호운은 지금 평상시와 전혀 다른 상태였다.

퍽!

철호운의 머리를 강타한 술병이 대번에 산산조각났다. 내상이 남은 상태인지라 피해낼 수 없었던 것이다.

"꺄악!"

"아악!"

쌍령이 놀라 비명을 터뜨렸다. 그러나 가장 놀란 사람은 백수빈이었다. 철호운이 자신의 술병을 피해내지 못하리라곤 상상조차 하지 못했다.

슥!

한걸음에 철호운에게 다가든 백수빈이 재빨리 치마를 찢어냈다. 어느새 줄줄 피를 쏟아내고 있는 철호운의 이마를 지혈하기 위함이었다.

당연히 철호운에 대한 역정이 없을 수 없다.

"도대체 어떻게 된 일이에요?"

"좀… 문제가 있었을 뿐이오."

"좀?"

백수빈이 철호운의 이마를 손으로 누른 채 쌍령을 노려봤디. 설명을 요구하는 시선이었다.

"그, 그게… 저기……."

대령이 머뭇거리며 말끝을 흐리자 백수빈의 목소리가 슬쩍 치켜 올라간다.

"당장 말해!"

“…….”

대령 대신 화무겸 쪽을 눈으로 살피고 있던 여연경이 나섰다. 쌍령이 자신의 체면을 고려해서 쉽사리 입을 열지 못한다는 걸 잘 알고 있었기 때문이다.

“철 노인을 부상시킨 건 제 둘째 오라버니예요.”

“패천도문에서 하오문과 전쟁을 벌이려는 건가요?”

“그런 건 아니에요. 단지 둘째 오라버니는 절 패천도문으로 데려가려 했을 뿐이에요.”

“흐응, 알겠어요.”

백수빈의 천천히 고개를 끄덕여 보였다. 방금 전까지 보였던 노기는 이미 씻은 듯 사라지고 없다.

그런 백수빈의 태도 변화를 본 여연경의 시선이 가볍게 흔들렸다. 그녀가 화를 내지 않자 오히려 찜찜한 마음이 드는 것이다.

그때 화무겸이 묵직한 표정으로 말했다.

“그럼 내일 출발하는 걸로 알고 본인은 이만 숙소로 돌아가 보도록 하겠소이다.”

“벌써 가시려고요?”

백수빈이 다소 아쉬운 기색을 보이자 화무겸의 얼굴에 슬쩍 곤혹스러움이 스쳐 갔다. 백수빈이 어째서 자신이 떠남을 아쉬워하는 줄 알고 있었기 때문이다.

‘저 주귀(酒鬼) 같은 소저를 상대하느라 이미 목 바로 아래까지 술이 찬 상태다. 여기에 다시 술을 들이붓는다면 나는 더 이상 온전한 정신을 유지할 수 없을 것이다.’

그렇다.

지금 그는 치밀어 오르는 취기를 내력으로 억지로 누르고 있었다. 청정한 기풍으로 유명한 화산파의 대제자로서 여태까지 이렇게 많은 술을 마셔본 적은 없었다.

당연히 백수빈에게서 벗어날 때가 왔으니 망설임을 보여선 안 된다. 당장 달아나야만 한다.

슥!

화무겸이 백수빈에게 정중하게 포권해 보였다.

"이미 밤이 늦었소이다. 내일 새벽에 다시 찾아올 터이니, 그때 뵙도록 하지요."

"뭐, 그러시던가……."

백수빈이 재미없다는 듯 말을 받았다. 그러자 다시 여연경과 쌍령 등에게 포권을 해 보인 화무겸이 발을 재게 놀려 화평객점을 떠나갔다. 그는 결코 뒤를 돌아보지 않았다.

"아아, 비무대 위에서 비무를 벌일 때도 멋있었는데, 정말 근사한 남자구나!"

소령이 화무겸이 떠나가는 모습을 바라보며 크게 감탄을 터뜨렸다. 비무대 위에서 멋지게 상대방을 물리치던 그의 모습을 눈여겨봐 뒀음이다.

대령이 얼른 고개를 가로지이 보았다.

"그래도 소산 오라버니와는 비교가 안 돼."

"누가 소산 가가랑 비교했나……."

"방금 전에 했잖아."

"아니다 뭐!"

소령이 입술을 귀엽게 앞으로 내밀었다. 그때 역시 화무겸이 떠나가는 모습을 눈으로 살피고 있던 백수빈의 모습을 바라본 여연경이 잠시 생각에 잠겼다. 갑자기 좋은 생각이 뇌리로 스치고 지나갔기 때문이다.

'저 화 소협은 내가 보기에도 괜찮다. 철 노인의 말대로 백 소저와 그를 맺어주도록 해야겠구나.'

생각해 보면 철호운의 농담 아닌 농담은 여연경으로선 그야말로 손 안 대고 코 푸는 격이다. 마음이 동하지 않을 수 없다.

여연경의 입가에 회심의 미소가 떠오른다. 한데 그때 화무겸이 시야에서 완전히 사라진 걸 확인한 백수빈이 갑자기 어깨를 한차례 으쓱해 보였다.

"쫓아보내기 더럽게 힘들었네!"

백수빈을 향해 사람들의 이목이 집중되었다. 화무겸에게 꽤나 호의적이던 그녀가 갑자기 태도를 바꾼 까닭을 이해하기 힘들었기 때문이다. 그러자 그녀가 면사를 펄럭이며 말했다.

"그는 소산과 삼 년 전부터 비무를 약속한 사이야. 비록 내게는 검으로 마음이 통했다는 둥, 낯간지런 말을 했지만 크게 믿음이 가진 않아. 그러니 지금 소산이 강적과 싸우기 위해 산서성으로 떠났는데, 또 다른 강적을 데려갈 순 없는 일이잖아."

"추 소협이 산서성에 있는 건가요?"

여연경이 놀라서 목소리를 높였다. 여태까지 백수빈에게 고분고분했던 모든 것이 다 추소산의 행방을 탐문하기 위함이었다. 이제 그의 행방에 대한 단서를 알게 됐으니 흥분하지 않을 수 없다.

백수빈이 거만한 목소리로 말했다.

"소산이 획가성을 치러 왔던 천패단을 박살 낸 후 종적을 감췄다는 첩보를 오늘 얻었어요."

"단지 그것만으로 추 소협이 산서성으로 향할 거란 확신을 가진 건가요?"

"그거면 충분하죠."

천천히 고개를 끄덕여 보인 백수빈이 설명했다.

"만약 다른 평범한 자들이라면 천패단을 섬멸한 이후 분명 혈문의 복수를 피해서 도망을 치던가, 무림맹 같은 곳에 몸을 의탁할 거예요. 혈문은 그만큼 무서운 집단이니까요. 하지만 소산은 극단적일 정도로 외유내강(外柔內剛)한 사람이니, 결코 그렇게 행동하진 않을 거예요."

"그래서 오히려 혈문으로 찾아갈 거라 생각한 건가요?"

"혈문이 복수에 나설 경우, 오직 자신만을 찾아오길 바랄 테니까요."

"……."

백수빈의 설명이 끝난 순간, 여연경의 두 볼이 붉게 상기되었다. 흡사 도화꽃이 한꺼번에 만개한 듯하다. 그리고 살짝 밑으로 떨궈진 얼굴.

'왜 갑자기 갓 시집온 새색시처럼 수줍어하는 거야?'

백수빈이 다소 기가 막힌 심정이 되어 여연경을 쏘아봤다.

여인만의 직감.

여연경이 자신의 설명을 듣는 동안 추소산에게 더욱 심하게 반했음을 그녀는 알 수 있었다. 짜증이 치밀어 오르는 것도 무리는 아니다.

"화 소협은 그리 녹록한 인물이 아니니 지금 당장 출발해야 해요. 그러니 얼굴은 그만 붉혀요."

"무, 무슨……."

여연경이 얼른 자신의 얼굴을 손으로 감싸듯 어루만졌다. 그때 대령이 다소 걱정스런 표정으로 말했다.

"그렇지만 지금 철 노야는 부상 중이신데 그렇게 먼 길을 떠난다는 건 곤란하다고 봅니다."

"맞아요!"

소령마저 얼른 동조하자 백수빈이 재빨리 손가락을 놀려 쌍령의 이마에 작은 혹을 만들었다. 손가락으로 팅겨준 것이다.

"아파! 아파!"

"으음……."

얼른 이마를 잡은 채 뒤로 물러서는 쌍령에게 나직이 코웃음 친 백수빈이 철호운에게 냉랭한 시선을 던졌다.

"철 노야도 제 성격은 잘 아실 거예요. 만약 쫓아올 자신이 없으면 이곳에 남아서 상처를 조섭하도록 하세요."

철호운의 입가에 흐릿한 미소가 떠올랐다.

"이미 노부의 부상은 다 나았소이다. 문주님의 명이 지엄한데 어찌 꾀병을 부리며 게으름을 피우겠소이까?"

"괜찮다는 말이죠?"

"두말하면 잔소리올시다!"

철호운이 자신의 가슴을 주먹으로 툭툭 두들겨 보였다. 잔뜩 호기를 부리는 모습이 역력하다.

'흥, 어차피 마차가 있으니 상관없겠지.'

내심 나직이 코웃음 친 백수빈이 여연경에게 당당하게 소리쳤다.

"그동안 먹은 술값과 숙박비를 부탁드려요!"

"……."

황당한 표정이 된 여연경을 뒤로한 채 백수빈이 여직 울상을 짓고 있는 쌍령과 함께 마구간으로 향했다. 낙양을 떠날 준비에 들어간 것이다.

＊　　　＊　　　＊

새벽까지 영업을 하는 허름한 주점.

육지견은 퀴퀴한 냄새가 나는 나무 탁자를 사이에 두고 앉아 있는 지화자를 바라보며 입술꼬리를 실룩거렸다.

뒤를 밟힌 것까진 좋았다.

어차피 개방의 만구환을 훔쳐 냈다곤 하나 소림의 대환단을 놔뒀으니 크게 문제될 일은 없었다. 적당히 술래잡기를 좀 벌이다가 타협을 보면 되었다.

어차피 하오문과 더불어 천하제일을 다투는 개방의 정보력이라곤 하나 둥글둥글하게 사는 게 인생 아니던가.

그런데 도둑에게는 그야말로 보물 창고나 다름없는 낙양에서 아예 사업을 못하게 방해를 하고 나설 줄은 몰랐다.

오늘까지 십여 일간.

육지견은 놀랍게도 낙양에서 한 건의 도둑질도 성공치 못했다. 낙양이 개봉이라도 되는 줄 아는지, 곳곳미디 뭉쳐 다니는 개방 거지들 때문이었다.

까닥!

고개를 한차례 옆으로 삐딱하게 꺾어 보인 육지견이 먼저 입을 열었다.

"이 빌어먹다 뒈질 거지새끼야! 어째서 내 사업을 방해하는 거냐?"

“거지야 본래 빌어먹다가 뒈지는 게지. 그리고 도둑놈의 새끼의 도둑질 좀 방해한다고 해서 뭐 큰일이라도 일어나겠는가?”

“한마디로 내가 만만해 뵌다는 거냐?”

“그렇게 들렸는가?”

“그래.”

“그럼, 그런 것이겠지.”

지화자가 거만하게 고개를 끄덕여 보였다. 누가 보더라도 도발을 부추기는 모습이다.

육지견은 바로 발작을 일으키려다 멈췄다.

지화자와 알고 지낸 지 삼십 년이 넘었다. 그동안 다툼은 꽤 있었지만, 이렇게 대놓고 시건방을 떤 일이 없으니만큼 그 저의를 의심하지 않을 수 없다.

‘뭔가 바라는 게 있다는 뜻이겠지?’

내심 염두를 굴린 육지견이 눈을 가늘게 떴다.

“원하는 게 있으면 말해봐라.”

“원하는 거?”

“다 같이 늙어가는 처지에 말 돌리지 말고.”

“흐흠.”

지화자가 해학적인 자신의 얼굴을 손가락으로 벅벅 긁었다. 자연스레 탁자 위로 때가 후두둑 떨어져 내린다.

‘디런 자식!’

육지견은 자신의 온몸이 다 근질거려 오는 걸 간신히 참았다. 멋과 풍류를 최우선적으로 생각하는 풍류도둑을 자처하는 처지로 지화자 같은 상거지와 마주한다는 건 꽤나 고통스런 일이었다.

그때 볼살 긁기를 다 마친 지화자가 입을 열었다.

"아무래도 혈천마교의 잔당들이 다시 움직임을 보이기 시작한 것 같다."

"혈천마교? 그 몽고족에게 빌붙었던 떨거지들 말이냐?"

"세상에 그 밖에 다른 혈천마교도 있었던가?"

지화자의 핀잔 섞인 말에 육지견이 뜽한 표정을 지어 보였다. 그 역시 과거 혈천마교가 얼마나 무서웠는지 알고 있었다. 모르진 않았다.

하지만 그래서 어쩌란 말인가?

엄밀히 말해 강호인이라기보다는 도둑이라 할 수 있는 자신에게 지화자가 이런 말을 하는 까닭을 육지견은 알 수 없었다. 이런 무림의 평화 운운하는 일들은 그저 무림맹 같은 곳에서나 의논하는 게 옳았다.

그 같은 육지견의 내심을 지화자가 눈치채지 못할 리 없다.

번뜩.

노안에 갑자기 정기를 가득 담은 지화자가 호통을 쳤다.

"언제부터 독행문(獨行門)의 계승자가 그리 자신만 아는 이기적인 인사가 되었더란 말인가! 내 자네를 도둑이라 하나 의를 아는 자라 여기고 찾아왔더니, 참으로 실망스럽구만!"

"흰소리 그만 하고!"

"……"

"빨랑 날 자극한 진짜 이유나 말해봐!"

육지견의 태도는 변함이 없었다. 어떤 말로도 회유나 설득은 불가능해 보인다.

'천하에 아는 자가 몇 없는 제놈의 사문까지 언급했는데도 저리 뻣뻣하다니! 징한 놈!'

내심 고개를 절레절레 흔든 지화자가 결국 본론을 끄집어냈다.

"마교에 빼앗긴 게 진짜 일월신검인가?"

"일월신검을 탈취해 간 자는 신성천교의 백포혈마 헌원무진이야. 그 지독한 마두가 가짜를 탈취한 후 그 난리를 일으켰을 것 같나?"

"그렇게 말하는 거치고는 꽤나 거만한 표정인 것 같네만?"

"뭐, 내 표정이 본래 그렇지."

육지견은 더욱 얼굴에 거만한 표정을 만들어 보였다.

지화자가 안색을 굳혔다.

"자네가 추 소협과 의형제를 맺은 걸 아네. 만약 자네가 추 소협에게 일월신검의 진체를 건네줬다면, 앞으로 큰 문제가 야기될 수 있을 걸세."

"뭔 큰 문제?"

"내 생각에 추 소협이 지닌 묵검은 과거 묵검신마 위일천이 지녔던 절세묵검일 가능성이 높네. 만약 이런 내 예상이 맞다면 앞으로 추 소협은 정사 양측은 물론이거니와 혈천마교의 잔당들에게도 목표가 될 것일세. 그러니……."

"그러니 소산 현제를 위해 개방을 도와라?"

"추 소협은 앞으로 정파무림의 큰 동량이 될 인재일세. 혹여라도 좋지 못한 겁난을 맞게 놔둘 순 없지 않겠는가!"

"흥!"

육지견의 입가에 차가운 조소가 떠올랐다. 평소의 세상을 굽어보는 오만함이 아니라 멸시가 담긴 미소였다.

"어쩐지 개방의 나 방주가 소산 현제를 돕지 않고 무림맹으로 달려왔다 했더니, 너 못난 늙은 거지 녀석이 관계되어 있었구나?"

"그건……."

"뭐, 세상이 다 그런 것이겠지. 변명 같은 건 하지 말아라. 듣고 싶지 않으니까."

육지견이 지화자의 말을 끊고 자리에서 일어섰다. 더 이상 나눌 말이 없다는 판단을 내렸기 때문이다.

"답을 주지 않고 가려는가?"

"답이란 구하고자 해서 구해지는 게 아니다."

"그게 무슨……."

"헛소리다."

그 말을 끝으로 육지견이 바람같이 주점을 빠져나갔다. 처음 모습을 드러냈을 때와 같이 오고 감을 전혀 예측할 수 없었다.

"답이란 구하고자 해서 구해지는 게 아니다?"

잠시 넋 잃은 표정으로 육지견이 남기고 간 말을 중얼거린 지화자가 주발을 꺼내 탁자 위에 남겨진 음식을 쓸어 담았다. 거지답게 음식을 남기는 사치스런 일은 하지 않은 것이다.

태연자약한 모습.

어차피 자존심 강한 육지견을 말 한마디로 움직일 수 있으리라곤 생각도 하지 않았다. 그냥 정보를 건네준 것만으로 충분했다. 그가 알아서 움직일 테니까.

백마사.

무림맹주 고엽신승과 얼굴을 맞대고 앉은 협개 나원경은 침묵이 길어지자 온몸이 마구 배배 꼬이는 걸 느꼈다.

평생을 어느 한곳에 정착해 본 적이 없는 인생.

바람과도 같은 삶이었다.

이렇게 무림맹같이 답답한 곳에 틀어박혀 있는 건 그에겐 고문이나 다름없었다.

고엽신승이 그제야 눈에 정광을 띤 채 입을 열었다.

"나 방주, 현 무림을 삼등분하고 있다고 해도 과언이 아닌 삼존은 하나같이 불세출의 대종사들이라 할 수 있소이다. 때문에 빈승 같은 늙은 중은 그다지 할 일이 없다고 할 수 있고요. 갑자기 빈승에게 나 방주 같은 분이 찾아와 무림을 구원하라 하니, 난감하기 짝이 없구려."

"맹주님, 상대는 혈천마교의 후예로 추정됩니다. 아무리 삼존의 세력이 강대하다곤 하나 무림맹이 그냥 보고만 있을 순 없지 않겠습니까?"

"진짜 혈천마교의 후예가 창궐했다면 분명 그렇겠지요. 하지만 그들이 무림에서 자취를 감춘 것이 이미 수백 년 전인데, 이제 와서 다시 준동을 한다는 건 좀 믿기지 않는 일이오. 개방에서도 절세묵검으로 추정되는 검이 발견된 것 외에는 다른 이상 징후를 발견한 게 없지 않소이까?"

"그건 그렇습니다만 혈천마교에 대한 건은 쉽사리 보아 넘길 수 없는 무림의 중대 사안이라고 생각합니다."

"그렇구려."

고엽신승이 천천히 고개를 끄덕여 보였다. 나원경이 이렇게까지 강하게 주장하고 나서자 일의 심각함을 비로소 깨달은 듯하다.

그러나 나원경은 내심 눈살을 찌푸렸다. 맹주 고엽신승이 꽤나 능구렁이 짓을 하고 있다는 생각이 들었기 때문이다.

'소림사는 이번에도 무림의 중대사에서 선두에 서지 않고 빠져나갈 셈인가……'

나원경의 불만은 당연하다.

소림은 천 년이 훨씬 넘는 기간 동안 무림의 정파 세력을 영도하는 수장의 위치를 지켜왔다. 소림무학이 중원무학의 근본임을 누구나 인정해 왔기 때문이다.

하물며 현 무림맹주인 고엽신승은 소림 최고 배분의 고승이었다.

나원경이 소림과 고엽신승에게 무림에서의 위치에 맞는 역할을 해 줄 것을 요구하는 것은 지극히 당연한 일이었다. 삼존이 득세한 현 무림의 상황이 아니라면 분명 그러했다.

'어찌해야 하는가?'

불만 가득한 나원경의 표정을 살피며 고엽신승은 내심 침중한 한숨을 내쉬었다. 과거와 달리 소림의 이름을 내걸고 포효할 수 없는 현실이 가슴 아프다.

나원경이 천천히 자리를 털고 일어섰다.

더 이상 고엽신승과 대화해 봐야 얻을 것이 없어 보인다.

"나 방주, 아직 이야기가 다 끝나지 않은 것 같은데 떠나시려는 것이오?"

"화산으로 찾아가 볼까 합니다."

"화산… 강 장문인을 만날 작정이시구려?"

"그렇습니다. 비록 요즘 들어 신성천교와 음산파 간의 분쟁으로 바쁘실 테지만, 혈천마교에 대한 건은 반드시 직접 알려 드려야 할 것 같습니다."

"그렇구려."

고엽신승이 다시 고개를 끄덕여 보였다. 그는 결코 나원경을 붙잡지 않았다. 실질적인 정파제일인이 검신존 강구량임을 이미 인정한 지 오래였기 때문이다.

슥!

나원경이 고엽신승에게 포권을 해 보이곤 맹주 집무실을 빠져나갔다. 이미 그의 뇌리 속에 무림맹과 소림, 고엽신승에 대한 기대는 깨끗이 접혀진 상태였다.

휘익!

낙양을 떠나 관도 위를 질풍처럼 달리고 있던 마차 위로 갑자기 육지견이 풀쩍 뛰어올라 왔다.

느닷없는 등장.

그의 등에는 한 명의 소녀가 업혀져 있었는데, 안색이 극도로 창백한 게 중병에 걸린 듯 보인다.

털썩!

마부석에 앉아서 말을 몰고 있던 철호운이 눈살을 가볍게 찌푸려 보였다.

"이젠 주책 맞은 늙은이가 보쌈까지 하게 된 것인가?"

"보쌈?"

육지견이 소녀를 한켠에 내려놓고 미간 사이에 작은 주름을 만들어 보였다. 철호운이 무슨 말을 하는지 당최 알 수 없다는 모습이다.

철호운이 똑바로 손가락을 들어 소녀 쪽을 가리켰다.

딴청 부리지 말라는 뜻.

육지견이 그제야 자신이 데려온 소녀 쪽을 힐끔 바라보곤 히죽 웃었다.

"내가 자네처럼 늙은 나이에 도둑장가나 갈 정도로 후안무치한 줄 아는가?"

"난 도둑장가를 간 적이 없네만?"

"거야 모르는 일이지. 자네 나이에 정상적인 방법으로 내자를 맞아들인다는 건 꽤나 힘든 일이니까."

육지견의 능글맞은 대답을 들은 철호운이 살짝 째려봤다. 사람을 한순간에 저질로 떨어뜨려 버리는 그의 화술에 심술이 치밀어 오른다.

그러나 육지견은 태연했다. 철호운의 안색을 살피곤 이미 그가 상당한 내상을 입은 상태임을 눈치챘기 때문이다.

'항상 살기를 풀풀 뿌려대며 나대더니, 어디서 또 얻어터지고 왔누?'

속으로 철호운을 마음껏 비웃은 육지견이 말했다.

"화평객점을 찾아가던 중 발견한 아일세. 아무래도 사파의 신공을 연성하던 중에 주화입마에 든 것 같은데, 자칫 길거리에서 죽을까 봐 내 데려왔네."

"사파의 신공?"

"맥을 짚어보니 맥박이 기괴할 정도로 느리게 뛰고 있을뿐더러, 체내에서 한랭의 기운이 난마와 같이 발광을 떨고 있더구만. 이런 종류의 진기의 흐름은 축기와 연기를 중시하는 정파의 내공에선 찾기 힘드니 사파의 것이 아니겠는가?"

"흠, 딴은 그렇군."

어쩔 수 없이 철호운이 고개를 끄덕여 보였다. 그 역시 의술에는 조예가 깊은 편이라 육지견의 말이 꽤나 타당하다는 걸 알 수 있었던 것이다.

다른 의혹이 없을 수 없다.

"그래서 갑자기 천하에 나쁜 도둑놈인 육가 자네가 대오각성(大悟覺

醒)하고 회개하여 협객의 길을 걷기로 한 것인가?"

"난 본래 협도(俠盜)였네만?"

"괴도(怪盜)겠지."

"좌우지간에 이 아이를 구하려면 하오문의 정보와 자네의 도움이 필요했네. 그래서 데려온 것이니, 중간에 쉬는 장소에 이르렀을 때 천천히 논의해 보기로 하세."

"또 제 마음대로 하려는 것인가?"

"내 성격이 어디 가겠나?"

육지견이 징그러운 표정으로 웃었다. 철호운으로선 눈살을 크게 찡그려 보이지 않을 수 없었다.

'사파의 괴이한 신공을 연성하는 여아라! 필시 신성천교가 아니면 혈문이나 음산파와 관련된 아이일 텐데, 후일 반드시 문제가 생기고 말겠구나.'

그렇다.

현 무림의 마도사파에서 신공이라 불릴 수 있을 정도의 무공을 소유한 세력은 단 셋에 불과했다. 마교라 불리는 신성천교와 사파이세.

그들 중 어느 하나 만만한 곳이 없다. 사실 그들과 관계된 일에 끼어드는 것만으로 하오문같이 무력이 약한 문파로선 위험천만하기 짝이 없는 모험이라 할 만했다.

그래도 철호운은 육지견에게 싫은 기색을 보이지 않았다.

투왕 육지견.

철호운이 아는 그에겐 이 같은 위험을 감수하기에 충분한 매력이 있었다. 가치가 있다고 생각했다.

그때 육지견이 문득 고개를 옆으로 까닥여 보였다.

“그런데 어째서 갑자기 낙양을 떠나게 된 것이지?”

“이유도 모르고 따라온 건가?”

“이유야 들으면 아는 것이고…….”

별로 중요치 않다는 듯 고개를 가로젓는 육지견의 태도에 철호운이 입가에 작은 한숨을 매달았다.

“이미 추 소협을 까맣게 잊어버린 게로군.”

“소산 현제 말인가?”

“그렇네. 추 소협은 지금…….”

“혈문이 있는 산서성으로 달려가서 지금쯤 열심히 난장판을 벌이고 있을 테지.”

“그…….”

“그런 걸 어찌 알았냐고?”

재빨리 입을 놀려 철호운의 입을 다물게 만든 육지견이 자못 거만한 표정을 얼굴에 떠올렸다.

“소산 현제는 나 육지견이 의동생으로 삼은 사람일세. 그 정도 배포 쯤이 없다면 어찌 내가 부끄럽지 않겠는가?”

“배포?”

“남자는 배포일세.”

그 말을 끝으로 육지견이 몸을 바부석의 등받이 쪽으로 기댔다. 눈은 어느새 감겨져 있었다.

‘자냐?’

철호운이 육지견과 그의 옆에 정신을 잃고 기대어져 있는 창백한 안색의 소녀를 번갈아 쏘아보곤 고개를 절레절레 흔들었다.

하오문에서 괴물로 통하던 존재.

그게 바로 철호운이었다.

그러나 그도 이렇게 천하에 이름난 괴물을 만나게 되자 정신이 번쩍 들지 않을 수 없다. 머리가 띵해왔다.

마차는 밤의 정작을 깨어가며 거친 질주를 할 뿐이다.

*　　　*　　　*

새벽.

화평객점 앞에 이른 화무겸은 얼마 지나지 않아 자신이 백수빈에게 당했음을 깨끗이 인정해야만 했다.

보란 듯이 화평객점의 앞을 장식하고 있는 몇 개의 말똥.

생긴 지 얼마 안 되어 보이는 마차 바퀴 자국.

화무겸은 백수빈과의 약속을 확인하기 위해 객점 안을 살펴볼 필요성조차 느끼지 못했다. 자신의 판단력에 대한 굳건한 믿음이 있었기 때문이다.

그래도 화무겸은 확인을 해야만 했다.

이대로 포기하긴 싫은 마음.

어리석은 짓이란 걸 알면서도 그는 화평객점 쪽으로 걸어갔다. 그런데 그때였다.

끼익!

느닷없이 화평객점의 문이 열렸고, 그 안에서 한 명의 눈에 익은 여도사가 모습을 드러냈다. 지난 며칠간 사형제들과 따로 떨어져 추소산 일행의 행방을 탐문하고 있던 영경이었다.

'영풍 도장의 사매……'

화무겸은 전날 정파비무대회의 결승전에서 자신에게 패배한 영풍을 위로하던 영경의 모습을 어렵지 않게 떠올렸다. 동문 사형을 패배시킨 자신에게 별다른 악감을 드러내지 않던 그녀의 단아한 모습이 꽤나 인상 깊었음이다.

슥!

"화산파의 화무겸입니다. 무당파의 영경 도장이시지요?"

영경 또한 화무겸의 얼굴을 똑똑히 기억해 냈다.

"어찌 화 소협이 이런 곳에……?"

화무겸의 입가에 씁쓰레한 미소가 떠올랐다.

"한 사람과 약속을 했는데, 아무래도 바람을 맞은 것 같습니다."

"바람……."

영경의 안색이 살짝 상기되었다. 꼭두새벽에 객점 앞에서 약속을 할 만한 일이 별로 없다는 데에 생각이 미쳤기 때문이다.

화무겸이 얼른 안색을 굳혔다.

"영경 도장은 오해하지 마십시오. 비록 약속의 대상이 여인이긴 하나 친우 추소산 형의 정혼녀입니다."

"그럼 친우의 정혼녀와 그런 관계가……."

"그런 것이 아닙니다!"

화무겸이 자신도 모르게 목청을 조금 높였다. 영경의 오해가 더욱 깊은 곳까지 확장되었다고 생각한 것이다.

영경이 얼핏 입가에 미소를 매달았다.

"아무래도 화 소협과 빈도는 같은 사람을 만나러 왔다가 놓친 것 같군요."

"같은 사람이라면… 영경 도장도 하오문의 백 소저를……?"

“예. 본래 우리 무당파와 백 소저 일행은 낙양까지 동행을 했었지요. 낙양에 이르자마자 헤어지게 되었지만.”

“그렇군요.”

화무겸이 천천히 고개를 끄덕였다. 그리고 안색을 살짝 찌푸려 보였다. 영경이 한 말속에 담긴 뜻이 무언지를 얼핏 깨달았기 때문이다.

“그럼 혹시 무당파에서도 이번 천패단의 움직임을 미리 알고 있었던 것입니까?”

“부끄러울 뿐입니다.”

“……”

영경의 담담한 고백에 화무겸은 입을 다물었다. 당시 영경의 사형들인 영보와 영풍이 어떤 마음을 품었을지 대충 짐작이 갔다. 그들을 함부로 비난할 순 없었다.

‘하지만 그 역시 마찬가지였다. 나와의 삼년지맹이 있었음에도 그는 천패단을 막기 위해 떠났다. 어찌 그럴 수 있었더란 말인가.’

화무겸은 내심 고개를 가로저었다. 자신 또한 추소산과 같은 결정을 내릴 수 있었을지 장담할 수 없었기 때문이다.

그때 영경이 말했다.

“빈도는 백 소저 일행을 지금부터 따라가 볼까 합니다. 잘은 모르지만 천패단의 뒤에는 혈문이 있다고 들었습니다. 그들이 상대라면 추소협은 빈도의 미거한 힘일지라도 필요할 거라 생각합니다.”

“그럼 소생과 동행을 하셔야겠군요.”

“예?”

“저 역시 지금부터 백 소저의 뒤를 쫓아갈 생각이니까요.”

“……”

영경이 물끄러미 화무겸의 얼굴을 바라봤다.

아주 잘생기진 않았으나 기상 넘치는 얼굴과 묵직한 바위처럼 가라앉아 있는 눈빛.

무당파 제일의 후기지수라 불리던 사형 영보와 영풍과 비교해 볼 때 더욱 빼어나 보인다. 화산검룡이란 세간의 평가가 결코 무색하지 않다.

'추 소협은 친우조차도 이처럼 빼어나구나!'

내심 감탄을 터뜨린 영경이 천천히 고개를 끄덕여 보였다.

"빈도는 추적술에 대해서 잘 모릅니다. 화산검룡 화 소협께서 동행해 주신다면 고마울 뿐입니다."

"과찬의 말씀이십니다. 소생 역시 영경 도장과 함께할 수 있다면 매우 큰 도움이 되리라 봅니다."

"별말씀을."

명문의 제자들답게 서로 겸양의 말을 주거니 받거니 한 두 남녀가 만면에 부드러운 미소를 떠올렸다.

빠득!

강성연은 화평객점이 보이는 골목에 몰래 숨은 채로 연신 이를 갈아 댔다. 한 폭의 그림처럼 잘 어울리는 화무겸과 영경의 모습을 보고 있자니 분노가 이글이글 타오른다.

그녀는 낙양에 도착한 이후부터 계속 화무겸이 바깥으로 나도는 걸 우려하고 있었다.

이번 정파비무대회에 우승한 후 화산검룡이란 명예로운 외호를 획득하게 된 화무겸이었다. 필시 접근해 오는 강호의 여인들이 있으리라 생각했다.

하물며 어젯밤 늦게 처소로 삼은 객점으로 돌아온 화무겸에게선 독한 취향과 더불어 여인만이 느낄 수 있는 지분 내음이 배어 있었다. 우려하던 일이 현실로 다가왔음을 강성연은 즉각적으로 예감할 수 있었다.

그래서 새벽 일찍 객점을 빠져나가는 화무겸을 쫓아 나왔는데, 결국 현장을 포착하고야 말았다. 분노로 심혼이 불타오르지 않을 수 없다. 만약 영경이 무당파의 제자가 아니었다면 당장 달려들어 머리끄덩이를 양손으로 붙잡고서 사생결단을 벌이고야 말았을 것이다.

'죽일 년! 냄새나는 도사 년! 감히 도사인 주제에 내 남자한테 손을 대다니! 내 네년을 결코 용서하지 않으리라!'

강성연은 다짐하고 또 다짐했다.

어젯밤 화무겸과 술을 나눠 마시고 그의 몸에 지분 내음을 남겨놓은 게 영경임을 그녀는 믿어 의심치 않았다. 모든 상황이 너무나 착착 맞아 돌아가고 있었기 때문이다.

그때 서로 정답게(?) 담소를 나누던 화무겸과 영경이 화평객점을 떠나 성문 쪽으로 걸어가기 시작했다. 이미 마음속으로 단단히 다짐을 한 강성연으로선 마음이 바빠지지 않을 수 없다.

'화 사형, 사형이 비록 냄새나는 도사 년과 바람을 피웠지만, 이번 한 번만은 용서하겠어요. 이 복수는 후일 우리가 정식으로 혼약을 맺은 다음에 톡톡하게 치르게 해줄 테니까. 하지만 나한테 서신 하나 남기지 않고 낙양을 떠나려 하다니, 정말 무정하시네요.'

속으로 눈물을 머금은 강성연이 화무겸의 뒤를 쫓아다니는 동안 나날이 발전한 추적술을 펼치기 시작했다. 그의 뒤를 쫓아서 지옥 유부의 끝일망정 따라갈 작정이었다.

제36장

더욱 강해지려 한다

추소산은 우약연과 헤어진 후 관도를 따라 천천히 산서성 쪽으로 북상했다.

그에게 딱히 산서성을 급히 찾아가야 할 까닭이 있을 리 만무하다. 자신의 움직임이 혈문에 알려지기만 하면 되는 만큼 그의 마음은 꽤나 느긋했다.

당연히 남는 시간이 많아졌다.

자신의 무학에 대해 반추해 볼 수 있는 여유가 생긴 것이다.

추소산은 낮에는 관도를 따라 걷고, 밤에는 근처에서 야숙을 하며 지존검 연환검식에 관해 깊은 참오에 들어갔다.

풍백!

지존검 연환검식의 후 사초식인 풍림화산 중 첫 번째로 묵암검으로 펼칠 시 엄청난 위력을 발휘하는 변검과 강검, 겸비의 검초였다.

검기의 폭풍과 같은 위력.

그것이 바로 풍백으로 전날 사파삼대고수에 속한 기련음마 염규원조차 이를 당해낼 수 없었다. 절금단옥하는 묵암검의 날카로움이 수십 배로 늘어나니, 살기만장이란 바로 이 같은 검초를 두고 할 말이었다.

그러나 추소산은 천패단과 손속을 나누며 혈전을 벌인 후 이 같은 풍백의 살기에 깊은 혐오감을 느꼈다.

자고로 무(武)란 무엇인가?

추소산은 강건함으로써 상대를 굴복시켜 자신과 친인을 외부의 침습으로부터 지킬 수 있는 힘이라 생각했다. 그게 애초에 무학의 길에 들어서며 가진 마음이었고, 그리할 수 있기 위해서 부단히 노력해 왔다.

하지만 천패단으로부터 획가성의 군민들을 구하기 위해서 추소산은 잔혹해져야만 했다. 무자비해져야만 했다.

자신과 친인을 지키기 위해서라곤 하나 살육이 정당성을 획득할 순 없었다. 모두 천패단 전체를 한꺼번에 굴복시킬 수 있을 만큼 힘이 없었기 때문이다.

이는 개봉에서 개방의 총타를 기습했던 염규원이 보이는 족족 개방도들에게 살수를 뿌렸던 것과 같은 맥락이었다. 그 역시 압도적인 무위로 개방 총타를 제압할 수 없었기에 손 씀씀이가 잔인해질 수밖에 없었다. 그렇게 이해가 된다.

결국 오랜 고민 끝에 추소산이 내린 결론은 하나였다.

더욱 강해지자!

추소산은 풍백의 엄청난 위력을 본 이후 잠시 멈췄던 풍림화산에 대한 체계를 다시 세우기 시작했다. 지금까지 해왔던 수련만으론 풍백

이상의 검초인 은림(隱林)부터는 결코 펼칠 수 없음을 알고 있었기 때문이다.

그에겐 풍백을 뛰어넘는 검초가 필요했다.

더욱 강해질 필요성이 있었다.

두려움과 공포를 느끼며 검을 휘두르지 않을 정도의 강함을 획득하고 싶었다. 아니, 획득하려 했다.

하루, 이틀, 사흘…….

시간은 쏜살같이 추소산의 귀밑머리를 스치며 지나쳐 갔다. 물 흐르듯이란 말은 이럴 때 사용하는 것이리라.

산서성으로 향하는 관도를 묵묵히 걸으며 추소산은 계속 지존검의 아홉 초식을 연환시켰다. 머릿속으로 구상하고 정리한 후 묵암검을 통해 검초의 변화와 세기, 진기의 흐름을 일통시켰다.

쉽지 않은 작업.

사실 무학을 조금이라도 안다면 미친 짓이란 말을 서슴지 않고 던졌을 만한 일이었다.

당연하다.

여태까지 추소산이 배우고 익혀왔던 무학이란 어디까지나 전진파의 기본 심법과 융합시킨 지존검의 검초, 철장수상표 구천인이 남긴 경공과 유지견으로부터 깨달음을 얻은 경공의 도리를 짬뽕시킨 것이었다.

어찌어찌 연기검이란 독특한 형태의 검공을 성취했고, 이를 지존검 연환검식에 끼워 맞춰 풍백을 완성하긴 했으나, 엄밀히 말해 짜깁기라 할 수 있었다. 새로운 것은 아무것도 없었다. 단지 전의 것을 가져다가 독창성을 조금 가미했을 뿐이다. 그게 여태까지의 한계였다.

한데 추소산은 이제 여태까지 취해왔던 것을 버리고 새로운 방법을 강구하려 하고 있었다. 단지 어떤 개인이나 세력이라 해도 부술 수 있을 만큼의 강함을 얻기 위해서.

추소산은 실험을 거듭할수록 몇 번이나 피를 토했고, 진기가 거꾸로 역류하는 위기 역시 다수 맞아야만 했다. 편한 길을 버리고 어려운 길을 선택한 자가 경험해야만 하는 숙명 같은 것이었다.

결국 추소산의 안색은 갈수록 창백해져 갔고, 건장하던 신체 역시 말라가기 시작했다. 매일같이 피를 토하고 진기가 역류하길 밥 먹듯 하는 동안 벌어진 변화였다.

그와 함께 또 한 가지의 변화가 찾아왔다. 내공을 사용할 때마다 형형하게 빛나던 눈빛이 담담하게 가라앉았고, 살짝 튀어나와 있던 태양혈 역시 범인처럼 변했다.

앞서 보였던 변화에 비하면 크게 티가 나지 않는 것이나 무학을 연마한 사람들이라면 경악하고야 말 일.

추소산은 스스로 창안해 낸 무학 이론을 바탕으로 자신의 몸 자체를 변혁시켜 가기 시작했다. 수없이 많은 실패를 이겨내고 천천히 풍림화산을 향해 나아가기 시작한 것이다.

앞을 먼저 걸어간 선인이 없기에 두렵고도 무서운 길, 그 길을 그는 결코 피하려 하지 않았다. 반드시 해야만 한다고 스스로 결정을 내린 이상 피할 곳은 어디에도 없었다.

그렇게 그는 우약연과 헤어진 지 한 달 만에 산서성과 하남성의 경계에 도착할 수 있었다.

봄이 가니 여름이 온다.

계속 뜨겁게 작열하던 태양이 내뿜는 한낮의 열기로 발갛게 달아오르는 게 당연하던 관도 위로 바람 하나가 불어왔다. 갑작스럽게 불어닥친 광풍이다.

추소산은 머릿속을 거미줄처럼 얽혀놓은 검초의 흐름조차 잊고 잠시 걸음을 멈춰 섰다.

바람 때문인가?

그보다는 바람과 함께 모습을 드러낸 두 명의 불청객이 꽤나 눈에 익은 모습을 하고 있었기 때문이라 함이 옳다.

"우 소저… 남추……."

여전히 커다란 방립으로 얼굴의 반면을 가린 우약연의 붉은 입술이 하얀 치열을 드러내며 움직였다.

"추 소협도 정말 우직한 남아군요. 어느 정도 예상은 하고 있었지만, 정말로 이렇게 관도 위를 묵묵히 걷고 있었다니……."

"우 소저야말로 종종 사람을 놀라게 하는 재주를 가지고 있는 것 같습니다. 혹여 뒤쫓아오지 않을까 작은 기대를 품고는 있었지만, 이렇게 남추까지 데려온 건 예상 밖입니다."

'헤어질 때와 달라졌다.'

우약연은 눈에 이채를 띠었다.

처음 봤을 때부터 추소산의 몸매가 좀 호리호리해지고 살이 빠진 걸 간과하진 않았다.

그녀는 이를 더운 여름 햇살 탓으로 생각했다.

하남성의 여름은 지독하다.

낮이 되면 열기가 절절 끓어오르기 예사다.

한데 그런 관도 위를 추소산은 한 달이나 경공도 펼치지 않고 걸었다. 살이 빠질 만도 하다는 생각이 드는 것도 무리는 아니다.

　그러나 지금 그녀는 추소산의 과거와 달리 여유가 느껴지는 표정과 부드럽게 가라앉은 눈빛을 보고 있었다. 여름의 더위 탓이란 생각은 어느새 저만치 먼 곳으로 날아가고 만다.

　그때 상념에 잠긴 우약연을 대신해 얼굴이 땀으로 범벅이 되어 있던 남추가 얼른 목소리를 높였다.

　"소산 형님, 제자가 사부님을 챙기는 건 당연한 일입니다!"

　"챙기는 것이 아니라 따르는 것이겠지. 우 소저가 네 녀석에게 챙김을 받아야 할 정도로 나약하진 않을 테니까."

　"아!"

　추소산의 웃음 섞인 한마디에 남추의 안색이 크게 변했다.

　얼굴에 떠도는 두려움.

　그는 어느새 사부 우약연 쪽을 몰래 곁눈질하고 있었다. 그녀가 화가 났는지 파악하고자 함이었다.

　따악!

　우약연은 전혀 기별도 주지 않고 손가락을 튕겨냈다.

　벌이었다.

　남추의 안색이 크게 일그러졌다. 어느새 항상 잘못을 하면 벌로 얻어맞곤 하던 뒤통수에 작은 혹이 생겨났다. 머리가 크게 울리는 게 이번의 벌은 꽤나 강도가 세다.

　"으윽… 으윽……."

　남추가 얼른 손으로 혹난 부위를 열심히 문질러 댔다. 하도 우약연에게 얻어맞다 보니 자연스레 터득하게 된 일종의 자연 치유법이었다.

　우약연은 냉정하게 말한다.

　"장부가 어찌 그깟 아픔에 신음을 흘리는 것이냐?"

“자, 잘못했습니다.”

“용서를 비는 것도 빠르다.”

‘씨! 그럼 어쩌라구!’

남추의 눈에 잠시 불복의 기색이 스쳐 갔다. 우약연을 믿고 따르긴 하나 가끔 가르침이 정도에 지나치다는 생각이 들었다. 가끔 반항심이 고개를 드는 것도 무리는 아니다.

그러나 남추에게 우약연은 철벽과 같았다.

절대 범할 수 없고 넘을 수도 없는 그런 존재였다.

그녀의 방립 아래로 드러난 고운 턱 선을 잠시 바라보던 남추가 얼른 고개를 다시 수그러뜨렸다. 짧은 반항의 끝이었다.

추소산의 입가에 작은 미소가 감돈다.

‘우 소저는 제법 그럴듯한 사부로구나. 남추의 행동이 자연스러운 걸로 볼 때 저런 식으로 지풍을 날려 후정혈(後頂穴)을 자극한 건 처음이 아닐 터인데, 우 소저의 순수한 내공으로 자극을 받으면 필시 기억력과 이해력이 증가할뿐더러, 후일 임독양맥(任督兩脈)을 타통하는 데도 큰 도움이 될 것이다.’

과거 같으면 결코 눈치채지 못할 일이었다.

그만큼 우약연이 남추에게 자신의 순수한 기운을 나눠주는 행동은 은밀했다. 그리고 꽤나 기상천외했다.

하지만 추소산은 지난 한 달간 자신의 무공을 재정립하는 기간을 거쳐 어느새 무공을 보는 안목이 꽤나 증진되어 있었다. 겉으로 보이는 모습이 아니라 이면을 볼 수 있을 정도가 된 것이다.

이는 엄밀히 말해 무공의 상승은 아니었다.

아직 추소산은 풍림화산의 두 번째인 은림에 대한 실마리조차 찾지

못한 상황이었다. 지겹고도 반복적인 무학의 참오와 실험 끝에 안목이
오르고 내공의 안정을 꾀하긴 했으되, 단지 그뿐이었다.

지존검 구초검식 중 가장 파괴력이 높은 것들을 고속으로 연환함으
로써 얻은 강력한 힘을 한꺼번에 폭발시키는 게 풍백이라면, 은림은 속
도와 변화에 주안점을 둔 검초였다. 쉽사리 성공을 장담키에는 추소산
의 무학에 대한 안목이 꽤나 높아진 상태였다. 근래 들어 그가 피를 토
해내는 일이 줄어든 건 모두 그 때문이었다.

정체!

지금 추소산의 무공 상태가 바로 그러했다.

여태까지 초고속으로 무공이 성장해 왔던 추소산으로선 처음으로
경험하는 좌절이라 할 수 있었다. 길이 꽉 막혀서 한 걸음도 앞으로 내
딛기가 힘든데, 이미 가진 그릇은 가득 차버린 상황에 빠진 것이다.

어쨌든 우약연의 남추를 위한 작은 희생을 발견한 추소산은 마음 한
켠이 따뜻해지는 걸 느꼈다. 오랫동안 우약연과 함께했지만, 오늘처럼
그녀가 친근하게 느껴진 적은 없었던 것 같다.

우약연이 말했다.

"오늘로 추 소협이 획가성을 떠난 지 한 달이 되었어요. 이젠 이렇
게 관도 위를 한량처럼 걸어다닐 필요는 없을 거예요."

"우 소저의 뜻은……?"

"예, 이미 혈문에서는 추 소협의 행보를 하나도 빼놓지 않고 주시하
고 있을 거예요. 추 소협 덕분에 획가성은 혈문의 이목으로부터 완전
히 자유로워진 것이죠."

"……."

추소산은 우약연이 지난 한 달간 어떤 일을 했을지 대충 짐작이 갔

다. 그녀는 획가성에서 남추와 재회한 후 그를 통해 개방의 윗선을 접촉하고, 혈문에 대한 자료와 정보를 수집하느라 한 달이란 시간을 보냈음에 분명하다.

'그녀의 이런 마음은… 정말 무겁구나.'

내심 중얼거린 추소산이 갑자기 고개를 살짝 옆으로 기울여 보이며 말했다.

"그럼 지금부터 슬슬 더위가 심해질 시간인데, 어디 피할 곳이나 찾아가 볼까요?"

"생각해 둔 곳이 있는 것 같군요?"

"생각은 줄곧 하고 있었지요. 한서불침의 길이란 꽤나 멀고 험하니까요."

"한서불침… 설마 여태까지 그런 내공을 연마하고 있었던 거……."

우약연이 크게 놀라 추소산을 바라봤다. 그의 말을 듣고 자신이 한서불침에 이를 수 있는 신공이나 괴공의 연마를 방해했는가, 착각한 것이다.

이는 우약연이 얼마나 철저한 무인의 삶을 살아왔는지 말해주는 모습이었다. 그녀의 모든 생각과 기준은 모두 무학에 관계된 것이었고, 추소산을 만난 이후 역시 그리 달라지진 않았다.

하지만 그렇다고 우약연이 바보는 아니다.

그녀는 금세 자신의 생각이 기우임을 깨달았다. 추소산의 입가에 떠오른 미소를 봤기 때문이다.

"추 소협도 사람을 놀릴 줄 아는군요?"

"본래 그런 걸 즐기는 편입니다. 우 소저를 만난 이후부터는 꽤나 자제하고 살아왔지만요."

“왜 그랬지요?”

“그야……”

추소산은 입가의 미소를 더욱 짙게 했을 뿐 더 이상 말을 잇지 않았다.

그 모습을 본 남추가 얼른 입가에 얄궂은 미소를 매단다.

그 또한 대충 추소산이 한 말의 뜻을 짐작하고 있었다.

‘세상에 어떤 사내가 우리 미녀 사부 앞에서 점잔을 떨지 않겠어. 나 같은 개구쟁이도 이렇게 변했는데……’

남추는 영리해 보이는 눈을 데굴데굴 굴리며 터져 나오는 웃음을 간신히 참았다. 다시 우약연에게 머리를 얻어맞고 싶진 않았기 때문이다.

우약연은 미묘한 표정의 두 사내를 그저 바라보고만 있었다.

*　　　*　　　*

혈문을 떠난 백인혈룡대는 빠르게 하남성 쪽으로 이동하다가 진성(晉城)을 앞두고 움직임을 멈췄다. 혈문에서 군사 추자량이 보내온 급전을 받았기 때문이다.

급전의 내용은 다음과 같았다.

목표의 이름은 추소산이란 사내임. 무림맹에서 열린 정파비무대회에 참석차 낙양으로 향하던 중 천패단이 획가성을 노린다는 말을 듣고 우연히 참전한 것으로 잠정 판단됨. 현재 획가성을 떠나 산서성 쪽으로 천천히 이동하는 중인데, 아무래도 혈문이 최종 목적지인 걸로 보임. 신성천교나 성화신녀와의 연결점은 전혀 찾을 수 없으니 신경 쓰지 않아도 무방할 듯함.
무림맹과 개방에서 움직임이 있으니, 백인혈룡대는 산서성을 넘지 않고서
일을 처리하기 바람.

군사 추자량.

사마우는 추자량의 직인이 찍힌 짧은 급전의 내용을 몇 번이나 다시
확인했다. 도무지 급전의 내용이 자신이 이해하고 있는 것과 다름없는
지, 궁금했기 때문이다.

그러나 몇 번을 다시 읽어도 내릴 수 있는 결론은 한 가지였다. 목표
로 삼은 추소산이란 자는 지금 단신으로 혈문에 도전해 오고 있었다.
다른 생각은 전혀 떠오르지 않는다.

"미친놈!"

사마우는 급전을 삼매진화(三昧眞火)를 일으켜 태워 버리며 씹어뱉
듯 욕설을 터뜨렸다. 그렇게라도 해 속에서 인 열불을 토해내지 않고
선 현재 느끼고 있는 감정을 결코 주체할 수 없을 듯했기 때문이다.

왜 그렇지 않겠는가!

사마우의 뇌까림처럼 미치지 않았다면 감히 혈문에 단신으로 도전
하는 짓은 벌이지 못할 터였다. 그건 천하의 삼존이나 되어야 한 번 생
각해 볼 수 있을 일이었다.

솔직히 사마우의 생각엔 무공으로 천하제일을 노리는 삼존이라 해
도 혈문 전체와 싸워서 이길 확률은 그리 높지 않을 듯싶었다. 비록 삼
존의 무위란 것은 하도 신화적이어서 풍문으로만 접해봤을 뿐이지만
말이다.

결국 사마우는 자신이 매우 불행하다는 자기 연민에 빠지게 되었다.

또한 기가 막혔다.

차라리 처음 군사 추자량에게 언질을 받았던 것처럼 신성천교의 성화신녀가 관계된 일이라면 나았다. 그쯤 되는 거물이라면 백인혈룡대가 나선다 한들 어찌 창피스런 일이겠는가.

오히려 일이 잘돼서 성화신녀를 생포할 수만 있다면 마도의 영웅이 될 수도 있는 일이었다. 그래서 군말없이 추자량의 명에 따랐다.

한데 결과가 이게 뭔가?

백인혈룡대 전체가 미친놈 한 명을 처리하기 위해 움직인 것이다. 어떻게 포장해도 이 같은 사실을 부인할 순 없었다. 곧 전 무림이 이 같은 사실을 알게 될 게 뻔했다.

사마우는 지금이라도 당장 백인혈룡대를 되돌리고 싶었다.

만약 추자량의 추측 불가능한 눈빛을 떠올리지 않았다면 분명 그리했을 것이다.

잠시 고민한 끝에 사마우는 추자량의 명에 따르기로 결심했다. 어차피 혈문을 나설 때부터 오욕의 파편은 튄 셈이었다. 이제 와서 엎질러진 물을 주워 담을 순 없었다.

이번 기회를 빌어 백인혈룡대를 훈련시키자!

그게 사마우가 내린 최종 결론이었다.

마음속 깊숙한 곳에 담긴 진짜 생각은 애꿎은 백인혈룡대에게 훈련을 핑계댄 꼬장을 부리는 것이었지만, 그는 굳이 스스로를 평가 내리려 하지 않았다.

이런 일로 고민해 봤자 정신 건강에 좋을 일 없다는 다분히 중년스러운 생각이 어느 정도 작용했음을 부인할 순 없었지만 말이다.

그렇게 백인혈룡대는 몇 가지 원인에 대한 결과로 과거 신입 무사

때나 하곤 하던, 아주 기초적이며 흘러내리는 땀과 친숙해야만 하는 훈련에 돌입하게 된다. 어찌 된 영문인지도 모른 채 명령에만 충실하기로 한 것이다. 혈문에 처음 들어서 정식 무사가 되었을 때와 마찬가지로.

*　　　*　　　*

추소산 일행이 찾아간 곳은 산서성의 진성으로부터 약 삼십 리 정도 떨어진 죽현(竹現)이란 소읍이었다.

진성 자체가 산서성에서 가장 하남성 쪽으로 치우친 성읍이니 죽현은 거의 두 성의 경계에 위치해 있다고 해도 과언이 아니었다. 경계를 구분 짓기 애매하단 뜻이다.

그러나 이름에서 알 수 있듯 죽현은 마을 전체를 푸른 대나무 숲이 에워싸고 있었다.

지형 자체가 호리병 모양인지라 여름의 맹위가 한창 극심한 때임에도 꽤나 날씨가 선선했다. 항시 맑고 부드러운 바람이 대나무 숲을 휩쓸며 지나가곤 한다.

쏴아아아아!

한줄기 바람에 흔들리는 청죽들의 물결.

속이 다 시원해지는 모습이다.

이런 마음은 우약연 또한 마찬가지인지라 그녀는 잠시 걸음을 멈추고 입가에 담담한 찬탄을 매달았다.

"이 같은 때에 이런 광경을 보게 될 줄은 몰랐거늘. 하늘의 조화란 이처럼 놀랍구나!"

추소산이 우약연에게 미소 지어 보였다.

"관도를 따라서 산서성에 이르렀을 때 우연찮게 발견한 곳입니다. 여름 한철을 보내기엔 더할 나위 없을 정도로 좋은 곳입니다만, 그동안은 찾지 못하고 있었지요."

"그렇군요."

우약연이 미미하게 고개를 끄덕여 보였다. 그러자 문득 그녀의 옆에 서 있던 남추가 왁자하게 목소리를 높였다.

"야아! 시원하다! 주변에 계곡이 있으면 달려가서 물놀이라도 할 수 있으면 좋겠다!"

오랜만에 보이는 아이다운 표정.

남추는 싱글벙글하며 눈앞으로 펼쳐진 청죽림 속으로 후다닥 달려들었다. 우약연이 미처 말리거나 부르기도 전에 벌어진 일이었다.

"저 아이가……."

우약연이 눈살을 가볍게 찌푸렸다. 여태까지 남추를 계속 엄격하게 훈도했다고 생각했는데, 그건 모두 자신만의 착각이었던 것 같다.

추소산이 웃음 띤 얼굴로 말했다.

"남추도 아직 어린아이군요. 우 소저가 걱정할 만큼 심성이 나쁜 아이가 아니니, 너무 걱정하지 않아도 되리라 봅니다."

"너무 아이답지 않게 영악한 게 흠이지만, 좋은 아이지요."

"그 말을 남추가 들었다면 좋아했을 겁니다."

"절대로!"

우약연은 굳이 뒷말을 붙이지 않았다. 이미 추소산이 자신의 뜻을 이해했음을 알고 있었기 때문이다. 문득 그녀의 입가에 작은 한숨이 깃든다.

"저 아이는 추 소협을 너무 숭배하고 있어요."

"제가 남추에게 나쁜 영향을 끼치고 있다는 겁니까?"

"그렇진 않아요. 저는 후일 그 아이가 커서 추 소협같이 당당한 사내대장부가 되어준다면 더 바랄 것이 없어요. 다만, 지금 그 아이가 추 소협을 숭배하는 건 겉으로 보이는 모습에 빠져든 때문이에요. 아직 여물지 못한 벼는 고개를 숙이지 않는 법이지요."

"……."

추소산은 우약연이 진실로 남추의 앞날을 걱정하고 있음을 피부로 느꼈다. 맺어진 지 아직 얼마 안 되는 사제지간임을 감안한다면 참으로 보기 드문 모습이라 할 수 있었다.

그때 다시 청죽림 쪽에서 청풍 하나가 두 사람 쪽을 향해 몰려들었다.

흩날리는 머리카락.

우약연의 청화비폭검에 탄 자리만큼 더 자란 추소산의 머리카락이 얼굴을 잠시 가렸다. 아주 잠시 동안, 순간적으로 벌어진 일이었다.

'그의 얼굴이 보이지 않는다…….'

우약연은 자신도 모르게 시야를 가리는 방립을 목뒤로 넘겼다. 헤어진 후 종종 떠올리곤 했던 그의 얼굴이 머리카락에 가려지는 걸 못 견디고 한 행동이다.

그러자 우약연의 옥용 역시 바람의 침범을 받았다.

길고 검푸른빛이 감도는 머리카락이 융단과 같은 부드러움을 동반한 채 근처에 서 있던 추소산의 얼굴로 날아들었다. 그가 흩날리는 머리카락을 손으로 거둬낸 것과 거의 동시에 벌어진 일이었다.

"에취!"

머리카락이 코끝을 간질이자 추소산이 참지 못하고 재채기를 터뜨렸다. 이 역시 한순간 만에 벌어진 일이었다.

우약연의 섬세한 옥용에 살짝 무안한 기색이 스쳐 갔다.

"가죠!"

"어딜?"

"남추가 있는 곳으로……."

말끝을 흐린 우약연이 무작정 앞서 걸어가기 시작했다. 더 이상 추소산의 얼굴을 마주 대하기가 힘들었기 때문이다. 추소산이 얼른 그녀의 뒤를 쫓았다.

"남추라면 염려할 것 없습니다. 이 근처에는 평범한 촌민들만 살고 있으니까요."

"저는 촌민들을 걱정하는 겁니다."

"아, 예……."

추소산이 우약연을 바라보며 어색하니 웃어버렸다. 그러자 우약연이 조금 새침한 표정을 지어 보이곤 다시 걸음을 옮기기 시작했다. 남추가 사라진 청죽림 쪽이었다.

남추는 한참이나 청죽림 사이를 달렸다.

달리면 달릴수록 빨라진다.

결국 그는 청죽림의 한가운데에 도착해서야 신형을 멈춰 세웠다. 더 이상 달릴 필요가 없다는 판단이 들었기 때문이다.

그동안 꾸준하게 우약연에게 후정혈을 자극당하고 내공의 기초를 잡은 공효가 나타났음이다.

꽤나 거칠게 달렸음에도 호흡은 그다지 가쁘지 않았다. 오히려 달리

면 달릴수록 힘이 붙는 것이 중간에 걸음을 멈춘 게 조금 후회가 될 정
도이다.

기재인 남추가 자신의 달라진 신체의 변화를 인지하지 못할 리 만무
하다.

"후우!"

한차례 호흡을 내뱉어 숨결과 체내의 기운을 정돈한 남추의 입가로
씨익 웃음이 흘러나왔다. 뭔가 악동, 그 자체인 것 같은 미소이다.

"소산 형도 정말 바보 같단 말씀이야. 우리 사부가 얼마나 자길 좋
아하는데 눈치도 못 채고 그렇게 쑥맥같이 굴다니……."

남추는 말끝을 흐리며 천천히 고개를 가로저었다.

지금쯤 추소산과 단란한 한때를 보내고 있을 우약연을 생각하니 괜
스레 가슴이 아프면서도 흐뭇한 기분이 든다. 어른들이 다 큰 외동딸
을 잘생긴 총각한테 시집보낼 때 느끼는 기분이 이런 걸 거란 생각마
저 하게 된다.

한데 그때였다.

청죽림 사이로 흘러내리는 맑은 공기에 푹 젖어 있던 남추의 눈에
작은 이채가 떠올랐다.

뭔가 귓전을 때리는 묘한 기음.

개방 거지로 밥을 빌어먹기 전, 항시 심신을 긴장시키고 다니던 때
의 감각이 불쑥 고개를 들었다. 뭔가 위험한 신호를 감지한 것이다.

'이곳엔 촌민밖엔 없다고 들었었는데……'

눈살을 살짝 찡그려 보인 남추는 한차례 주변을 살피고는 소리가 들
린 방향 쪽으로 신형을 날렸다. 개방의 거지답게 일단 무슨 일이 생긴
것인지 확인부터 해놓고 생각해 볼 작정이었다.

*   *   *

콰콰콰콰…….

용머리를 닮은 바위 위에서 경쾌하게 떨어져 내리는 폭포와 눈앞의 거울처럼 맑은 한담의 물을 바라보며 세 명의 검수가 일제히 환성을 터뜨렸다.

그들의 정체는 백인혈룡대 소속의 칠검대.

당당한 혈문의 혈룡검수들이었다.

그러나 그런 세상에서 통하는 칭호나 명칭은 지금 이들 세 젊은이에겐 아무짝에도 소용이 없었다. 오직 그들에겐 여름의 뜨거운 열기를 식혀줄 눈앞의 폭포와 서늘한 기운을 잔뜩 풍겨내고 있는 한담만이 필요할 뿐이었다.

풍덩! 풍덩!

누가 뭐라 하기도 전에 두 명의 검수가 한담 속으로 뛰어들었다.

뜨겁고 충동적인 젊음이 그들을 그리 만들었다.

"이얏호!"

"우푸푸!"

단숨에 한담의 밑바닥까지 잠겨들었다가 수면 위로 솟아오른 두 혈룡검수가 서로를 향해 연신 물을 끼얹어댔다. 한담의 차가운 물이 온몸에 소름을 돋게 만든다. 땀에 범벅이 됐던 방금 전까지와는 비교할 수 없을 정도로 기분이 좋다.

이런 상황에서 서로에 대한 장난기가 발동하지 않을 수 없다.

두 혈룡검수는 서로를 향해 아이들처럼 물을 마구 끼얹어댔다. 누가 먼저 시작한 게 아니었다.

그냥 갑자기 누군가 시작을 했고 곧 온갖 무공 초식과 자맥질을 동원한 혈투로 변했다. 무인 특유의 지지 않겠다는 승부욕이 발동한 것이다.

그 모습을 부럽다는 듯 바라보는 시선이 있었다.

그들의 동료이자 똑같은 피가 끓는 젊음임에도 한담 속에 뛰어들지 못한 나머지 혈룡검수였다.

"지랄들 한다, 지랄들!"

입에 욕설을 담은 채 혈룡검수는 한담에 발만 살짝 담근 채 인상을 박박 긁었다.

그가 자란 동네는 물이 귀했다. 자맥질 같은 사치스런 짓을 배웠을 리 만무하다. 이렇게 발만 담그는 것만으로 만족할 수밖에 없었다.

당연히 그의 기분이 좋을 리 없다.

그는 보란 듯이 열심히 물장구치며 놀고 있는 동료들을 향해 주먹만한 돌멩이를 마구 집어 던졌다. 그렇게라도 하지 않고선 내심의 분을 풀기 힘들었기 때문이다.

그럼 어째서 이들 칠검대 소속 혈룡검수들이 촌민들만 살고 있는 죽현에 모습을 드러낸 것일까?

원인은 백인혈룡대 대주 사마우의 지독스런 훈련에 있었다.

그의 백인혈룡대 굴리기는 날이 갈수록 강도가 심해졌고, 점차 혈룡검수들 사이에 불만을 야기시켰다. 그냥 무차별적으로 굴림을 당하는데 좋아할 사람이 있을 리 만무하다.

본래 기본적인 수련이나 훈련이란 건 어느 정도 수준에 오른 무인들에겐 그다지 큰 결실을 내려주지 않는다. 오히려 너무 지나칠 경우 몸을 망치는 일까지 있다.

결국 훈련에 나선 혈룡검수들 사이에선 중간에 몰래 빠져서 시간을 보내는 일이 일상화되었다.

그렇게라도 잠시 휴식을 취하지 않고선 사마우의 빡센 훈련 일정을 따라갈 수 없었다. 혈문에서 임무를 받고 출문한 중간에 낙오하고 싶은 사람은 아무도 없었다.

암묵적인 동의.

백인혈룡대의 각 검대 조장 검수들은 중간중간 휘하 혈룡검수들이 훈련을 빠져나가는 걸 알면서도 모른 척했다. 그게 다 세상 사는 요령이란 생각이 들었기 때문이다.

지금 한담에서 놀고 있는 세 혈룡검수 역시 사정은 마찬가지였다.

그들은 훈련 중에 몰래 죽현으로 내뺐는데, 그들의 직속상관인 칠검대 조장 검수는 슬쩍 고개를 돌렸다. 수하들의 훈련 이탈을 눈감아준 것이었다.

덕분에 여름의 뜨거운 열기를 피해 죽현으로 숨어들어 온 세 혈룡검수는 그야말로 즐거운 한때를 만끽할 수 있었다.

서로를 향해 마음껏 욕설을 터뜨리고, 물을 끼얹어가며 재밌게 놀았다. 귀대할 때의 일 따윈 세 사람 모두 까맣게 잊어버리고 있었다.

한데 물에 잔뜩 젖은 채 한담에 발을 담그고 있던 혈룡검수의 귀가 갑자기 쫑긋 움직였다.

인적 하나 느껴지지 않던 한담 쪽으로 다가오는 움직임 하나를 그의 예민한 청각이 간파해 냈다. 무인으로서 긴장이 되지 않을 수 없다.

'일반인? 아니다!'

혈룡검수가 재빨리 손바닥에 내력을 실어 수면을 내려쳤다.

동료들의 경각심을 일깨우려는 행동.

팍!

수면을 때린 그의 수장이 커다란 파랑을 만들어냈다. 내력이 넓게 방전되며 벌어진 현상이다.

그러자 그때까지도 열심히 서로를 향해 물을 끼얹고 있던 두 혈룡검수의 안색이 대변했다. 동료가 수면을 향해 쏟아낸 내력이 물을 타고 전파되어 온몸이 저릿저릿하다.

절대 장난이라곤 볼 수 없는 행동.

촤악!

순간 두 혈룡검수가 흡사 약속이라도 한 듯 좌우로 신형을 물렸다.

그리고 일제히 한쪽으로 향해진 시선.

동료들이 자신이 의도한 대로 움직이는 모습을 본 혈룡검수가 재빨리 손을 들어 손가락 세 개를 펴 보였다. 암습이나 기습에 대비하라는 수신호였다.

그 후 혈룡검수는 가차없이 신형을 돌렸다.

동료들에게 위험을 알렸으니, 이젠 자신이 경계에 들어가야 할 차례였다. 그렇게 배웠고 싸워왔다.

스!

혈룡검수는 최대한 소리나지 않게 검을 뽑아 들었다.

섬전과 같은 경계의 눈빛.

그의 시선이 예의 소리가 난 죽림 쪽을 빠르게 훑어갔다. 처음 경각심이 고취된 후 여태까지 전혀 소리가 나지 않는다. 역시 무공을 모르는 인근의 촌민은 아닌 것이다.

'그렇다면 숨결을 죽이고 숨었다는 뜻! 일이 쉬워졌다!'

혈룡검수는 재빨리 판단하고 곧바로 움직였다.

스으.

그가 비호처럼 파고든 쪽은 처음으로 인기척이 느껴진 장소였다. 그 후 전혀 소리가 나지 않았으니 은신자는 반드시 거기에 배를 땅에 붙이고 엎드려 있을 터였다. 그게 혈룡검수가 순간적으로 내린 판단이었다.

쉬악!

검은 순간적으로 일직선의 흰색 선을 그려냈다.

섬전과도 같았다.

적어도 배를 바닥에 찰싹 붙인 채 숨죽이고 있던 남추에겐 그리밖엔 안 보였다. 과거 처음으로 뛰어든 실전에서 상대해 봤던 천패단의 마적들과는 비교조차 할 수 없는 검세다.

그러나 남추는 포기하지 않았다.

포기하는 순간 끝이다!

그것이야말로 남추가 밑바닥 거지 생활을 영위하면서도 지금까지 죽지 않고 버텨온 단 하나의 신조였다. 이대로 넙쭉 엎드린 채 죽음을 맞이할 순 없었다.

'소산 형님! 미녀 사부!'

속으로 세상에서 가장 사랑하는 두 사람을 목청 높여 부른 남추가 재빨리 몸을 옆으로 굴렸다. 그리고 힘차게 하늘로 발을 차올렸다.

황구복천(黃狗覆天)!

예전 사부로 모셨던 개방 거지가 종종 펼치곤 하던 규화봉법 중에 훔쳐 배운 몇 안 되는 초식 중 하나.

그는 봉법의 변화를 발로 펼쳐 냈다.

그게 할 수 있는 최선이었다.

그런데 놀라운 일이 벌어졌다.

거의 삼 장이나 되는 거리를 단숨에 갈라왔던 흰색 선이 일순 크게 흐트러졌다. 남추의 황구복천이 위력을 발휘한 것이다.

"쌍!"

남추를 기습해 온 혈룡검수의 얼굴이 흉측하게 일그러졌다.

새카맣게 어린 애송이.

서둘러 검을 빼 든 것조차 쪽팔렸다.

그런데 느닷없이 반격을 당해 검식조차 흐트러졌으니 낭패도 이런 낭패가 없다. 만약 이 광경을 뒤에서 달려오고 있을 동료들이 보기라도 했다면, 당장 검을 돌려 자진하고 싶을 정도였다.

'하지만 그것도 저 애송이 녀석에게 톡톡히 죗값을 치러준 후의 일이다!'

혈룡검수의 시선이 바닥에 널브러져 있는 남추를 쫓았다.

눈빛이 새파랗다.

독기가 올랐다는 뜻이다.

자연스레 그의 검이 다시 움직임을 보였다. 첫 번째보다 강한 두 번째 검식으로 남추를 단숨에 양단해 버릴 작정이었다.

그러나 남추는 요행히 혈룡검수의 일검을 피해낸 후 부쩍 자신감을 회복한 상태였다. 그동안 우약연이 몰래 심어준 내력이 황구복천의 초식과 결합되어 일으킨 기적을 온전한 자신의 실력으로 착각한 것이다.

슉!

재빨리 자리를 털고 일어선 남추의 손에는 어느새 개방 거지라면 누구라도 들고 다니는 타구죽봉이 들려져 있었다. 본격적으로 눈앞의 혈룡검수와 해볼 참이었다.

혈룡검수의 눈에 살기가 떠올랐다.

"이 버르장머리없는 어린것이!"

"사람을 보자마자 검을 날리다니, 그게 무인이 할 행동이오! 부끄러운 줄을 아시오!"

"네 녀석이 비록 어리다 하나 무학을 익힌 녀석이다! 감히 어르신들을 염탐하러 온 이상 죽음을 각오하는 게 옳을 것이다!"

"그게 그렇게 죽을죄란 말이오?"

"당연하지! 강호는 전장이다!"

혈룡검수가 검봉을 횡으로 떨어뜨렸다.

백인혈룡대 특유의 대인척살검술, 혈야향(血夜香)을 펼치기 직전의 모습.

일격에 남추를 죽여 버리겠다는 의지를 드러낸 것이다.

이미 극도로 긴장한 상태인 남추가 그 같은 혈룡검수의 변화를 인지하지 못할 리 만무하다.

'꼬, 꼼짝달싹도 못하겠다!'

내심 절규를 터뜨린 남추가 수중의 타구죽봉에 있는 힘을 몽땅 불어넣었다. 어떻게서든 혈룡검수의 살검을 피한 후 반격을 가해볼 생각이었다.

주륵!

남추의 이마에서 땀 한 방울이 흘러내렸다.

아주 잠깐 동안의 변화.

남추가 참지 못하고 눈을 한차례 깜빡인 순간, 혈룡검수의 검이 벼락같이 파고들어 왔다.

쉬악!

남추는 오싹한 소름을 느꼈다. 등이 선뜩했다. 피해야 한다는 생각은 있었으나 피할 엄두가 나지 않았다.

스슥.

결국 추소산에게 틈틈이 배웠던 수류보의 한 동작을 펼치는 게 남추가 할 수 있는 전부였다. 최선이었다.

당연히 완벽할 수 없다.

어느새 남추의 어깨를 혈룡검수의 검이 꿰뚫고 있었다.

"크윽!"

남추의 입에서 고통스런 비명이 터져 나왔다. 그러나 어느새 검을 뽑아낸 혈룡검수의 얼굴은 살짝 일그러져 있었다. 자신이 혈야향을 펼쳤는데 고작 어깨 정도밖엔 꿰뚫지 못한 것에 화가 났음이다.

"어린 녀석이 제법 보법씩이나 익혔구나! 하지만 내 이검마저 피할 수 있을지 지켜보겠다!"

"……."

혈룡검수의 검이 다시 남추를 향했다.

목표는 인후혈.

다시는 남추가 보법을 펼치는 등의 잔재주를 피우지 못하도록 그는 금나수를 펼쳐 왼손의 완맥을 제압했다. 붙잡아놓고 난도질해 죽이겠다는 의도를 드러낸 것이다.

"죽어라!"

혈룡검수의 살벌한 말을 들은 남추가 두 눈을 부릅떴다. 죽음을 앞에 둔 순간임에도 추소산을 떠올리며 당당해지고자 노력하는 것이다.
그게 그가 지금 할 수 있는 최선이었다.

한데 그때였다.

제37장

은림(隱林)의 그림자

　　　　　남추의 인후혈을 노리던 혈룡검수의 검이 갑자기 방향을 바꿨다.

　순식간에 벌어진 변화.

　남추는 갑자기 자신의 몸이 혈룡검수의 품으로 딸려가는 걸 느꼈다. 이미 제압되어 있던 왼쪽 완맥에 심한 고통이 일더니, 그리되었다.

　'이게 무슨……'

　남추로선 염두를 굴릴 여유조차 주어지지 않았디. 어느새 그를 품 안에 단단히 끌어안은 혈룡검수가 고래고래 소리를 질러대고 있었다.

　"내 동료들을 풀어줘라! 그렇지 않으면 이 애송이 녀석의 목을 당장 잘라 버릴 테다!"

　'소산 형님과 미녀 사부가 왔구나!'

　그제야 남추는 대충 일이 어떻게 돌아가는지 알 것 같았다. 그가 혈

룡검수와 사투를 벌이던 중 한담에서 물놀이를 하던 나머지 두 혈룡검
수를 추소산과 우약연이 제압한 것이다.

그렇다면 이쪽이 훨씬 유리해진다.

인질의 숫자 면에서 일 대 이.

어느 모로 보든 꿀릴 것이 전혀 없었다.

미처 지혈을 하지 못한 오른쪽 어깨에서 피가 철철 흘러내리고 있다
는 걸 제외하면 말이다.

'크으으. 진짜 죽을 만큼 아프다! 그런데도 신음을 흘리면 안 되니,
정말 죽겠구나!'

남추는 처음 검에 찔렸을 때 냈던 신음을 사부 우약연이 듣지 않았
기를 간절히 바랐다. 그녀에게 머리 한 대 얻어맞는 건 별문제가 아니
지만, 경멸을 당하고 싶진 않았다. 최소한의 자존심이었다.

그러자 남추를 인질로 잡은 혈룡검수의 얼굴이 크게 꿈틀거렸다. 품
에 안은 남추가 울고불고해야 협상이 유리해질 텐데, 아예 입을 꽉 닫
고 있자 울화통이 터지는 것이다.

'이 쌍넘의 새끼가!'

완맥을 쥔 혈룡검수의 손에 힘이 들어갔다.

고통을 가해 비명을 터뜨리게 만들려는 의도였다.

그러나 남추는 여전히 입을 꽉 다물고 있었다. 앙다물린 입술이 터
져 피가 흘러내렸다.

그때 남추에게 잠시 정신을 빼앗긴 혈룡검수의 귓가로 기묘한 기음
이 파고들었다.

핏!

혈룡검수는 자신의 귀에 이상이 생겼다고 생각했다.

그렇지 않다면 어찌 소리가 이마를 화끈하게 지진 통증보다 늦게 들려올 수 있겠는가!

"뭐, 이런 개 같은……."

혈룡검수는 말을 끝맺을 수 없었다.

전광.

그의 이마 정가운데에서 일어난 강렬한 통증이 순식간에 얼굴 전체로 확산되었다. 죽음의 신이 내려앉은 것이다.

스윽!

추소산이 묵암검을 거두며 뒤로 한 걸음 물러섰다. 이미 혈룡검수에게 제압되어 있던 남추는 그의 품 안으로 끌어당겨진 지 오래였다.

"소, 소산 형님……."

"출혈이 심하니 잠시 자두는 게 좋겠다."

추소산은 남추의 의견도 묻지 않고 수혈을 점했다. 그의 오른쪽 어깨에서 흘러내리는 피의 양이 심상치 않다는 판단을 내린 것이다.

그때 나머지 혈룡검수들의 마혈을 제압한 우약연이 황급히 그에게 다가들었다. 그녀 역시 제자 남추의 상세에 신경이 쓰였다. 그냥 두고 보고만 있을 순 없었다.

"추 소협……."

"남추는 괜찮을 겁니다. 생각보다 강한 아이인데다, 우 소저가 넣어준 내력이 몸 안의 기운을 보전하고 있으니까요."

"그렇군요."

담담한 대답과 달리 우약연의 얼굴에는 안도의 기색이 스쳐 지나갔다.

추소산이 굽혔던 허리를 폈다.

"대충 응급 처방을 하긴 했지만, 남추는 아직 안정을 취해야 합니다. 우 소저가 좀 지켜봐 주십시오."

"무슨 볼일이라도 있는 건가요?"

"할 일이 있습니다."

추소산이 시선을 마혈이 점혈되어 바닥에 쓰러져 있는 두 명의 혈룡 검수에게 던졌다. 심문을 하겠다는 뜻을 분명히 한 것이다.

우약연의 고운 아미가 살짝 찡그려졌다.

"설마 고문이라도 하려는 건가요? 저들이 누군지도 모르면서……."

"주변에 혈문의 전력이 얼마나 포진되어 있는지를 알아봐야 합니다."

"혈문? 저들이 혈문의 무사들이란 말인가요?"

"혈문의 문도들은 붉은색이 들어간 피풍의를 꽤나 즐겨 입는다고 들었습니다. 게다가 부근에 특별한 무림문파가 없는 상태이니, 혈문의 무사들이 틀림없다고 봅니다."

"혈문의 무사들은 사파 내에서도 명예를 아는 자들이라고 들었거늘… 어찌……."

우약연의 입가에 작은 한숨이 매달렸다. 신성천교와 혈문의 관계가 보통이 아님을 알고 있는 터라, 근심이 쌓이지 않을 수 없었다.

추소산은 우약연의 내심까지 읽어내진 못했다.

잠시 그녀의 짙은 음영이 드리워진 얼굴을 눈으로 살핀 그가 천천히 혈룡검수들 쪽으로 걸어갔다. 어차피 자신의 예상이 맞는지만 파악하면 될 일이니, 특별히 어려울 것도 없었다.

우약연은 청죽림으로 둘러싸인 한담 쪽에서 천천히 걸어나오는 추소산의 모습을 보고 눈에 이채를 띠었다. 갈 때는 세 명이었는데 나올 때는 한 명뿐이니 궁금증이 일지 않을 수 없다.

"추 소협, 설마 그들을 모두 죽인 건 아닐 테지요?"

추소산이 천천히 고개를 저어 보였다.

"그들은 그냥 놔줬습니다."

"어째서?"

"남추를 인질로 잡았던 자는 무인이라 할 수 없는 치졸한 짓을 저질렀으니 죽어 마땅했습니다. 하지만 제게 심문을 받은 자들은 진짜 무인이더군요. 끝까지 동료들의 위치에 관해서 한마디도 말하려 하지 않기에 그냥 마혈을 풀어줬습니다. 처음부터 죽일 생각은 없었으니까요."

말을 마친 후 추소산이 나직이 웃어 보이자 우약연의 눈빛이 가볍게 흔들렸다. 그의 어찌 들으면 바보 같은 말이 그녀의 가슴을 마구 흔들어놓았다.

"그렇다면 지금 당장 이곳을 떠나야겠군요. 남추의 상처 치료가 급하니 좋은 의원이 있는 곳을 찾는 편이 좋겠어요."

"우 소저께 남추를 맡기겠습니다."

"추 소협은 함께 동행하지 않겠다는 건가요?"

"에, 저는 지금부터 혈문 무인들의 뒤를 밟을 작정입니다. 그래서 풀어준 것이니까요."

"……."

우약연의 눈빛이 가볍게 흔들렸다. 추소산이 지금부터 무슨 짓을 하려 하는지 대충 짐작이 갔기 때문이다.

추소산이 그런 우약연을 잠시 웃음 띤 얼굴로 바라보다 신형을 돌려세웠다. 굳센 그녀의 성품을 알기에 쓸데없는 말로 안심시킬 생각 따윈 없었다.

슥!

추소산이 우약연의 앞을 떠나갔다.

한 조각 바람과 같이.

추소산의 예상대로였다.

그가 놓아 보낸 혈룡검수들은 곧바로 백인혈룡대 본대가 주둔한 곳으로 달려갔다. 훌륭한 안내자가 되어준 것이다.

그렇다면 이젠 기다리기만 하면 된다.

필시 백인혈룡대에서 어떤 움직임이 있을 테고, 추소산은 그들을 막아서 실력을 확인해 볼 것이다.

어떤 결과가 나올진 몰라도 앞으로의 싸움에 있어 꽤나 유익한 정보가 될 것임은 재론할 가치가 없을 터였다.

*　　　*　　　*

"뭐?"

사마우는 부관이자 책사인 암중모략(暗中謀略) 여군원이 전해온 전언을 듣고 눈에 강한 살기를 담았다. 방금 전까지 꽤나 즐겁게 음미하고 있던 다향마저 그의 노한 심중을 가라앉히진 못할 듯했다.

여군원이 얼른 허리를 숙여 보였다.

"칠검대의 혈룡검수 하나가 죽고 둘이 적에게 등을 보인 채 도망쳐 왔다고 했습니다. 흉수는 그들이 작성한 용모파기로 볼 때 우리가 목표로 하고 있던 추소산이란 자라 생각됩니다."

탁!

사마우가 결국 손에 들고 있던 다구를 다탁 위로 내려놨다. 다른 혈문의 고수들 같으면 당장 다탁을 박살 내고 길길이 날뛰었을 터이나 그는 침착했다. 경험상 일단은 자신의 책사가 내린 결론을 들은 후 화를 내도 늦진 않는다는 걸 알고 있었기 때문이다.

여군원이 기다렸다는 듯 자신이 파악한 사항과 주장에 대해 읊기 시작했다.

"이는 첫째로 칠검대 조장 조창범이 수하들 관리를 잘못했기에 벌어진 일로 일차적 책임을 면할 수 없습니다. 또한 적에게 등을 보이고 살아 돌아온 혈룡검수들은 문규에 따라 얼굴에 낙인을 찍고 무공을 전폐시켜 파문시키는 게 온당할 것입니다."

"조창범에 대한 처벌은?"

"백일 면벽수련과 일 년치 봉록의 감봉 정도면 족하다고 봅니다."

"대신 이번 임무에서 대공을 세울 시엔 공으로써 죄를 사해줄 수 있겠지."

"그렇습니다."

여군원이 다시 허리를 숙여 보였다. 주군인 사마우가 자신의 의견을 모두 수렴하자 기분이 퍼니 좋았다.

사마우가 슬쩍 화제를 바꿨다.

"그래서 감히 혈문에 도전하기 위해 산서성으로 달려온 추소산이란 녀석은 어찌 처리하기로 했지?"

"이미 삼검대 전체가 떠났습니다."

"삼검대의 구궁혈룡소진(九宮血龍小陣)이라면 충분하다고 본 것이군."

"구궁혈룡소진과 삼검대 조장 조광진의 무위라면 웬만한 절정고수조차 상대할 수 없습니다. 만약 그들로서 해결할 수 없다면 대주와 백인혈룡대 전체가 나서야만 할 것입니다."

"그렇겠지. 하지만 그럴 필요가 있을까?"

"모르는 일이라고 봅니다. 천패단의 전력을 제가 따로 조사해 본 결과 그리 약하진 않다는 판단이 내려졌습니다. 적어도 백인혈룡대의 일개 검대와 자웅을 가릴 정도는 되리라 사료됩니다."

"그래서 일단 삼검대를 투입한 것이군."

"그 정도로 끝나길 기대하고 있습니다. 물론 후속 대처 방안 역시 강구해 놓고 있긴 하지만요."

"그렇군."

사마우는 형식적으로 고개를 끄덕이면서도 그렇게 될 가능성에 대해선 전혀 염두에 두지 않았다. 아직 그는 자신이 상대해야 할 추소산이 가진 능력에 대해 회의를 느끼고 있었다. 책사인 여군원의 의견을 노파심으로 치부하는 것은 어쩌면 당연한 일이었다.

추혈검(追血劍) 조광진.

백인혈룡대의 삼검대 조장인 그는 열 명의 조장 중에서도 손꼽히는 고수로, 이번에 갑작스레 진행된 수련에서도 최고의 성적을 냈다. 한마디로 말해 대주 사마우가 가장 총애하는 수하라 할 수 있었다.

당연한 일이겠지만, 그의 휘하인 삼검대는 백인혈룡대의 열 개 검대 중 구궁혈룡소진을 가장 완벽하게 연성하고 있었다. 사마우와 여군원이 자신만만한 것도 결코 무리는 아니었다.

자신만만하기론 조광진 역시 마찬가지였다.

그는 처음부터 백인혈룡대의 이번 출정에 있어 대주 사마우보다 낮은 가치를 부여하고 있었다. 오랫동안 따분한 훈련만을 반복했던 백인혈룡대이니 이번 기회에 몸이나 좀 풀라는 정도로 파악했다.

그 마음은 추소산의 용모파기를 손에 쥔 지금도 마찬가지다.

특별할 건 없었다.

산서성의 패자인 혈문이다.

주력 중 하나인 백인혈룡대는 꽤나 오랫동안 실전을 벌이지 못했다. 산서성에서 혈문에 반기를 드는 문파나 적의 출현이 근래 전혀 없었기 때문이다.

그러니 이 같은 때가 아니고서야 언제 생생한 실전을 경험할 수 있겠는가!

조광진은 이번 출진을 실전이라기보다는 사람 사냥이라 생각했으나 그런 건 지금 크게 중요치 않았다. 삼검대로 하여금 구궁혈룡소진을 실전에서 사용해 보게 할 수만 있으면 그것으로 족했다.

분명 그렇게 생각했다.

하지만 세상에는 종종 예상 밖의 일들이 발생한다.

오늘 조광진과 삼검대가 만난 일이 그러했다.

백인혈룡대의 주둔지를 떠나자마자 그들은 곧 걸음을 멈춰야만 했다. 그들이 사냥하러 나섰던 사냥감이 제 발로 찾아와 기다리고 있었다. 출발 전에 받아 든 용모파기로 볼 때 정확히 일치했다.

슥!

최선두에서 치달리고 있던 조광진이 걸음을 멈췄다. 그러자 그의 뒤를 따르던 삼검대가 역시 걸음을 멈췄다.

사사사사삭!

별다른 명령이 없었음에도 삼검대는 조광진을 중심으로 십자 모양의 형태를 갖췄다. 언제든 조장인 조광진의 명령에 따라 구궁혈룡소진을 펼칠 수 있게끔 포진한 것이다.

추소산이 조광진과 삼검대의 포진을 살피곤 크게 목소리를 높였다.

"내 이름은 추소산이라 하오! 귀하들은 혈문에서 날 상대하기 위해 나온 분들이겠지요?"

"추소산이라고? 정말 본 문 산하의 천패단을 괴멸시킨 그 추소산인가?"

"그렇소. 내가 천패단을 해산시켰소."

"하!"

조광진이 나직이 혀를 찼다.

아무리 용모파기를 확인했다곤 하나 마음 한켠에 설마하는 생각은 조금 남아 있었다. 아무리 생각해 봐도 사냥감이 사냥꾼의 앞에 이리 모습을 드러내는 건 도리가 아니란 생각이 들었기 때문이다.

사실 도리가 아닐뿐더러 기분 역시 나쁘다.

사냥감이란 죽도록 달아나며 비참한 단말마를 남기는 게 옳았다. 이런 식으로 이빨을 드러내며 모습을 드러내선 안 된다는 뜻이다.

"건방진 놈! 천패단 같은 잡스런 마적 나부랭이들을 이겼다고 간이 배 밖으로 나왔구나! 감히 혈문에 대항하기 위해 산서성까지 기어오다니!"

으르렁대는 듯한 외침.

추소산은 자신의 예상이 옳았음을 깨닫고 눈에 힘을 담았다. 자연스레 입가에 담담한 미소가 매달린다.

"나는 혈문이 사파라 하나 명예를 아는 무인의 집단이라고 들었소. 그런데 지금 보니, 명불허전이란 말도 이젠 믿을 게 못 되는 것 같소이다."

"흐흐, 명불허전이 아니다?"

나직이 뇌까린 조광진이 갑자기 손을 들어올렸다. 구궁혈룡소진을 개진시키란 수신호였다.

"개진!"

백인혈룡대의 최정예라 불리는 삼검대답게 진세 구축은 단숨에 이뤄졌다. 구궁혈룡소진이 펼쳐진 것이다. 그리고 추소산은 어느새 진세의 변화 속으로 끌려 들어가 있었다.

스스스스슥!

바람같이 신형을 이동시키며 파고들어 오는 삼검대.

혈룡검수들은 어느새 검을 빼 들고 있었다.

검광이 진의 변화에 맞춰 마구 천지를 종횡하기 시작한다. 구궁혈룡소진의 특징이 나타나기 시작한 것이다.

'검광으로 햇빛을 반사시켜 시야를 가리고 공격해 들어오겠다는 심사군.'

추소산은 한눈에 구궁혈룡소진이 가진 특징을 파악해 냈다. 처음부터 삼검대가 취한 포진이 심상찮다고 생각하고 있었다. 마음속으로 대비를 하지 않았을 리 만무하다.

팟!

첫 번째 검광이 차가운 살기를 동반한 채 떨어져 내렸을 때였다.

추소산이 비로소 움직임을 보였다.

스으.

묵암검은 형체가 없는 암흑처럼 뽑혀졌다.

천패단과의 싸움에서 피를 잔뜩 먹은 이후 더욱 짙어진 어둠.

흡사 요기라도 머금은 듯하다.

"으!"

묵암검이 내뿜는 위압감에 압도당한 혈룡검수가 비칠거리며 진세 밖으로 밀려났다.

눈으로 보고도 믿기 힘든 광경.

"이 새끼! 뭐 하는 짓이냐!"

진의 중심에서 진세의 변화를 지휘하고 있던 조광진의 눈에서 불똥이 튀었다. 묵암검의 요기를 눈앞에서 보지 못한 그에겐 수하의 행동이 전혀 이해되지 않는다.

그때 추소산이 발끝으로 지축을 가볍게 찼다.

조광진에게 확실한 무언가를 보여주기로 마음먹은 것이다.

시잇!

번개를 무색케 하는 보법은 수류보.

묵암검의 어둠을 전파하는 검법은 지존검.

천패단과의 전투 이후 깊은 참오 끝에 몸으로 체득한 깨달음을 추소산은 마음껏 펼치기 시작했다.

툭!

묵암검이 번뜩인 순간, 두 번째로 추소산을 노렸던 혈룡검수의 검이 하늘로 날아올랐다. 묵암검의 검봉으로 혈룡검수의 검파를 찍는 신기를 발휘한 것이다.

게다가 그 일은 한 번만으로 끝나지 않았다.

지이이이이잉!

묵암검과 일체가 된 추소산이 구궁혈룡소진을 종횡한 순간 순차적으로 열 개의 검이 하늘로 치솟아올랐다. 거의 한순간 만에 벌어진 일이었다.

"뭐……."

조광진은 자신도 모르게 입을 딱 벌렸다.

도저히 믿을 수 없는 마음.

그는 자신이 꿈을 꾸고 있다고 생각했다. 추소산이 벌인 일이 도대체 뭔지 감조차 잡을 수 없었기 때문이다.

그때 단숨에 진의 중심에 이른 추소산의 묵암검이 조광진을 노린 채 파고들어 왔다.

검은 섬광!

조광진은 단숨에 자신의 몸이 두 쪽으로 갈리는 환상을 봤다.

진짜 그리될 것만 같았다.

순간 조광진의 양쪽에서 진의 중심을 방어하는 두 명의 방수가 검을 날려왔다.

따당!

두 개의 검이 다시 하늘로 날아올랐다.

진의 힘을 등에 업고도 검을 잃는 걸 빙비하는 데 실패한 것이다.

그러나 조광진이 피할 시간은 충분했다.

파팟!

조광진은 검을 뽑아 든 채 진세의 중심에서 빠져나왔다. 추소산에게 공포를 느끼고, 수하들이야 죽거나 말거나 진을 유지하는 걸 포기한 것이다.

그런데 그때였다.

파파파파파팟!

순차적으로 하늘로 떠올랐던 십여 개의 검들이 일제히 진중에서 물러선 조광진의 머리 위로 떨어져 내렸다. 마치 수하들을 버린 그를 하늘이 징치하는 것 같다.

"크윽!"

조광진은 피투성이가 되어 비틀거렸다. 검을 휘둘러 몇 개는 막아냈으나 한계가 있었다. 요혈만 간신히 비껴 나가게 하는 게 최선이었다.

스으.

추소산이 조광진에게 다가섰다.

묵암검이 내뿜는 강렬한 요기를 조광진은 그제야 볼 수 있었다.

오싹!

조광진은 묵암검을 든 추소산을 요물 보듯 쳐다보다 이를 악물고 소리쳤다.

"죽여라!"

"죽이진 않겠소. 내 말을 전해줄 사람이 필요하니까."

"나, 날 전령으로 삼겠다는 거냐?"

"싫다면 다른 사람을 선택해도 좋고."

추소산의 차가운 말에 조광진이 얼른 입을 다물었다. 바로 코앞까지 다가왔던 죽음을 피할 수 있을 것 같았다. 사서 죽음을 재촉할 까닭은 없다.

추소산이 말했다.

"삼 일 후 다시 찾아오겠소. 복수를 원한다면 당당하게 싸워봅시다."

"사, 삼 일 후 다시 찾아오겠다고?"

"그렇소. 그게 당신이 전해야 할 전언이오."

"……."

추소산은 다시금 입을 벌린 채 말을 잃은 조광진을 한차례 쳐다보고 바람같이 신형을 돌려세웠다.

우르르!

그 순간 검을 잃은 채 멍청한 표정을 짓고 있던 삼검대가 일제히 좌우로 물러섰다. 추소산이 떠날 길을 알아서 열어준 것이다.

픽!

슬쩍 입가에 미소를 담은 추소산이 철마류를 펼쳤다.

천하를 희롱하는 자의 경공을 펼친 것이다.

"무, 무슨 저런 괴물이……."

"우, 우리 아직 살아 있는 건가?"

백인혈룡대 최정예라 불리던 삼검대의 혈룡검수들은 서로를 바라보며 연신 혀를 찼다.

검광과 살기가 충천했던 한차례의 격투.

극히 짧은 시간 동안 벌어진 검투였음에도 지나칠 정도로 기억이 생생하다. 도저히 자신의 눈으로 본 광경을 믿을 수 없었지만 말이다.

"놓쳤다고?"

사마우는 여군원의 보고를 듣고 미간에 깊은 골을 만들어냈다.

당혹한 것인가?

그렇진 않았다. 그럴 리 없다는 걸 사마우를 계속 옆에서 보좌해 왔던 여군원은 잘 알고 있었다.

혈문 최고의 싸움꾼.

칠절마검객이라 불리우는 냉철한 이 승부사는 항시 강자와의 싸움을 갈구하는 진정한 투사였다. 적이 강대하다면 기뻐할 일이지 당혹해하거나 언짢아할 사람이 아니었다.

'그렇다면 역시 그게 문제겠군.'

내심 사마우가 지금 생각하고 있을 문제에 대한 모범 답안을 몇 개나 떠올린 여군원이 보고를 계속했다.

"대주께서 근심하신 대로 그의 경공은 생각했던 것보다 훨씬 고절했습니다. 미리 준비해 놨던 추격조가 전혀 따라가지 못할 만큼."

"천하에 그런 정도의 경공을 연마한 자가 몇이나 되지?"

"제 생각엔 열을 넘지 않는다고 봅니다."

"그 정도밖엔 안 돼?"

사마우가 여군원에게 눈살을 가볍게 찌푸려 보였다. 그의 자부심을 모르는 바는 아니나 좀 지나치단 생각이 든 것이다.

여군원이 설명했다.

"천하에 무공이 뛰어난 고수는 모래알처럼 많습니다. 절정고수 역시 기백 명에 이르고, 초절정고수라 해도 수십은 됩니다. 하지만 하루에 팔백 리를 주파하는 준마를 탄 열 명의 추격조 전체를 단숨에 따돌릴 수 있을 만큼 빠른 경공을 지닌 자는 열 손가락에 꼽을 정도일 것입니다. 경공이란 게 생각보다 신체적인 재능을 많이 타는 분야니까요."

사마우의 찌푸려졌던 눈살이 그제야 정상적으로 돌아왔다.

"딴은 그렇군. 그렇다면 그 추소산이란 애송이 녀석이 단숨에 구궁혈룡소진을 파훼한 것도 충분히 이해할 만하군. 그 정도 경공을 지녔다면 포진하기 전에 제압할 수 있을 테니까."

"그게 그렇지가 않습니다."

"그렇지가 않아?"

"예. 그자는 삼검대가 구궁혈룡소진을 완벽하게 구축할 때까지 전혀 움직이지 않았다고 합니다. 그러니까 삼검대의 구궁혈룡소진은 완벽하게 포진된 채로 파훼당한 것입니다."

"그건 놀랍군."

사마우는 솔직하게 감탄했다.

추소산에 관해 얻어들은 정보 중 하나는 그의 나이가 약관 정도라는 것이었다.

많아야 이십대 중반을 넘지 않은 나이.

사마우 정도 연배의 고수에게는 애송이로밖엔 보이지 않는다.

그런데 그런 나이에 구궁혈룡소진을 파훼하고, 천하에서 열 손가락 안에 들 정도의 경공을 발휘했다고 한다. 자신의 그 나이 때를 생각하면 감탄이 나오는 것도 무리는 아니다.

하지만 아직 여군원의 보고는 끝난 것이 아니었다.

"게다가 더욱 놀라운 건 그자가 단 한 명도 죽이지 않았다는 겁니다."

"단 한 명도 죽이지 않아? 방금 전에 삼검대의 구궁혈룡소진을 파훼했다고 했잖은가?"

"그렇습니다. 그는 삼검대의 구궁혈룡소진을 파훼했을뿐더러 단 한 명의 사상자도 내지 않았습니다. 유일한 부상자인 삼검대 조장 조광진조차 하늘에서 떨어져 내린 검에 의한 부상일 정도입니다."

"어떻게 그럴 수가 있지?"

"검봉으로 검파를 때려 하늘로 날려 버렸다고 합니다."

"뭐?"

"삼검대 전체의 검을 하늘로 날려 버려서 구궁혈룡소진을 파훼한 겁니다."

"……."

얼음으로 만든 심장을 가졌다고 알려진 사마우가 일순 침묵에 빠져들었다. 여군원이 한 말이 현실적으로 실현 가능한 것인지에 대한 진지한 고민에 빠져든 것이다.

문득 여군원이 목소리를 낮춰 말했다.

"대주, 한 가지만 물어도 되겠습니까?"

"질문?"

"예."

평소답지 않게 진지한 여군원의 표정을 힐끔 바라본 사마우가 입술을 가볍게 일그러뜨렸다. 자신의 책사가 지금 무슨 생각을 하고 있을지 짐작이 갔기 때문이다.

"내 폭륜마검(暴輪魔劍)을 기교만으로 다룬다면 충분히 삼검대의 구궁혈룡소진을 그런 식으로 부술 수 있을 것이야. 물론 내가 구궁혈룡소진의 변화를 손바닥 보듯 알고 있기에 가능한 일이지."

"본 문의 구궁혈룡진은 대외비입니다. 타 문파의 사람이 파훼법을 알고 있을 리 만무합니다."

"자신할 수는 없는 일이지. 천하 각문각파의 수없이 많은 진법 중 유명한 것들은 어느 정도 세간에 알려진 상태니까 말야."

"그렇다면 결론은 한 가지뿐입니다."

"백인혈룡대 전체로 구궁혈룡대진(九宮血龍大陣)을 펼쳐서 추소산이란 자를 시험해 보자는 것이겠지?"

“본 문의 기밀이 밖으로 유출됐다면 낭패입니다. 반드시 이번 일은 확인해 봐야 한다고 생각합니다.”

‘그래서 그 애송이 녀석을 죽일 수 있다면 더욱 좋은 일이겠지. 그걸 입 밖에 내지 않다니, 제법 노련해졌군.’

내심 미소 지은 사마우가 천천히 고개를 가로저었다.

“그만한 일로 백인혈룡대 전체가 애송이 하나를 상대한다는 건 있을 수 없는 일이다.”

“그렇지만 이번 일은…….”

“내가 나선다.”

“대주!”

여군원이 놀라 목소리를 높였다. 그가 상정했던 최악의 결과가 나왔기 때문이다.

사마우가 입가에 스산한 미소를 매달았다.

“설마 내가 그런 애송이 녀석한테 질 거라고 생각하는 건 아닐 테지?”

“그런 일은 있을 수 없습니다. 다만…….”

“부언은 필요없다, 그것으로 족하니까.”

드물게 여군원의 말을 끊고 결론을 내린 사마우가 손을 내저어 보였다. 나가보라는 뜻이었다.

“…….”

여군원이 잠시 침묵하다 허리를 깊숙이 숙여 보였다.

자존심 강한 사내.

사마우가 마음을 결정했다면, 수하 된 도리로 따르는 수밖엔 없었다. 최선책이 거부됐으니, 이젠 차선책을 생각해 내야 하는 게 옳았다.

*　　　*　　　*

추소산이 돌아오는 모습을 발견한 남추가 버둥거리며 자리에서 일어섰다. 여전히 중상을 당한 상태였으나 누워서 추소산을 맞고 싶진 않았다.

"그냥 누워 있거라."

추소산의 부드러운 말에 남추가 열심히 고개를 가로저었다. 아이답지 않은 고집이 발동한 것이다.

그러자 추소산이 입가에 미소를 띤 채 곧장 남추에게 다가섰다.

이형환위.

두 개의 그림자가 얼핏 모습을 드러내더니, 남추의 앞에 추소산이 도착했다. 그는 얼른 손을 뻗어 남추가 몸을 일으키는 걸 도와주었다.

배려를 해준 것이다.

남추의 안색이 가볍게 붉어졌다.

추소산에게 의지해야만 하는 자신의 모습이 한심스러웠다. 여태까지 어째서 무공 수련을 열심히 하지 않고 꾀를 부렸는지 후회가 됐다.

"사내란 후회를 하면서 성장하는 것이다. 이번 일로 네가 성장했다면 그것으로 족하니, 너무 자신을 자책하지 말거라."

"소산 형님, 그렇지만 저……."

"분하겠지. 그 마음을 잊지 말도록 해라."

"…예."

남추가 고개를 가볍게 떨궜다. 그러나 결코 얼굴이 어둡지만은 않았다. 추소산이 한 말은 소년의 의지에 작은 불꽃을 만들어놓았다.

그때 근처에 정좌한 채 운기조식하고 있던 우약연이 스륵 자리에서 일어서더니 남추의 등을 가볍게 손으로 두드려 주는 추소산 쪽으로 천천히 걸어왔다. 추소산과 남추 간의 대화를 듣고 다른 때보다 빨리 운기조식을 끝마친 것이다.

"생각보다 일찍 오셨군요?"

'말속에 가시가 담겼군. 아직도 내가 자기한테 남추를 떠넘기고 혼자 떠난 것에 대해 화를 내고 있는 것인가?

추소산이 우약연에게 어색한 미소를 보였다.

"운이 좋았습니다."

"혈문에서 진짜 고수들을 내보내지 않은 모양이지요?"

"아직까지는."

"그럼 곧 진짜 고수들을 보내겠군요. 추 소협의 진신절기를 봤다면 결코 업신여길 수 없을 테니까요. 그래도 추 소협은 여기서 뒤로 물러설 생각은 전혀 없겠지요?"

"……"

추소산이 대답 대신 입가에 부드러운 미소를 매달았다. 방금 전에 보였던 어색한 기운은 이미 씻은 듯 사라지고 없었다. 우약연은 이를 가장 확실한 대답이라 여겼다.

'강한 사내. 지난바 무공보다 더 강한 건 그의 절대 꺾이지 않는 마음이다.'

우약연은 더 이상 그에게 질문하지 않고 남추에게 추수 같은 시선을 던졌다.

"너는 이번에 그동안 얼마나 나태했는지를 깨달았을 것이다. 부상이 낫는 대로 여태까지 반복하게 했던 기본 연공의 강도를 두 배로 올릴 테니, 각오하는 게 좋을 거야."

"세 배라도 괜찮습니다!"

"세 배? 한 번 시작하면 끝을 봐야 한다. 그건 알고 있겠지?"

"물론입니다! 전 이번 기회에 확고하고 단호한 결의가 가슴속에 생겼습니다. 더 이상 농땡이 피우지 않을 테니, 사부님께서는 염려하지 마십시오."

"알겠다. 세 배로 하도록 하마."

우약연이 천천히 고개를 끄덕이자 남추의 눈에 밝은 기운이 떠올랐다. 소년은 어느새 사춘기를 지나 청년으로 향하는 길목에 들어선 것이다.

'남추는 좋은 사부를 만났다. 반드시 강해질 것이다.'

추소산이 남추와 우약연, 두 사제지간을 눈으로 살피곤 다시 입가에 미소를 매달았다. 이 같은 모습을 지켜본다는 건 참으로 기쁜 일이었다.

밤.

죽현의 밤은 달과 함께 시작된다.

푸른 달이 천공 위로 떠오르면 찬바람이 죽림을 휘돌고 가고, 흐느끼는 듯한 밤의 노래가 들려온다.

고적함.

누군가 밤을 이곳에서 보내는 자가 있다면 필시 생과 사의 중간계 속에 홀로 내동댕이쳐진 기묘한 느낌을 느낄 수 있으리라.

그런 자가 있었다.

스륵… 스르르륵…….

달빛과 바람에 취해 노래하는 죽림이 만들어놓은 조그만 공터에 홀로 선 한 명의 검자.

추소산은 묵암검을 손에 든 채 호흡을 고르고 있었다.

평소 잊어본 적이 없는 검로연공.

호흡과 검의 행로를 일치시키니, 그의 머리 천령혈 위쪽으로 한줄기 희뿌연 기운이 맴돌기 시작한다.

운기삼매(運氣三昧).

검로를 따라 일어난 기운이 찬 야천 위로 떠도니, 그의 움직임은 달빛과 어우러져 하나의 그림이 되었다.

그렇게 보였다.

한데, 그렇게 한참을 운기검로에 집중하고 있던 추소산이 갑자기 지존검 구초식을 천천히 펼쳐 내기 시작했다.

종상벽하, 오룡희주, 황룡포섬, 봉황전시, 폐음소음, 육합개정, 사수해구, 팔방풍우, 철우경지…….

빠르고, 느리고, 강하고, 격하고, 부드럽고, 유연한… 검초들이 끊임없이 펼쳐지고 연환하고 조화를 이뤘다. 그동안 추소산이 연환검식을 독창하며 생각했던 변화의 조합들이 한순간에 폭발하듯 펼쳐졌다.

이는 검초의 재정립.

추소산이 궁극적으로 바라는 검경에 이르기 전의 예비 단계라 할 수 있었다.

바로 이어서 펼쳐진 이검 연환, 삼검 연환, 사검 연환이 이를 뒷받침해 주었다.

그리고 풍백.

폭풍 같고 광풍 같은 검식에 포함된 건 종상벽하, 오룡희주, 황룡포

섬, 폐음소음, 사수해구의 다섯 검초. 모두 강력한 힘을 바탕으로 한 초식으로 백 개의 바람이란 이름에 더할 나위 없이 합당하다.

그렇게 생각되었다.

그러나 추소산은 이로써 만족할 수 없었다.

진짜 강함.

상대를 죽이지 않고도 이길 수 있는 경지가 그가 바라는 바였다. 꿈꾸었다.

무인이 아니라 살인자는 되고 싶지 않았다.

그렇다면 어찌해야 하는가?

추소산은 천패단과의 싸움 이후의 오랜 참오와 낮에 있었던 구궁혈룡소진과의 대전을 통해 해결책을 찾아냈다. 여태까지 머릿속으로만 상상해 봤을 뿐인 육검 연환, 은림의 그림자를 볼 수 있게 된 것이다.

스으.

추소산이 풍백으로 산산조각난 달빛 아래 고독하게 홀로 섰다.

검이 운다.

풍백을 펼칠 때조차 침묵하던 묵암검이 가늘게 떨리고 있었다.

폭발할 것 같은 힘이 아니었다.

숲 속에 숨죽이고 모습을 감춘 것 같은 은밀함.

환상 같은 검식이 펼쳐지기 직전의 긴장감을 묵암검은 이미 느끼고 있었다. 떨림은 이를 위한 것이었다.

추소산이 이를 깨달았다.

본능.

그것으로 충분했다.

이제 구체적으로 구현만 하면 되었다.

슛!

추소산의 묵암검에서 뻗어 나온 검기가 순간적으로 천공을 갈랐다.

그리 보였다.

한데 눈의 착각인가?

일순 추소산이 선 공터 주변을 빼곡하게 둘러싸고 있던 죽림이 바람도 없는데 가볍게 흔들리는 게 아닌가.

'한 가닥 검기에 만검(萬劍)이 숨을 죽이니, 이를 은림이라 하리라!'

"후!"

추소산이 참고 있던 숨결을 토해냈을 때였다.

우수수수…….

정적을 깨는 한줄기 야풍에 휘말린 죽잎들이 순식간에 회오리를 일으키며 청백한 달빛을 가렸다.

은림의 위력?

추소산이 자신이 조합해 낸 검식이 만들어낸 광경을 눈으로 살피다 고개를 가로저었다.

'실… 패했다…….'

추소산의 입가로 한줄기 핏방울이 흘러내렸다.

풍백에 이어 은림을 펼치던 중 급격하게 치솟아오른 진기의 폭주를 제이하는 데 실패했다. 이미 치유된 줄 알았던 내상이 다시 도진 것도 무리는 아니었다.

제38장

일검경혼(一劍驚魂), 백검비천(百劍飛天)

　　　　"절세미인처럼 정말 꼬시기 힘든 여자군. 이번만은
분명 성공할 수 있으리라 생각했는데……."
　　추소산은 소매로 아무렇게나 입가를 닦았다.
　　자연스런 행동.
　　악록산에서 악전고투의 수련 기간 동안과 그다지 달라지지 않은 모
습이다.
　　한데 그때였다.
　　스슥.
　　전설 속 월궁(月宮)에 사는 항아(姮娥)가 나타난 것인가.
　　푸른 달빛 속을 헤치며 더할 수 없을 정도로 아름다운 여인이 추소
산에게 다가들었다.
　　그녀가 사용한 신법의 이름은 이형환위.

낮에 추소산이 남추에게 다가들 때 사용했던 것과 똑같은 신법이다.

추소산이 미인의 정체를 알아보고 눈에 이채를 담았다.

"우 소저……."

"내상을 입었군요."

"별거 아닙니다. 혹시 제 연무 때문에 잠이 깬 겁니까?"

"내상에 별거 아닌 것이 있을 리 없지요."

다소 차갑게 대답한 우약연이 단숨에 추소산의 바로 코앞까지 다가섰다.

깊고 투명한 눈빛.

빨려 들어갈 것 같다는 말의 의미를 알 듯하다.

우약연이 손을 내밀어 맥을 잡아오자 추소산은 슬쩍 고개를 옆으로 돌렸다. 잠시 자신이 넋을 잃었다는 걸 그제야 눈치챈 것이다.

우약연은 이를 알면서도 굳이 탓하지 않았다.

그저 손가락 끝으로 파고드는 추소산의 맥박 속에서 진기의 흐름을 이해하고자 노력할 뿐이었다. 그녀의 본색을 본 자들 중 가장 태연했던 사람이 바로 눈앞의 추소산임을 잘 알고 있었기 때문이다.

시간이 흘렀다.

아미를 살짝 찌푸리고 있던 우약연이 긴 속눈썹을 파르르 떨더니 추소산의 손목에서 손가락을 떼어냈다. 얼굴에 작은 놀라움이 떠오른다.

"기경팔맥(奇經八脈)으로 부드럽고 강건한 진기가 끊임없이 흐르니, 내상을 입는다 해도 그다지 치명적이진 않군요. 이는 어떤 문파의 내공이지요?"

"전진입니다."

"전진?"

"과거 천하에 명성을 떨쳤던 도가 일맥이지요. 저는 그곳과 인연이 닿아 내공의 기초를 닦았고, 후일 독자적으로 검기연공의 내공 수련 방법을 만들어냈지요."

"일종의 검공을 연마했다는 건가요?"

"그런 셈입니다."

추소산이 고개를 끄덕여 보이자 우약연의 얼굴에 은은히 감돌던 놀람의 기색이 조금 짙어졌다.

그녀는 추소산이 스스로 검법을 독창했다는 말은 이미 들어 알고 있었다. 이에 대해 감탄하긴 했으나 크게 생각하진 않았다. 무학의 기재라면 스스로 절기를 하나나 둘쯤 만들어내는 게 불가능하진 않다고 생각했기 때문이다.

하지만 검기연공이라니?

검식과 내공 구결을 일치시켜 더 나은 위력을 발휘한다는 말은 들어봤지만, 검으로써 기를 연마한다는 건 금시초문이었다. 만약 진짜 추소산이 이룬 것이 사실이라면, 무림사에 보기 드문 기공(奇功)이 나타났다고 봐야 옳을 터였다.

"후우!"

우약연의 입가에 가벼운 한숨이 떠돌았다.

추소산이 대종사의 자질을 가졌다는 것에 잠시 놀라긴 했으나 단지 그뿐이었다. 그녀의 눈앞에 서 있는 평범한 인상의 청년이 변한 것은 아무것도 없었다.

'단지, 내가 그에게 바라는 바가 커진 것뿐이겠지.'

마음을 가볍게 다잡은 우약연이 추소산에게 말했다.

"좋은 내공을 익힌 탓에 내상은 곧 자연적으로 치유될 거예요. 하지만 한동안은 그 검기연공이란 걸 하지 않는 편이 좋을 것 같네요.”

“검기연공으로 인해 얻은 내상이 아닙니다.”

“알고 있어요. 이런 종류의 정통적인 내공의 운용으로 내상을 입게 되는 경우란 대단히 드무니까요. 추 소협이 내상을 당한 건 아마도 검기연공으로 얻은 기운을 밖으로 급격하게 폭출하는 절학을 연마했기 때문일 거예요. 내 말이 맞나요?”

“맞습니다.”

“역시 그렇군요.”

천천히 고개를 끄덕여 보인 우약연이 말했다.

“그러니 당분간은 검기연공은 그만둬야 해요. 연공의 중간쯤에 갑자기 의념이 일어 다시 그 패도적인 절학을 펼치게 될지도 모르니까요.”

“잘 알겠습니다.”

“잘… 알겠다……?”

우약연의 눈에 다소 책망하는 빛이 떠올랐다. 추소산이 한 말의 의미를 묻고 있는 것이다.

추소산은 피할 수 없음을 알았다. 그가 말했다.

“삼 일 후 혈문과 싸움을 벌이기로 약속을 했습니다.”

“그래서 불완전한 절학을 무리하게 펼쳤군요?”

“이번에는 성공할 줄 알았습니다. 지난 몇 번의 싸움에서 얻은 심득이 조금 있어서…….”

“처음으로 검을 들던 날, 사부님께 무인에게 있어 심득과 심마는 종이 한 장 차이라고 들었어요. 추 소협은 혹여 심마를 심득이라 착각한 게 아닌가요?”

“그렇진 않습니다.”

"그걸 어찌 알지요?"

"그냥 압니다."

추소산은 자신이 듣기에도 전혀 믿음이 가지 않는 말을 내뱉고는 머쓱하게 웃어 보였다. 어느새 손 하나가 뒤통수를 긁적이고 있다.

우약연이 다시 입가에 한숨을 매단 채 말했다.

"추 소협, 자신이 없다면 혈문과 꼭 정면에서 싸울 필요는 없다고 봐요. 이미 혈문은 추 소협에게 검을 겨눴으니, 다시 획가성 사람들이 위험해질 걱정은 하지 않아도 될 거예요. 그러니……."

"도망치고 싶진 않습니다."

"내상을 입은 몸으로 끝까지 혈문에 맞서 싸우겠다는 건가요?"

"그러기 위해 이곳에 온 것입니다."

"……."

우약연은 추소산의 눈에 담긴 결코 물러서려 하지 않는 고집 센 사나이의 모습을 봤다. 더 이상 그녀가 할 말이 있을 리 만무하다.

슥!

우약연은 그림같이 추소산에게서 떨어져 나왔다.

처음 다가왔을 때와 같은 이형환위였다. 분명 그랬다. 한데 조금 달랐다.

추소산의 밝은 눈은 이를 놓치지 않았다.

"이형환위가 아니군요?"

"변화가 두 번이 아닌 걸 본 건가요?"

"세 번인지 네 번인지는 알지 못하겠군요."

"네 번이에요."

추소산이 고개를 끄덕였다. 그러자 우약연이 눈을 빛내며 말했다.

“청화비폭검은 봤을 거예요. 이번에 보여 드릴 건 십형분신보(十形
分身步)니까, 각오하시는 편이 좋을 거예요.”

“다시 비무를 하자는 겁니까?”

“추 소협이 절학을 연마하는 데 조금쯤은 도움이 되리라 봐요.”

“…….”

추소산이 우약연을 바라봤다.

한옥상을 깎아 만든 듯하던 그녀의 얼굴에 떠올라 있는 부드러움이
느껴진다. 이미 처음 만났을 때의 얼음녀는 어디에도 존재하지 않았
다.

슥!

추소산이 밑으로 내려뜨리고 있던 묵암검을 고쳐 잡았다. 우약연의
마음을 모른 척할 순 없는 것이다.

“부탁하겠습니다.”

“검에는 눈이 없으니, 조심하세요.”

“물론.”

추소산의 대답을 들은 우약연의 입가에 담담한 미소가 스쳐 갔다.
추소산의 대답이 처음 만나 비무를 펼쳤던 밤과 똑같다는 걸 알고 있
었기 때문이다.

어쨌든 검에는 눈이 없다.

우약연이 청화비폭검의 기수식을 취해 보이자 추소산 역시 눈에 힘
을 실었다.

두 사람의 성격을 고려해 볼 때 지금부터의 비무가 실전 이상이 될
것임은 전혀 의심할 여지가 없었다.

슉!

검이 날자 검이 이를 받았다.

삼 일을 시한으로 삼은 비검연무의 시작이었다.

*   *   *

신성천교.

광명전을 빠져나온 백포혈마 헌원무진은 천천히 걸음을 옮겨 연옥 귀탑(煉獄鬼塔)으로 향했다.

저벅저벅…….

평범한 걸음걸이임에도 주변을 오고 가던 총단의 신성교도들은 흠 칫흠칫 놀라며 좌우로 물러서기 바빴다.

걸음 속에 담겨 있는 웅혼한 힘.

눈가에 깃든 짙은 살기.

백포혈마 헌원무진이란 대명과 함께 일반 교도들을 겁먹게 하기엔 충분하고도 남음이 있었다.

헌원무진은 신성교도들에게 눈짓 한차례 주지 않았다.

그저 묵묵히 걸을 뿐이었다.

교주 우대승을 비롯한 네 명의 광명사자가 차례대로 총단을 비운 이 상 그의 발길을 멈추게 할 만한 자는 아무도 없었다. 그의 세상이라 할 수 있었다.

본래 오만한 성격인 그의 행보에 거침이 없는 건 어쩌면 당연한 일 인지도 모른다.

그렇게 한참을 걸어 헌원무진은 연옥귀탑 앞에 도착했다.

총 구층의 검은색 마탑(魔塔).

신성천교 교도들 중 죽음으로도 씻을 수 없는 대죄를 범한 죄인들만 가두어진다고 알려진 곳.

그 입구를 지키고 있는 두 명의 칠 척 거한, 대소흑귀(大小黑鬼)들이 헌원무진의 얼굴을 알아보고 얼른 종종걸음을 치며 달려왔다.

같은 어머니의 뱃속에서 한날한시에 태어난 쌍둥이인 대소흑귀.

그중 형인 대흑귀가 입가에 웃음을 띤 채 말했다.

"헤헤, 헌원 사자님, 정말 이런 곳까지 왕림하셨군요!"

"불만이냐?"

"어, 어찌 감히!"

대흑귀가 뒤로 주춤거리며 물러서자 소흑귀가 얼른 형에게 눈치를 주곤 목소리를 낮춰 말했다.

"그 쳐 죽일 육십구호를 보러 오신 거십죠? 헌원 사자님께서 오신다는 전언을 듣고 이미 독방에 데려다가 놨습니다요."

"안내해라."

"예이!"

소흑귀가 얼른 고개를 숙이자 대흑귀 역시 뒤따랐다. 동생보다 조금 눈치가 없긴 하나 바보는 아니었다. 지금 헌원무진이 무척 기분 나쁜 상태임을 모를 리 만무했다.

끼이익!

철문이 열리자 경첩에서 검붉은 녹이 후두둑거리며 떨어져 내렸다. 오랜만에 열린 문임을 알 수 있게 하는 모습이다.

기본적으로 죄수들과의 독대를 할 수 있는 독방에는 두 개의 문이 있는데, 외부인들의 방문은 꽤나 드문 일이었다. 녹 가루가 떨어져 내리는 것도 무리는 아니다.

철문 앞까지 안내한 대소흑귀를 뒤로하고 헌원무진이 독방 안으로 들어섰다.

어둠침침한 불빛.

내력을 돋워서 안력을 상승시키지 않고선 잘 보이지 않는 독방 바닥에 누더기 차림의 사내가 보였다.

한때 오행마단의 무사였던 자.

성화신녀 우약연이 총단을 빠져나가도록 도와준 예의 무사였다.

우약연의 절세미모를 감히 몰래 힐끔거리던 얼굴을 똑똑히 기억하고 있던 헌원무진의 검미가 슬쩍 치켜 올라갔다.

살기!

산중대왕이라 불리는 대호라 해도 놀라 진저리칠 정도의 극렬한 기운이 삽시간에 독방 안을 휘몰아쳤다.

꿈틀.

누더기 차림의 사내가 모진 고문으로 인해 모조리 뒤틀려 버린 근육을 조금 경련시켰다. 이미 폐인이 된 몸임에도 헌원무진이 뿜어낸 살기는 무섭다. 아예 반응을 보이지 않기란 불가능한 일이었다.

헌원무진의 얇은 입술이 꿈틀거렸다.

"처음에는 신녀의 행방을 모른다고 했고, 나중에는 감숙성(甘肅省) 방향으로 간 것 같다고 했던가?"

"……."

"잘도 날 물먹였구나. 정말 오랜만에 경험해 보는 일이었어."

"그……."

사내가 간신히 입술을 떼어냈을 때였다.

헌원무진이 움직였다.

뻐억!

헌원무진은 다짜고짜 발끝으로 사내의 턱을 걷어찼다. 여태까지 우약연의 도주로를 캐기 위해 유일하게 무사히 놔뒀던 부위를 박살 내버린 것이다.

그것으로 끝이 아니었다.

그는 발끝을 되돌려 이번에는 뒤통수를 찍어 찼다. 단지 숨결만 붙어 있던 사내의 입가에 게거품이 물렸다. 그 정도의 충격을 받았다.

그러나 헌원무진은 아직 만족하지 못했다.

그는 흡사 공중부유라도 하는 것처럼 떠오른 채 신형을 돌리더니, 사내의 척추 위로 급격히 떨어져 내렸다.

콰직!

사내의 피투성이가 된 얼굴에 일순 고통의 기색이 스쳐 갔다.

그 정도의 격통.

단숨에 한 사내의 하반신을 철저하게 박살 내놓은 헌원무진이 다시 예의 공중부양과 같은 신법을 펼쳐 처음 섰던 자리로 되돌아갔다.

일 수유.

그걸 백분지 일 정도로 쪼개낸 시간.

헌원무진은 자신을 속이고 성화신녀 우약연의 도주를 도운 전 오행마단 소속 무사에게 분풀이를 끝내고 신형을 돌렸다. 그가 오늘 연옥 귀탑을 찾은 목적은 이미 달성한 것이다.

"아!"

철문 앞에 섰던 헌원무진이 갑자기 생각났다는 듯 돌아섰다. 심혼을 갈아먹는 듯한 고통에 혼절조차 못하고 있는 눈앞의 사내에게 해줄 말이 있었다.

"신녀님의 행적이 산서성에서 발견됐다는 첩보가 어제 내 수중에 들어왔다. 네놈이 말한 감숙성 따위완 완전히 동떨어진 곳이라서 뜻밖이더군. 하지만 나는 교법을 철저히 따르는 광명사자인만큼 네 녀석을 지금 당장 죽이진 않겠다. 신녀님을 총단으로 모시고 온 다음에 네 녀석의 버러지 같은 모습을 보여 드려야 할 테니 말야."

"시, 신녀님께……."

"뭐?"

"신… 녀님께 위… 위해를 가하… 면…… 시… 신벌을 바… 받는……."

"신벌?"

나직이 반문한 헌원무진이 입가에 서늘한 냉소를 매달았다.

"신녀를 얻을 수 있다면, 신벌 따윈 전혀 두렵지 않다."

"그… 그런 불순한……."

"그만 자라!"

헌원무진의 말이 떨어진 순간 억지로 입술을 더듬거리던 사내의 눈이 거꾸로 돌아가기 시작했다. 여태까지완 비교조차 할 수 없는 격렬한 고통에 그만 의식의 끈을 놓아버리고 만 것이다.

푹!

사내가 고개를 바닥에 처박자 헌원무진이 철문을 두드렸다.

대소흑귀와 약속했던 신호였다.

연옥귀탑을 빠져나온 헌원무진이 힐끔 산서성 쪽 하늘을 올려다보았다.

희뿌옇게 보이는 구름.

청명한 하늘 중 그쪽만이 희한하게 구름으로 뒤덮여 있었다.

풍운의 전조인가?

헌원무진은 입가에 잔혹한 미소를 담을 뿐이었다.

"오히려 잘된 일이다. 계속 존성전에 처박혀 있었다면 오히려 기회를 잡기가 힘들었을 테니……."

욕망이란 이름으로 뜨겁게 불타오르는 눈빛.

헌원무진의 마음은 이미 산서성으로 달려가고 있었다.

*　　　　*　　　　*

사흘이 빠르게 지나갔다.

우약연과의 비검연무로 추소산이 얻은 것은 적지 않았다. 사실 무척 많다고 할 수 있었다.

우선 그동안 머릿속에서 체계만을 잡아놓고 있던 연환검식을 다시 정리할 수 있었고, 검식과 검식 간의 운용과 이형환위를 활용한 십형분신보의 묘용 역시 어느 정도 간파했다. 그야말로 짧지만 강한 수련 기간이라 할 수 있었다.

그러면 은림은?

추소산은 우약연과의 비검연무 중 아예 은림에 대해 잊어버렸다. 펼치지 않았을뿐더러, 펼치려는 마음조차 갖지 않았다. 자신이 은림에 지나치게 집착해서 중요한 어떤 것을 놓치고 지나갔다고 생각했기 때문이다.

게다가 가혹할 정도로 자신을 밀어붙이는 우약연을 상대하기 위해

선 다른 생각 따윈 아예 꿈도 꿀 수 없었다. 그녀는 생각 이상의 강적
이었다.

결국 약속의 날이 밝았다.

새벽같이 우약연과 마지막 비검연무를 끝마친 추소산에게 남추가
조심스레 다가왔다. 추소산이 오늘 중요한 결전을 위해 떠나야 함을
알고 있는지, 얼굴 표정이 꽤나 진지하다.

"소산 형님……."

"나 죽으러 가는 거 아니다."

"……."

추소산의 웃음 띤 말을 들은 남추의 눈가에 얼핏 물기가 어렸다. 추
소산은 농담으로 던진 말인데, 남추에겐 그게 꽤나 충격적으로 다가온
모양이다.

'이런!'

추소산의 얼굴에 난처한 기색이 떠올랐다. 자존심 강한 남추가 눈물
을 보이자 마음이 당황스럽다.

그때 남추가 얼른 손을 들어 얼굴을 문댔다. 아무래도 눈물을 보인
게 부끄러운 것이다.

슥슥!

어느새 눈이 발개진 남추를 지그시 바라본 추소산이 목소리를 낮춰
말했다.

"남추, 사나이 대 사나이로 한 가지만 약속하자."

"뭐든지 맡겨주십시오!"

"우 소저를 부탁하마."

"그건……."

"우 소저가 너보다 훨씬 고수란 건 나도 잘 알고 있다. 하지만 유사시 그녀를 위해 목숨 걸 사람은 날 제외하곤 남추 너밖엔 없을 것이다. 그 점을 잊지 말기 바란다."

"……"

남추는 대답하지 않았다.

대신 언제 눈물을 보였냐는 듯 두 눈 가득 사내의 강인한 기운을 담았다. 추소산이 자신을 한 명의 사나이로 인정했음을 깨달았기 때문이다.

추소산이 그런 남추의 어깨를 한차례 두들기곤 신형을 돌려세웠다. 이젠 슬슬 약속 장소로 출발해야 할 때였다.

'하늘은 맑고 구름 한 점 없으니… 외출하기엔 좋은 날씨로구나!'

추소산이 신형을 날렸다.

철마류를 펼쳐 죽현을 떠나가는 추소산의 뒷모습을 우약연은 묵묵히 지켜보고 있었다.

붙잡고 싶지만 붙잡을 수 없는 마음.

단 사흘 만에 자신의 십형분신보와 어우러진 청화비폭검을 파훼해버린 추소산의 괴물 같은 능력을 떠올리며 우약연은 천천히 고개를 가로저었다. 그라면 혈문 전체가 달려든다 해도 문제없이 이길 수 있을 것 같은 생각에 어처구니가 없어진 것이다.

'나 역시 여자인가……'

우약연의 입가에 한숨이 떠돌다가 사라졌다.

＊　　　＊　　　＊

"허! 정말 혼자 왔단 말인가!"

여군원은 천리경에서 눈을 떼어내곤 입가에 가벼운 찬탄을 담았다. 그의 평생에 몇 번 없었던 일이었다.

그만큼 여군원은 크게 놀랐다. 상관인 사마우가 홀로 추소산을 상대하겠다는 말을 들었을 때도 지금처럼 놀라진 않았던 것 같다.

머리로 세상을 사는 책사.

여군원에게 있어 싸움이나 전쟁은 모두 머리에서 시작해 머리로 끝나는 것이었다.

치열한 두뇌 싸움의 묘는 있어도 피 튀기는 혈전과 단말마의 울부짖음은 없었다. 책사가 싸움에 나서야 할 정도면 그 전쟁은 이미 졌다고 복창하는 편이 낫기 때문이다.

하지만 여기 책사의 머리로는 도저히 이해할 수 없는 두 사내가 있었다.

추소산과 사마우.

한 사람은 삼 일 전의 공언대로 홀로 약속 장소에 나타났고, 다른 한 사람은 이를 당연시 여기며 아침부터 기다리고 있었다. 두 사람 모두 여군원이 자부하는 머릿속 이성으로는 도저히 이해할 수 없는 존재들이었디.

'…제기랄, 이해하고 싶지도 않다!'

여군원은 내심 나직이 욕설을 터뜨렸다. 두 사내의 만남에 묘하게 가슴이 뛰어버린 자신의 모습에 화가 난 것이다.

게다가 그가 화가 난 이유는 또 한 가지가 있었다.

혹시나 하는 마음.

노파심 때문에 그는 상관 사마우의 명령을 어기고 몰래 근방에 백인혈룡대 전원을 집결시켜 놓았다. 언제라도 사마우가 불리한 상황이 되면 백인혈룡대를 투입해서 추소산을 죽이겠다는 심산이었다.

책사로서 당연한 선택.

분명 그렇게 생각했다, 지금까지는.

한데 불쾌하고 역겨운 욕지기가 이는 이 감정적 모순은 무엇 때문인가.

여군원은 정오 태양 아래 너무 눈부시게 등장한 두 사나이를 바라보며 어둠 속에 자신을 침잠시켰다. 그것이 그가 할 수 있는 최선이었다.

슉!

추소산이 바람같이 떨어져 내리자 넓적한 바위 위에 가부좌를 튼 채 앉아 있던 사마우가 맹호와 같은 시선을 던져 왔다.

번뜩!

사마우의 시선은 칼날과 같다.

단숨에 추소산에게 두 눈 속으로 파고들더니, 심혼을 산산조각 낼 듯 흔들어 버린다. 사파 전체에서도 알아주는 사마우의 탈백사혼안(奪魄邪魂眼)이 펼쳐진 것이다.

'사공······.'

추소산은 사마우의 눈빛을 대하자마자 경계심을 품었다. 순식간에 눈알이 빠개지는 듯 아파오더니 정신이 몽롱해져 왔다. 위기의식을 느끼지 않을 도리가 없다.

이는 추소산이 범인보다 훨씬 안력이 좋기에 오히려 손해를 본 셈이었다. 탈백사혼안의 영향을 그는 평범한 사람들보다 훨씬 빨리 받아들였다.

휘청!

추소산의 신형이 크게 흔들렸다.

제압되기 일보 직전.

싱겁게 정오의 비무가 끝나려는 순간이었다.

한데 그때였다.

갑자기 추소산의 한쪽 발이 무너지려는 몸의 중심을 잡았다. 느닷없는 변화였다.

'호오?'

사마우의 눈에 이채가 떠올랐다.

그가 지닌 일곱 가지 절기 중 하나인 탈백사혼안.

애초에 걸리지 않는다면 모르되, 한 번 걸리면 결코 빠져나갈 수 없는 죽음의 거미줄이었다. 여태까지는 분명 그러했다. 단 한 명의 예외도 존재하지 않았다.

한데 눈앞의 추소산은 지금 스스로의 힘으로 죽음의 거미줄에서 빠져나오려 하고 있었다. 아니, 어느새 빠져나와 있었다. 놀라지 않을 도리가 없다.

과연 추소산이 다시 신형을 바로 했다.

그뿐 아니었다.

그는 한차례 눈꺼풀을 떨더니, 눈에 강한 안광을 일으켰다. 힘으로 사마우의 탈백사혼안을 몰아내기로 마음먹은 게 분명하다.

'그렇다면 이젠 이런 잡술 따윈 필요없을 터!'

사마우가 탈백사혼안을 거둬들였다. 그는 일단 추소산을 자신의 상대로 인정하기로 마음먹었다.

스으.

순간 추소산이 신형을 옆으로 한 걸음 떼어냈다. 다시 탈백사혼안이 펼쳐질 경우를 대비해 사마우와 시선이 정면으로 맞닿는 걸 피한 것이다.

사마우가 그런 추소산의 내심을 모를 리 없다.

"흐! 제법이구나. 내 탈백사혼안에서 벗어났을뿐더러, 어느새 그에 대처할 방법까지 강구하다니."

"혈문에서 나왔을 테지요?"

"그렇다."

"혼자서 온 것이오? 부하가 꽤나 많은 것 같던데."

"나 혼자서 충분하다고 생각했을 뿐이다."

"……."

사마우는 말을 마치고 자신의 허리춤에 걸려 있는 검갑을 손가락으로 가볍게 튕겨 보였다.

티팅!

묵직하면서도 맑게 울려 퍼지는 음색.

순간 오로지 사마우의 탈백사혼안만을 경계하고 있던 추소산의 안색이 가볍게 변했다. 그리고 다시 튕겨진 손가락.

"큭!"

추소산이 뒤로 한 걸음 물러섰다.

무언가 보이지 않는 어떤 것에 얻어맞은 것 같은 표정.

지금 추소산의 얼굴이 딱 그랬다.

그의 손이 자신의 가슴을 쥐어뜯듯 부여잡고 있었다. 심장 어림으로 극심한 고통이 파고들고 있었기 때문이다.

그때 다시 사마우의 손가락이 검갑으로 향했다.

세 번째였다.

'저거다!'

추소산이 그제야 사마우의 손가락을 주시했다. 그때 사마우의 손가락이 다시 검갑을 튕겼다.

팟!

추소산은 두 번 생각할 것도 없이 뒤로 신형을 날렸다. 세 번째 타격을 다시 심장에 받게 놔둘 순 없었기 때문이다.

'탈백사혼안에 이어 최심탄(摧心歎)마저 피해내?'

사마우는 더 이상 느긋할 수 없었다.

처음 한 번은 우연이었다고 치부하더라도 두 번째까지 그냥 보아 넘길 순 없었다.

칠절!

사마우가 자랑하는 일곱 가지 절기 중 무공에 속한 두 가지가 깨졌다. 이젠 더 이상 지켜보고만 있을 순 없었다.

쉬악!

사마우는 발검과 함께 뒤로 신형을 날리는 추소산에게 곧바로 쏘아져 들어갔다.

독문의 폭류마검.

차가운 살기를 동반한 검기가 순간적으로 추소산의 면전까지 이르렀다.

'그대로 꿰뚫어 버린다! 그대로… 큭!'

사마우의 입 매무새가 가볍게 비틀렸다. 눈앞에서 추소산의 얼굴이 느닷없이 점점 멀어져 가는 믿을 수 없는 광경을 목도한 까닭이다.

어찌 그럴 수 있는가?

사마우는 결국 기력이 다한 자신의 검기를 바라보며 입을 가볍게 벌렸다. 뒷걸음질치는 추소산을 결국 놓쳐 버리고 만 것이다.

문득 추소산이 신형을 멈춰 섰다. 거짓말처럼.

"뭐?"

추소산의 눈이 빛난다.

"이번엔 내 차례요!"

"이, 이 녀석!"

사마우의 안색이 붉게 달아올랐다. 냉정한 검객이라 알려진 그로선 매우 보기 드문 일이었다.

그때 추소산이 묵암검을 빼 들었다. 그러자 정오의 태양 아래 밝게 빛나던 세상이 일시 일식을 맞은 것 같은 어둠 속에 잠겼다.

환상?

사마우는 자신이 이름 모를 사공을 만났다고 생각했다.

그 밖에는 전혀 다른 생각이 들지 않았다. 눈앞에 펼쳐진 일이 너무 비합리적이었기 때문이다.

그러나 그는 곧 자신이 본 것이 환상이나 사공 따위가 아님을 눈치챘다.

핏!

검기보다 소리가 늦었다.

뺨을 스치며 지나간 선뜩한 통증이 이를 증명한다.

스슥!

사마우는 추소산이 펼친 암흑의 검기, 종상벽하를 가까스로 피해내곤 숨을 크게 들이마셨다. 급하게 들이마신 호흡에 폐가 찢어질 듯 아프다.

그때 추소산의 묵암검이 또 다른 변화를 일으켰다.

오룡희주.

사마우가 다시 보법을 펼쳐 묵암검을 피해냈다. 종상벽하나 오룡희주 모두 그가 이미 알고 있었던 검초였다. 그렇지 않았다면 결코 묵암검의 마력에 압도된 상태로 목숨을 부지할 순 없었을 것이다.

그러나 그런 행운이 계속될 수 있을 리 만무하다.

파창!

추소산이 사검 연환을 펼친 순간, 묵암검이 쏟아내는 암흑의 검기에 휩쓸린 사마우가 비참하게 바닥을 나뒹굴었다. 이미 그의 애검은 검파만이 남은 채 산산조각나 버렸다.

"그, 그 검은……."

공포에 질린 안색이 된 사마우가 숨을 가볍게 헐떡거렸다. 묵암검의 요기로운 기운을 직시하는 것만으로 온몸의 내력이 흩어지는 것 같았다.

그러자 막 사마우의 목에 검을 들이밀려던 추소산의 눈빛이 가볍게 흔들렸다. 사마우가 묵암검을 본 후 굉장히 이상해졌음을 직감적으로 눈치챘기 때문이다.

"이 검이 뭐 이떻디는 것이오?"

"마, 마성의 검… 마성의 검이다……!"

"마성의 검이라……."

추소산이 수중의 묵암검을 눈으로 살폈다. 확실히 특이하다. 어찌 보면 마력이 담겨 있는 것 같기도 하다.

하지만 그게 어때서?

추소산은 묵암검의 검파를 단단히 쥐었다.

손에 꼭 맞다.

무게 역시 적당하다.

검객에게 그 이상의 검이 있을까?

추소산은 픽 웃었다. 그런 게 있을 리 없다는 생각이 든 것이다.

슥!

추소산이 묵암검의 검봉을 똑바로 사마우의 목젖에 가져다 댔다.

검인의 날카로움에 피 한 방울이 흘러내린다.

추소산이 준엄한 목소리로 말했다.

"이 승부, 내가 이겼다는 걸 인정하겠소?"

"나, 나는 네 마검에 패했을 뿐이다!"

"패배를 승복하지 못하겠다는 것이오?"

"그렇다!"

추소산이 묵암검에 담겨 있던 진기를 거둬들인 때문이리라.

방금 전까지만 해도 사색이 되어 있던 사마우는 다시 본래의 패기를 찾았다. 목젖에 검인이 닿아 있음에도 전혀 개의치 않고 반박을 한다.

추소산은 사마우가 제법 마음에 들었다.

뻔뻔할 정도로 자신만만한 그의 당당함이 좋았다.

그러나 그런 생각도 잠시뿐이었다.

'엄청난 살기!'

추소산의 시선이 분지 모양의 구릉 저편을 향했다. 그쪽에서 살갗이 아플 정도의 살기가 쏟아져 나오고 있는 걸 발견했기 때문이다.

이런 경우 원인은 단 한 가지뿐이다.

"당당한 혈문의 무인이 방수들을 준비하고 있었군."

"이건……."

핏!

추소산은 사마우에게 변명할 기회를 주지 않았다.

검기점혈(劍氣點穴)!

묵암검의 예리한 검봉이 사마우의 마혈을 단숨에 봉맥했다. 그를 후방에 놔둔 채 밀려오는 백여 명의 검객들과 상대할 순 없다는 판단을 내린 것이다.

'백 명 정도인가?'

추소산의 눈이 자신을 향해 구궁혈룡대진을 펼친 채 몰려들고 있는 백인혈룡대를 살폈다.

이미 구궁혈룡소진을 경험해 본 바.

규모만이 열 배로 커진 구궁혈룡대진의 움직임에 주눅이 들 까닭은 전혀 없었다. 그들이 뿜어내고 있는 천지를 함몰시켜 버릴 듯한 살기 역시 안중에 두지 않았다.

다만 아쉬웠다.

어쩌면 진짜 무인이지 않을까 생각했던 사마우에 대한 실망인지도 몰랐다. 과거 화무겸과 나눴고, 운진형과 교감했던 검의 대화가 깨진 것에 대한.

핏!

지축을 찍듯이 찬 추소산의 신형이 바람같이 백인혈룡대를 향해 쏘아져 갔다. 자기 스스로 구궁혈룡대진의 중심으로 뛰어든 것이다.

"미, 미친!"

"미친놈!"

구궁혈룡대진의 중추를 맡은 열 명의 조장들 입에서 일제히 쌍욕이 터져 나왔다.

무려 백 명이었다.

혈문의 최정예라 불리는 백인혈룡대 전체가 동원된 구궁혈룡대진의 위력은 풍운을 변색케 할 정도였다. 적어도 백인혈룡대에 속한 혈룡검수 개개인은 그렇게 생각했다.

한데 보자마자 도망가기는커녕 검을 빼 들고 달려든다.

이건 백인혈룡대 전체에 대한 모욕이었다.

도전이었다.

그렇게밖엔 해석이 되지 않았다.

'으득, 그렇게 돼지는 게 원이라면 소원대로 해주마!'

구궁혈룡대진의 중심을 맡고 있던 삼검대 조장 조광진의 두 눈에 독날한 살기가 떠올랐다. 아직도 전날 당했던 상처가 욱신거린다. 원한을 잊었을 리 만무하다.

"구궁혈룡파(九宮血龍破)! 단숨에 저 건방진 녀석을 어육으로 만든다!"

"구궁혈룡파!"

"구궁혈룡파!"

조광진의 삼검대를 중심으로 구궁혈룡대진이 장대한 회전을 일으키기 시작했다. 구궁혈룡대진의 백미인 구궁혈룡파를 추소산 일개인을 상대하기 위해 펼친 것이다.

쉐오오오오오오!

검의 폭풍이 매서운 칼바람과 함께 휘몰아쳤다. 구궁혈룡소진 따위완 위력 자체가 다르다.

분명 그렇게 보였다.

그리고 추소산이 그 검의 폭풍 속으로 뛰어들었다. 한 점 두려움도 보이지 않고서.

"저, 저런! 저! 저!"
멀찍이 떨어진 장소에서 천리경으로 전황을 살피고 있던 여군원의 안색이 일순 까맣게 변했다.
믿을 수 없는 광경.
절대로 믿고 싶지 않은 광경이 눈앞에서 펼쳐지고 있었다.
쿵!
결국 여군원은 뒤로 엉덩방아를 찧고 말았다.
그는 아픈 것도 느끼지 못했다.

따따따따따따땅!
구궁혈룡파의 거센 칼바람 속에서 흡사 콩을 볶는 듯한 소리가 연신 터져 나왔다.
그렇다고 실제로 콩을 볶는 건 아니다.
대신 하늘 위로 백광이 번쩍거리기 시작했다.
하나, 둘, 셋, 넷, 다섯, 여섯, 일곱, 여덟, 아홉, 열, 열하나, 열둘, 열셋…….
연이어 비천하는 검.
백광의 정체는 구궁혈룡대진을 구축하고 있던 혈룡검수들의 검이었다.
은밀하고도 쾌속한 검기.
추소산의 묵암검이 만들어낸 신기에 구궁혈룡대진은 하릴없이 와해

됐다. 어떤 것도 그들의 검이 하늘로 날아오르는 걸 막을 수 없었다.

'그때와 똑같다! 그때와 똑같아!'

순식간에 다른 자들과 마찬가지로 검을 잃어버린 조광진의 얼굴이 참혹하게 일그러졌다.

한 번도 아니고 두 번이나 결코 흉내조차 내지 못할 일을 온몸으로 경험했다. 검객으로서 절망을 느끼지 않을 수 없었다.

쉬아악!

그때 추소산이 흡사 바람, 그 자체가 된 것처럼 구궁혈룡대진에서 빠져나왔다.

일검경혼(一劍驚魂), 백검비천(百劍飛天)!

후일 영원히 인구에 회자되게 된 신화의 시작이었다.

제39장

단양, 검을 뽑아 들다!

백 개의 검이 만든 광휘.

사마우는 자신의 눈앞에서 펼쳐진 일대 장관을 넋 놓고 바라보다 문득 안색을 딱딱하게 굳혔다. 순식간에 하늘로 솟아오른 백 개의 검보다 더 놀라운 일이 있음을 눈치챈 것이다.

"한… 명도 죽이지 않았다는 건가……."

그렇다.

놀랍게도 백 개나 되는 검이 하늘로 솟아오르고, 구궁혈룡대진이 철저히 파훼되었음에도 백인혈룡대는 무사했다. 단 한 명도 죽은 사람은 없었다.

단지 혼이 산산조각날 정도로 놀랐을 따름이다.

이미 그들에게 추소산에게 대항할 여지는 조금도 남아 있지 않았다. 그래 보였다.

‘…철저하게 패했군.’

한때 자신의 자랑이었던 백인혈룡대를 바라보는 사마우의 눈가에 진한 눈물이 맺혔다.

설혹 자신의 사지육신이 잘리고 심장이 파헤쳐진다 해도 흘리지 않을 뜨거운 눈물을 그는 백인혈룡대를 위해 뿌렸다. 그게 진심이었다.

그때 추소산이 신화를 이룬 자신의 묵암검을 슬쩍 곁눈질하고 내심 한숨을 내쉬었다.

우약연과의 비검연공의 효과.

삼 일 만에 다시 펼친 은림은 멋지게 성공했다. 드디어 사람을 죽이지 않고도 제압할 수 있는 힘을 손에 넣은 것이다.

슥!

추소산이 묵암검을 한차례 내저었다.

별다른 의미가 없는 행동.

그러나 이미 혼백이 산산조각난 백인혈룡대의 혈룡검수들로선 무지막지한 압박이 아닐 수 없었다.

“히엑!”

“케엑!”

기묘한 비명과 함께 백인혈룡대 전체가 사분오열되었다. 방금 전까지 구궁혈룡대진을 일사불란하게 펼쳤던 혈문 최정예의 모습은 어디에도 없었다.

우르르르!

혈룡검수들이 허겁지겁 사방으로 도망쳤다. 늑대를 본 양 떼나 다름없었다.

‘힘을 가진다는 건 이런 것인가…….’

추소산이 슬쩍 수중의 묵암검을 일견하곤 검갑 속에 집어넣었다.

스릉.

맑은 검명이 귓가를 울렸다.

그때 눈물조차 말라붙은 얼굴을 하고서 사마우가 버럭 소리 질렀다.

"무인은 욕됨을 참지 않는다고 했다! 어찌 네놈이 감히 혈문의 무인들을 능멸하는 것이냐! 당장 그 요사스런 검을 빼서 내 목을 쳐라!"

추소산의 시선이 사마우를 향했다.

불타는 듯한 눈빛.

사마우의 노여움과 분노가 손에 잡힐 듯하다.

추소산은 냉정했다.

"나는 사람을 죽이고 싶지 않아 힘을 길렀소. 한데 어찌 당신을 죽이겠소?"

"날 죽이지 않겠다는 것이냐?"

"그렇소."

추소산의 말이 떨어진 순간 사마우가 갑자기 입에 침을 모아 전력으로 뱉어냈다.

퉤!

사마우의 입을 떠난 침이 추소산의 발치에 떨어졌다. 추소산에게까지 날아오기엔 힘이 모지랐음에 분명하다.

"네가 이런 꼴을 당하고도 날 죽이지 않는다면, 그야말로 멍청이에 바보일 것이다!"

"당신이 잘 봤소. 난 멍청이에 바보요."

"뭐, 뭐라고 하는……."

"난 이제 그만 가볼까 하오. 당신의 마혈은 대충 반 시진쯤 후에 풀리게 될 것이니, 그때까지 얌전히 자리보전이나 하고 있으시오.”

추소산은 정말 말을 끝내자마자 신형을 날렸다. 아예 사마우가 다시 어떤 말을 하는 걸 원천봉쇄한 것이다.

“이, 이놈! 이겨놓고 도망가는 거냐…….”

사마우의 얼굴에 허탈함이 스쳐 갔다. 이 자리에서 추소산에게 깨끗이 죽고 싶었다. 그렇다면 후일 혈문에서 반드시 복수해 줄 것이기 때문이다.

하지만 추소산은 그와 백인혈룡대에게 손가락 하나 까딱하지 않았다. 단지 평생 씻지 못할 굴욕과 절대 누구에게도 말할 수 없고, 말하지 못할 비밀을 남겼을 뿐이었다.

‘어쩌다가 일이 이렇게 됐단 말인가! 어쩌다가!’

사마우는 추소산이 펼쳤던 은림을 떠올리며 연신 고개를 가로저었다. 가슴속 깊숙이 분노와 고통이 교차했으나 그가 할 수 있는 일은 아무것도 없었다.

너무 엄청난 걸 보아버렸다. 복수를 다짐할 수조차 없는 건 당연했다.

*　　　*　　　*

“허!”

혈유는 이름조차 없는 길거리 노천 주점에 앉아 홀로 차를 마시다가 나직이 혀를 찼다. 얼마 전 전해 받은 밀지에 적힌 짧은 한 줄 글귀의 영향이었다.

혈문의 백인혈룡대 패퇴!

칠절마검객 사마우를 비롯한 전원의 생사는 불분명.

현재 조사 중임.

아는 사람만 알 수 있는 짧은 소식이었다.

천패단을 해산시킨 후 산서성으로 향한 추소산의 지나칠 정도로 당당한 움직임을 전해 들었을 때 잠시 떠올렸던 일이 현실로 드러난 것이다.

그렇다면 이건 대단한 일이었다.

변수!

그것이 이젠 분명한 모습을 드러냈다. 여태까지처럼 설렁설렁 대할 수 없는 건 당연하다.

톡톡!

혈유는 손가락으로 자신의 머리를 두들겼다.

짧은 순간 중대한 결정을 내려야만 할 때 그가 보이곤 하는 버릇이다.

결정은 바로 내려졌다.

'일단 잠정적으로 절세묵검의 소유자라 상정해야겠군. 아직 전혀 폭주를 보이지 않는 걸 보면 절세묵검의 봉인을 완전히 푼 건 아닌 것 같지만 말야. 뭐, 일단 십대사왕의 천좌로 만들려던 계획은 보류해야겠군. 아직 시간 여유가 조금은 있으니까. 그렇다면 일단은 투왕이 가진 장보도를 획득하는 데 주력해 볼까?'

혈유가 손을 뻗어 탁자 위에 있는 다구를 집어 들었다.

후룩!

따끈하고 씁쓸한 다향이 코끝을 감돈다. 길거리 노천 주점에서 만들어낸 차치고는 꽤나 괜찮다.

그때 손님이라곤 낙척수사 차림인 혈유밖엔 없던 주점의 문이 요란한 소리를 내며 열렸다. 얼마 전에 인 요란한 말울음 소리로 보아 근처의 관도를 달리던 마차에서 내린 사람들이 요기라도 하려고 들어온 것이 분명하다.

삐거덕!

문이 닫히는 소리와 함께 왁자지껄한 소란이 일었다.

비범해 보이는 두 명의 노인과 꽃같이 아름다운 다섯 명의 여인이 앞서거니 뒤서거니 하며 주점 안으로 들어서고 있었다. 며칠 전 마차를 타고 낙양을 떠난 육지견 일행이었다.

씩!

순간 혈유의 입가에 슬그머니 미소가 떠올랐다. 그는 이곳에서 이미 한 시진이 넘도록 그들을 기다리고 있었다.

"주인장! 주인장!"

노천주점을 발견하자마자 마차를 멈추게 만든 백수빈이 문을 열고 들어서자마자 크게 소리를 질러댔다. 그녀의 면사가 연신 흔들린다.

그러자 그녀의 뒤를 따르고 있던 두 명의 노인 중 철호운이 고개를 절레절레 흔들었다.

"쯧쯧, 숨넘어가겠네! 숨넘어가겠어!"

"자네 역시 마차를 멈추는 것에 급히 찬성했던 걸로 기억하네만?"

딴지를 건 것은 육지견이었다.

철호운의 시선이 그를 향한다.

"나야 오랜 여행에 반드시 필요한 건량 등을 보충할 요량으로 찬성한 게지, 딱히 술이 마시고 싶었던 건 아닐세."

"그래서 술은 안 마시겠다?"

"그건 안 되지."

단호한 한마디를 던진 철호운이 어느새 느릿느릿 다가온 주점 주인의 멱살을 쥔 채 흔들고 있는 백수빈 쪽으로 향했다.

그녀를 말리려는 걸까?

그렇지 않다는 걸 육지견을 비롯한 나머지 일행은 알고 있었다.

그들의 예상대로 두 사람은 언제 싸웠냐는 듯 죽이 맞아서 같이 주점 주인을 들볶기 시작했다. 필시 오늘 이곳 주점의 술은 모조리 거덜나고 말 것이 분명했다.

"한심하긴."

여연경이 나직이 한숨을 내쉬곤 쌍령의 부축을 받고 있는 병약한 얼굴의 소녀를 바라봤다.

십육, 칠 세가량의 나이.

하얗다 못해 창백하기까지 한 얼굴은 묘한 백치미가 느껴진다.

실제로 육지견이 길거리에서 주워왔다고 알려진 소녀는 조금 멍청한 구석이 있었다.

정신을 차린 후 자신의 나이는커녕 이름, 살고 있었던 곳조차 기억하지 못했다.

의술에 조예가 깊은 육지견과 철호운이 동시에 내린 병명은 기억상실증이었다. 모종의 충격 때문에 예전의 기억을 완전히 잃어버린 것이다.

그렇다면 여연경의 멍청한 구석이 있다는 평가는 다소 소녀에겐 억

울할 수 있다. 기억을 잃었다고 다 멍청한 것은 아니기 때문이다. 아직 소녀는 자신의 진짜 모습을 전혀 보이고 있지 않았다.

'어쨌든 마음에 안 들어. 추 소협을 찾으러 가는 마당에 어째서 저런 정신 나간 소녀까지 거둬야만 하는 거람.'

여연경은 잠시 더 소녀 쪽을 바라보다 비어 있는 주변의 탁자 쪽으로 걸어갔다. 어차피 백수빈과 철호운이 지금부터 술판을 벌일 기세니 잠시 홀로 앉아서 차라도 마실 요량이었다.

한데 그때였다.

주점에 있던 유일한 선객이 갑자기 여연경을 향해 웃어 보였다.

평범한 낙척수사의 모습.

중년을 조금 넘긴 듯한 연배이나 중후한 매력이 얼굴에 넘쳐흐른다.

젊었을 때는 여자들한테 꽤나 인기가 있었을 것 같다.

하지만 그건 어디까지나 과거 그랬을 것 같다는 뜻이다.

지금 보이는 모습으로 여연경에게 추파를 던진다는 건 그야말로 중년의 노망이란 표현이 옳았다. 전혀 씨알도 먹히지 않을 행동인 것이다.

'낮술이 과했나 보군.'

여연경은 슬쩍 눈꼬리를 떨고는 고개를 옆으로 돌렸다.

중년 수사의 시선을 피한 것이다.

그때 이변이 일었다.

스으.

중년 수사가 갑자기 신형을 날렸다. 목표는 고개를 옆으로 돌린 여연경이었다.

"아!"

여연경은 뒤늦게 이변을 눈치챘다.

패천도문의 후계자 중 한 명.

무공만으로 보면 절정고수라 해도 무방했다. 그 정도의 실력을 갖추고 있었다.

하지만 강호에는 무공 삼, 경험 칠이란 말이 있다.

여연경의 무공은 절정에 이르러 있었지만, 경험은 삼류 수준에도 미치지 못했다. 느닷없이 기습을 당하게 되자 마음이 크게 당황스러워져 대응이 늦고 말았다.

파팟!

그녀의 십자혈룡수는 절반쯤 펼쳐지다 동작을 멈췄다. 이미 중년 수사의 양손이 그녀의 하단전과 완맥을 동시에 제압하고 있었기 때문이다.

“까악!”

“연경 언니!”

백치 소녀 쪽에 정신이 팔려 있던 쌍령이 놀라서 비명을 터뜨렸다. 그녀들 역시 강호 경험이 없기로는 여연경과 우열을 가릴 수 없을 정도였다. 놀라는 것도 무리는 아니다.

물론 일행 중 강호 경험이 없는 사람만 있는 건 아니었다.

스스슥!

주점 주인장을 들볶고 있던 백수빈과 철호운이 바로 움직임을 보였다.

좌우로 갈라져 파고드는 두 사람.

절묘한 위위구조(위나라를 포위하여 조나라를 구하다)의 수법.

전광석화와 같은 합격이었다.

하지만 중년 수사는 처음에 여연경을 제압할 때부터 그 같은 상황을 이미 머릿속으로 상정하고 있었다. 쉽사리 위위구조를 허락할 리 만무하다.

슥!

여연경을 제압한 손을 전혀 떼지 않고 중년 수사가 공중으로 살짝 뛰어올랐다.

현란하게 공중을 수놓는 각영.

백수빈과 철호운이 거의 동시에 뒤로 신형을 물렸다. 중년 수사가 펼친 각법이 기묘할 정도로 빠르고 날카로워 어찌해 볼 수 없었던 것이다.

그 순간, 여연경을 품에 안아 든 채 중년 수사가 뒤로 몇 걸음 물러섰다.

간격을 벌린 것이다.

그는 신형을 돌리지도, 시선을 옆으로 흩뜨리지도 않았다.

호시탐탐 자신이 빈틈을 보이길 노리고 있는 사람이 있다는 걸 알고 있는 영리한 행동이다.

'머리 좋군.'

육지견은 매같이 눈을 빛내다 입가에 흐릿한 미소를 만들어냈다. 중년 수사의 행동에서 뭔가 깨달은 게 있었다. 그렇다면 그걸 확인해 보지 않을 까닭이 없다.

딱!

손가락을 튕겨 다시 중년 수사를 공격하려던 백수빈과 철호운의 행동을 막은 육지견이 앞으로 나섰다. 여느 때와 같이 행동에 거침이 없다.

슥!

육지견이 나서자 중년 수사 혈유가 입가에 흐릿한 미소를 담았다.

"투왕의 경공이 천하를 희롱할 만하다더니, 과연 움직임이 범상치 않구려. 더 이상 다가오면 내가 놀라서 손에 힘이 지나치게 들어갈지도 모르겠소이다."

"아!"

여연경의 입에서 가냘픈 신음이 흘러나왔다.

육지견을 압박하기 위해 혈유가 여연경의 하단전 쪽으로 내력을 조금 주입한 것이다.

육지견이 뒤로 반보가량 물러섰다.

딱 혈유와 한 장 반 정도 거리를 떨어뜨린 것이다.

이는 혈유가 조금 전 백수빈과 철호운의 합격에 대응할 때 보인 신법을 보고 내린 판단이었다.

혈유의 입가에 기묘한 미소가 떠올랐다.

'한 번에 뛰어들 수 있는 한계가 이 정도니까, 알아서 행동하라는 뜻인가? 투왕, 정말 재밌는 노인네로군.'

육지견이 말했다.

"내 신분을 알고 있다면, 지금 자네에게 제압되어 있는 어린 낭자의 신분 역시 알고 있다는 뜻이겠지?"

"물론."

"그런데도 이런 짓을 벌였다? 무림 중에 이 늙은 도둑이 모르는 새에 아주 대단한 세력이 생겨난 모양이로군."

"본래 무림에는 기인이사가 모래알만큼 많고, 수없이 많은 신비 세력이 준동하게 마련이지 않소. 갑자기 이런 일이 발생한다 치더라도 그리 놀라운 일은 아닐 것이오."

"그야 그렇겠지."

육지견이 혈유의 의견에 동의한다는 듯 천천히 고개를 끄덕여 보였다.

'요 근래 무림에 새롭게 등장한 신비 세력이 있었던가?'

'패천도문을 전혀 개의치 않는 세력이라……'

철호운과 백수빈의 얼굴이 가볍게 찌푸려졌다.

하오문의 중추에 있는 두 사람.

천하에서 가장 정보를 중시여기는 곳이 하오문인만큼 새롭게 등장한 신비 세력에 관해 민감할 수밖에 없다. 그들이 아는 바 근래 삼존에게 반기를 들 만큼 대단한 담량을 지닌 세력이 등장했다는 말은 들어본 적이 없었다.

그때 고개를 끄덕이기를 끝마친 육지견이 말했다.

"그래서 이 늙은 도둑한테 원하는 바가 있을 텐데, 슬슬 말해주는 게 어떻겠나?"

"들어주실 생각이오?"

"먼저 응답부터 해줘야 하나?"

"그래 주면 고맙겠소이다."

"나는 늙은 도둑이야. 무엇이든지 들어주겠다고 대답한 후 실제론 들어주지 않을 수도 있네."

"투왕쯤 되는 사람이 그럴 리는 없을 것 같소만? 뭐, 그래도 첫 번째 협상이니, 내 먼저 조건을 말하도록 하겠소. 내가 내걸 조건은 투왕이 자금성의 비고에서 훔친 장보도올시다."

"장보도? 흠, 나한테 그런 게 있었던가?"

"모른 척할 생각은 하지 않는 게 좋을 것이오. 내 이미 모든 걸 조사해 보고 찾아왔으니까."

"그래서 그 장보도란 걸 건네주면, 그 작은 여 소저를 바로 이 늙은 거지에게 인계하려는가?"

"장보도가 진짜란 걸 확인한 후."

표정 하나 변함없는 혈유의 대답에 쌍령의 얼굴이 새빨갛게 변했다. 혈유가 하는 짓이 너무 뻔뻔스럽다는 생각이 들었다.

'어쩜, 저렇게 못될 수가 있담! 이럴 때 소산 가가가 있어야 하는 건데……'

'소산 오라버니가 있었으면 당장 저 못된 사람을 혼내주고 연경 언니를 구해낼 텐데……'

쌍령은 각기 분개를 하다가 서로의 얼굴을 바라봤다.

거의 동시에 떠올린 한 사람.

추소산을 생각하니 갑자기 그리움이 물밀듯 밀려온다.

한데 그때 팽팽하게 긴장되어 있던 주점의 문이 갑자기 활짝 열렸다.

또 다른 손님이 온 것이다.

수점 안으로 들어선 이는 머리가 파뿌리 같고 얼굴에 주름이 가득한 단양이었다.

그는 낙양에서 벌어진 정파비무대회를 간발의 차로 놓치고 꽤나 낙심해 있었다. 기껏 이야기꾼으로서의 제이의 전성기를 구가하려 했건만, 하늘이 도와주지 않았다.

낙양으로 향하는 동안 몇 차례나 횡액을 맞는 바람에 정파비무대회

를 제패한 화산검룡의 활약상이라거나 느닷없이 백마사에 나타난 개방
방주의 모습조차 보지 못했다. 이야기꾼으로서는 땅을 치고 한탄할 만
한 일이었다.

그래도 이미 지나가 버린 일이었다.

계속 땅만 치고 있어서는 앞으로 나아갈 수 없었다.

항상 진취적인 사고로 세상을 살아야만 한다.

결국 며칠간 싸구려 객점에 틀어박혀 술에 절어 있던 단양은 다시
마음을 다잡아먹었다. 비록 직접 정파비무대회를 구경하진 못했지만,
이곳은 낙양이었다. 정파비무대회를 구경한 사람이 모래알의 숫자만
큼 많을 게 분명했다.

그날부터 단양은 자신의 양쪽 귀를 깨끗하게 소지한 후 사람들이 많
이 모이는 곳이라면 어디든 찾아다녔다. 정파비무대회에 대해 떠드는
소리를 취합해서 자신의 이야깃거리로 재탄생시키려는 의도였다.

그 결과 며칠이 지나지 않아 단양에겐 몇 가지나 되는 좋은 이야깃
거리가 생겨났다. 여태까지의 고리타분한 옛날이야기와는 전혀 다른
생생하면서도 박진감 넘치는 이야기를 수중에 넣은 것이다.

하지만 그가 가장 아끼고 자신하는 이야기는 정파비무대회와 관련
된 것이 아니었다.

획가성을 구한 청년 영웅의 이야기!

자신의 제자 추소산과 동명이인이 분명한 청년 영웅이 정파비무대
회에 참가하는 것조차 포기하고, 획가성을 구하기 위해 달려갔다는 말
을 들었을 때 단양은 후끈 몸이 달아오르는 걸 느꼈다.

이거다! 란 생각이 들었기 때문이다.

예전부터 사람들은 영웅이 자신의 사리사욕을 버리고 강대하고 흉

포한 적에 맞서 싸우는 이야기에 열광하곤 했다. 특히 그게 실화를 바탕으로 했을 때의 호응도란 상상을 불허할 정도였다. 이야기꾼에게 이보다 더 좋은 이야깃거리란 좀체 없다고 할 수 있었다.

당연히 그 이후의 이야기가 궁금하지 않을 수 없었다.

단양은 그 후 추소산에 관해 떠들어대는 사람들마다 쫓아다니며 꼬치꼬치 캐묻곤 했다. 다른 사람들보다 조금이라도 많은 걸 알아내야만 한다는 사명감에 불타올랐기 때문이다.

하지만 실제로 추소산이란 청년 영웅의 사문이나 무공 내력, 활약상에 대해 제대로 알고 있는 사람은 거의 전무했다. 최소한 단양이 만나본 사람 중에는 없었다. 그저 전혀 사실 확인이 되지 않은 헛소문만이 무수히 떠돌아다닐 뿐이었다.

단양은 결국 중대 결정을 내릴 수밖에 없었다.

이야기꾼으로서의 미래를 건 도박!

바로 추소산의 이후 행적을 쫓아서 무작정 낙양을 떠나는 것이었다. 그만큼 강렬하게 추소산에 관한 얘기에 매혹당한 것이다.

한데 호사다마(好事多魔)라고 했던가.

며칠간 노구를 이끌고 힘겹게 관도를 걷다가 근처에 세워진 주점을 보고 들어선 단양은 대번에 자신이 호굴로 들어섰다는 걸 깨달았다.

험악한 분위기!

오랫동안 강호를 굴러다닌 단양은 눈앞에서 대치하고 두 패의 무리를 한 번 쳐다보고, 어느새 바닥에 찰싹 엎드려 있는 주점 주인을 또한 바라봤다. 자신이 어찌해야 할지를 바로 결정해야만 했기 때문이다.

'이놈의 멍청한 늙은이야, 어서 가! 도망가라구!'

주점 주인이 한 대만 맞아도 숨이 끊길 듯한 단양의 모습을 보고 얼

른 눈짓해 보였다. 자신의 주점에 든 손님에 대한 일종의 의무감이 발
동한 듯하다.

단양이 주점 주인의 내심을 읽지 못할 리 없다.

그는 노안에 갑자기 어색한 웃음을 담더니, 허리를 살짝 숙여 보였
다.

꾸벅!

취객들 앞에서 이야기를 시작하기 전에 취해 보이곤 하던 매우 자연
스럽고 정중한 동작.

웃는 얼굴에 침 뱉으려는 행동이었다.

그리고 그가 마치 아무런 일도 없었다는 듯 주점을 빠져나가려 시도
할 때였다.

갑자기 혈유에게 제압되어 있던 여연경이 커다란 눈을 깜빡이고는
소리쳤다.

"이야기꾼 할아버지……."

가냘프면서도 부드러운 음색.

언젠가 들어본 일이 있는 익숙한 목소리였다.

단양은 조금만 더 걸으면 주점 문을 빠져나갈 수 있는 상황에서 걸
음을 멈췄다. 자신을 부른 사람이 바로 중년 수사의 품에 붙잡혀 있는
여연경임을 직감적으로 깨달았기 때문이다.

'어쩌다가 그 예쁘고 마음씨 고운 처자가……..'

힐끔.

단양이 고개를 돌려 여연경과 그녀를 품에 안은 혈유 쪽을 바라봤
다.

"할아버지……."

여연경의 목소리가 가늘게 떨려 나왔다. 그녀의 커다란 눈망울 속으로 단양의 모습이 각인되듯 박혀 있다.

꿈틀.

단양은 순간 자신이 무공이라곤 시정잡배라도 펼칠 수 있는 삼재검(三才劍) 몇 초식 정도밖엔 익힌 게 없다는 걸 잊어버렸다. 갑자기 제자와 동명이인인 청년 영웅의 이야기가 뇌리를 번개같이 스쳐 지나갔기 때문이다.

치잉!

단양이 이야기가 한창 절정에 올랐을 때와 같이 노안을 붉힌 채 검을 빼 들었다.

흔들리는 검봉.

무공을 조금만이라도 익힌 사람이라면 단양의 녹슨 철검에 반 량의 힘도 담기지 않았다는 걸 알 수 있을 터였다.

이곳에 있는 사람들 중 가장 무공이 떨어지는 쌍령조차 자신도 모르게 고개를 가로저을 정도였다. 대치 중인 혈유나 육지견 등은 아예 관심조차 보이지 않았다.

그러나 단양의 정신 세계는 이미 이야기꾼으로서의 절정에 도달해 있었다. 그냥 미치광이처럼 검만 빼 든 건 절대 아니었다. 그에겐 계획이 있었나.

"여보시오, 고수 양반들! 이 늙은이의 말을 들어주시오. 노부는 본래 강남의 강서성 출신으로 이야기를 팔며 돌아다니는 무명지배올시다. 그야말로 고수 양반들 간의 다툼에 끼어들 주제가 되지 않는 위인이오. 그러나 이번에 낙양에 들렀다가 획가성을 구한 청년 대영웅의 이야기를 들었으니, 어찌 늙은 마음일지언정 크게 뛰지 않을 수 있겠소이까?

그래서 그 대영웅에 대해 수소문한 끝에 소식을 듣게 되었는데, 그분께서 곧 이곳에 왕림하신다 하더구려. 그래서 몰래 먼저 와서 술자리나 마련해 놓으려고 했소이다. 그런데 이렇게 다툼이 벌어졌구려. 대영웅이 오면 무슨 꾸지람을 들으려고 이리 망령된 짓거리들을 벌일 수 있단 말씀이시오.”

이야기의 기본은 먼저 팔 할의 진실을 늘어놓은 후 이 할가량의 과장을 덮는 것이었다.

혹, 조금 더 손님들의 반응을 끌어올릴 요량이라면 과장 대신 거짓을 좀 더 섞는데, 이때는 아주 중요한 부분만 살짝 바꿔놓아야 한다. 그래야만 개연성이 생기기 때문이다.

단양이 갑자기 쏟아낸 말은 수십 년간 단련해 온 이야기 화법에 부합하는 것일뿐더러, 꽤나 고등적인 심리적 함정을 깐 것이었다. 사기의 전문가가 자신을 사기꾼이라고 밝히고서 사기를 치는 것과 같은 수법인 것이다.

가장 먼저 반응을 보인 건 순진한 쌍령이었다.

“까아! 대령 언니, 소산 가가가 곧 온대!”

“소산 오라버니가 우리가 이곳에 올 줄 알고 있었던 걸까?”

“당연하지! 그렇지 않다면 어째서 소산 가가가 이런 곳을 굳이 찾아와 술을 마시려 하겠어?”

“역시 그렇지?”

대령은 방금 전까지의 급박했던 상황도 잊고 마구 좋아하고 있는 소령에게 확인하듯 중얼거렸다. 그녀 역시 혹하는 마음을 금할 수 없었기 때문이다.

그러자 주변의 기운이 완전히 바뀌어 버렸다.

　혈유의 품에 안겨 있던 여연경이 몽롱한 표정을 지어 보였고, 잔뜩 긴장해 있던 백수빈과 철호운 역시 단양 쪽을 힐끔거렸다. 그들 역시 단양이 한 말을 반신반의하기 시작한 것이다.

　그러나 정작 서로를 노려보며 대치하고 있는 두 사람.

　육지견과 혈유는 전혀 단양이 한 말에 반응을 보이지 않고 있었다. 그저 서로의 허실을 탐하고 있을 따름이었다.

　'내 허장성세가 통하지 않은 것인가?

　단양은 여전히 철검을 손에 든 채로 노안을 푸들푸들 떨었다. 이젠 근력이 예전만 못해서인지 검을 계속 치켜들고 있기가 꽤나 힘들었다.

　괜히 검을 빼 들었다는 후회가 들지 않을 수 없었다.

　단양은 지금 당장이라도 도로 검을 검갑에 집어넣고 싶은 욕망을 참느라 머리가 빠개질 것 같았다. 자신의 한마디에 크게 마음이 안정된 것 같은 여연경의 맑고 투명한 두 눈이 근성을 요구하고 있었다.

　'인내!'

　단양은 내심 크게 소리 질렀다. 거의 팔이 빠질 듯한 고통을 억지로 참아냈다.

　파들!

　밑으로 점점 처지고 있던 검봉이 큰 떨림을 보였다. 단양의 정신력이 육체를 통제하기 시작한 것이다.

　한데 그때였다.

　갑자기 서로를 계속 노려보고 있던 두 사람 중 혈유가 갑자기 고개를 옆으로 한차례 까닥거려 보였다.

　"이거 곧 무림의 신성으로 떠오른 추 소협이 왕림한다니, 오늘은 이만 물러가 보겠소이다."

"오늘은?"

"빠른 시일 내에 다시 찾아오겠소이다. 내겐 투왕이 지니고 있는 장보도가 반드시 필요하니까."

그 말이 끝이었다.

스슥!

재빨리 퇴로를 가로막아 선 백수빈과 철호운 쪽으로 느닷없이 품 안의 여연경을 집어 던진 혈유가 몇 개나 되는 분영을 일으켰다.

쿠당!

여연경을 받아 들던 백수빈과 철호운이 거의 동시에 바닥으로 나뒹굴었다. 미리 그들의 행동을 예상한 혈유가 여연경을 집어 던질 때 그녀의 몸에 암경을 심어놓은 것이다.

그 짧은 순간, 혈유가 주점 밖으로 신형을 날렸다.

가히 번개 같은 움직임.

"추뢰신법(追雷身法)?"

경공에 있어선 천하에 당적할 자가 없다고 알려진 육지견이 혈유의 뒤를 쫓으려다 눈살을 가볍게 찌푸렸다. 그가 펼친 신법이 꽤나 낯익다는 생각이 들었기 때문이다.

그때 꽈당 하는 소리가 육지견의 상념을 날려 버렸다.

소리가 난 쪽으로 고개를 돌리던 육지견의 입가에 가벼운 미소가 떠올랐다. 체력의 한계까지 검을 들고 서 있던 단양이 기력이 다해 쓰러진 모습이 보였다. 무공도 모르는 이야기꾼 주제에 심하게 무리를 한 게 분명하다.

'어쨌든 저 늙은 이야기꾼의 덕을 봤군. 소산 현제에 대한 이야기는 또 어디에서 들었누?'

여연경 쪽으로 잔뜩 몰려든 사람들을 힐끔 바라본 육지견이 단양에게 천천히 걸어갔다. 이곳에서 객사하지 않게 하려면 아무래도 본신의 내공으로 추궁과혈(推宮過穴) 정도는 해줘야 할 듯싶다.

*　　　*　　　*

혈유는 한때 단거리를 이동할 시 천하제일이라 불리던 추뢰신법을 펼쳐서 단숨에 노천주점을 벗어났다.

십 리.

혈유가 걸음을 멈추기까지 달린 거리였다. 투왕 육지견과 추소산이란 존재의 무게감이 그를 쉼없이 달리게 만들었다. 그 정도는 떨어져야만 안심할 수 있다는 판단이었다.

슥!

걸음을 멈춘 혈유가 처음으로 뒤를 돌아봤다.

"아무도 따라오지 않았다는 건가?"

혈유의 목소리가 뒤로 갈수록 작아졌다. 그의 머리가 갑자기 빠르게 움직이며 뭔가 당했다는 생각이 뇌리 속에서 울려 퍼졌다. 그냥 느낌이 그랬다.

하지만 뭘? 어떻게?

혈유는 고개를 가볍게 흔들어 보였다.

그의 생각에 단양 같은 전혀 무공을 익히지 않은 노인이 무림인들에게 태연하게 거짓말을 늘어놓을 확률은 거의 없었다. 그럴 이유가 없었다.

게다가 설혹 그럴 이유가 있어서 단양이 거짓말을 했다손 치더라도

혈유로선 지금 절세묵검의 소유자로 추정되는 추소산과 만날 수는 없
었다.

그가 가진 묵검이 진짜 절세묵검이기라도 하면, 혈천마교의 제자인
자신은 완전히 무력해지고 말 것이 분명했다. 그런 위험을 무릅쓸 순
없었다.

툭!

혈유가 발끝으로 길가에 굴러다니는 돌멩이 하나를 걷어찼다.

기분이 묘하게 더러웠으나 달리 할 일이 없었다.

'투왕에게 장보도를 얻는 게 좀 늦춰졌을 뿐이다. 달라진 건 아무것
도 없어.'

혈유는 어느새 방금 전에 자신이 겪은 황당한 일을 잊어가고 있었
다. 지나간 일에 연연하기보다는 다가올 미래를 대비하는 것이 낫다는
판단을 내린 것이다.

제40장

나는 과거의 내가 아니다

　　여연경은 다행히 생각보다 큰 부상을 입지 않았다. 오히려 그녀의 몸에 담긴 혈유의 암경을 고스란히 받은 철호운의 부상이 더 심했다. 백수빈을 보호하기 위해 그는 또다시 과거에 입었던 내상이 덧나고 말았다.

　　그래도 여연경이 아예 고생을 하지 않은 건 아니었다.

　　혈유가 그녀의 몸에 암경을 담을 시 점혈된 마혈은 생각보다 해혈하기가 쉽지 않았다. 그의 수법이 꽤나 독특해서 오랜 시간 쌍령이 내력으로 추궁과혈을 해야만 했다.

　　결국 마혈이 풀리자 여연경은 육지견 덕분에 기력을 간신히 회복한 단양에게로 달려갔다. 이미 쌍령에게 단양이 추소산에 대해 말한 건 모두 거짓말임은 들어 알고 있었지만, 고마움을 표해야만 했다.

　　"이야기꾼 할아버지!"

“…….”

바람같이 신형을 날려온 여연경의 외침에 단양이 흠칫 놀란 표정을 지어 보였다. 그녀가 펼친 놀라운 경공에 입이 딱 벌어질 따름이다.

‘이런 대단한 여고수를 불쌍하고 가련하다 생각했다니! 내가 미친 늙은이로다! 내가 미친 늙은이야!’

단양은 내심 고개를 절레절레 흔들다가 등줄기로 흘러내리는 서늘한 소름을 느꼈다. 자신이 방금 전에 여연경 같은 고수를 제압하고 있던 대마두에게 사기를 쳤다는 사실을 떠올리고 만 것이다.

그때 여연경이 단양에게 아이처럼 매달렸다.

“어이쿠! 어이쿠!”

단양이 금방이라도 죽을 것처럼 앓는 소리를 냈다. 솜털처럼 가벼운 여연경의 몸이고 보면 그야말로 엄살을 부리고 있음이 분명하다.

그러나 여연경은 그리 생각하지 않았다.

슥!

얼른 단양의 노구에서 떨어져 나온 여연경이 걱정스런 표정으로 그에게 말했다.

“마, 많이 아프세요?”

“아니오. 그냥 이 늙은이가 늙어서 몸이 부실해진 거니, 여 소저는 너무 염려하지 마시오.”

“그래도 많이 아파 보이시는데… 저 때문에…….”

여연경은 흡사 친조부를 대하듯 단양에게 걱정스런 눈빛을 던졌다. 그가 자신 때문에 목숨을 걸고 거짓말을 했다는 걸 잘 알고 있는 것이다.

단양이 입가에 헤벌쭉 미소를 지어 보였다.

"아니오, 아니오. 이번에 이 늙은이가 나서서 여 소저에게 조금이라도 도움이 되었다면 그것으로 족하오. 다 늙은 이 몸과 달리 여 소저는 그야말로 천금처럼 귀한 분이 아니시오."

"할아버지……."

여연경의 맑은 두 눈에 구슬 같은 눈물이 한 방울 맺혔다.

친조부인 여신유에게조차 경험해 보지 못했던 따뜻한 감정을 그녀는 눈앞의 단양에게서 느끼고 있었다.

그때 두 사람에게 육지견이 천천히 다가왔다. 그의 안색은 평소와 달리 조금 긴장되어 있었다.

쩔렁!

육지견의 손을 떠난 전낭이 묵직한 무게감과 함께 단양 앞에 떨어져 내렸다.

"이, 이게 무슨?"

단양이 영문을 모르겠다는 표정을 육지견에게 던졌다. 그러자 육지견이 무심한 표정을 한 채 말했다.

"노인장, 이번 일에 대한 보상일세. 대충 기력을 회복했을 테니, 얼른 그 돈 가지고 이곳을 떠나게나."

"……."

물끄러미 자신의 발치에 떨어진 전낭을 바라보는 단양 대신 여연경이 화난 표정으로 육지견을 바라봤다.

"육 노야, 아직 몸조리도 제대로 못하신 분께 벌써 떠나라고 하다니, 너무 심하시잖아요!"

"그 노인장은 노부가 반 시진에 걸쳐 추궁과혈을 해줬으니, 지금쯤 십 년은 젊어진 것처럼 기운이 펄펄 날 걸세. 그가 아픈 척하는 건 우리를 따라 소산 현제를 만나러 가려고 얕은꾀를 쓰고 있는 걸 게야."

"어, 어떻게 그런 말을……."

살짝 말을 더듬거린 여연경이 단양에게 시선을 던졌다. 그가 변명해 주길 바라고 있는 것이다.

그러나 그때 단양은 허리를 숙여 육지견이 던져 준 전낭을 집어 들고 있었다. 평소보다 훨씬 유연해진 허리가 잘도 굽혀지고 있다.

결국 전낭을 손에 쥔 단양이 여연경과 시선이 마주쳤다.

"할아버지, 뭐 하시는 거예요?"

"응?"

단양은 여연경이 한 말을 못 알아들은 척했다. 그게 그가 할 수 있는 유일한 일이었다.

"정말!"

여연경이 발을 한차례 구르고 신형을 돌렸다. 단양이 자신을 위해 목숨을 걸었던 일은 이미 머릿속에서 까맣게 지워지고 있었다.

그런 여연경을 멍하니 바라보는 단양의 어깨를 육지견이 가볍게 두들겨 줬다.

"노인장, 우리와 함께한다면 소산 현제를 만나기가 쉬워질지도 모르네만, 방금 전에 봤던 자와 같은 위험한 인간과 다시 만나 고통 겪을 가능성 역시 많다네. 혹시라도 우리를 안심시킨 후 따라붙을 생각을 하고 있다면 지금 바로 포기하는 게 좋을 걸세."

"노형은 신선이요, 귀신이요?"

"신선? 귀신?"

"어찌 뱃속의 회충처럼 그리 내 마음을 쉽게 아는 것이오?"

"허허, 신선과 귀신 다음은 뱃속의 회충인가?"

나직이 웃어 보인 육지견이 눈에 담담한 안광을 담았다.

"나는 당연히 신선이나 귀신이 아니고 노인장 뱃속의 회충 또한 아니네. 그러니 사람일 테지. 하지만 노인장도 강호를 오랫동안 돌아다녔으니 잘 알 걸세. 때로는 사람이 신선이나 귀신보다 더욱 무섭다는 걸."

"……."

단양은 눈앞의 육지견이 대단히 무섭다고 생각했다. 어쩌면 여태까지 봐왔던 사람들 중 장성해 가던 제자 추소산을 제외하면 제일 무섭다는 생각이 들었다.

그래서 침묵.

가타부타없이 입을 다문 단양을 냉연히 바라보던 육지견이 슬쩍 신형을 돌렸다. 이미 그와의 볼일은 끝난 것이다.

두두두두!

멀어져 가는 마차가 일으키는 자욱한 먼지 사이로 멍청한 표정을 한 단양의 모습이 보인다.

갈등.

단양은 점차 시야 속에서 멀어져 가고 있는 마차를 바라보며 계속 고민했다. 필시 제자와 동명이인인 추소신이란 대영웅과 관계가 있어 보이는 육지견 일행이 탄 마차의 뒤를 쫓고 싶은 반면에 그냥 발길을 돌리고 싶기도 했다.

두려움과 실리.

그 사이에서 갈등하지 않는다면 사람이라 할 수 없으리라.

하지만 결국 단양은 천천히 발길을 돌렸다.

아직 장성한 제자 추소산이 장가드는 광경도 보지 못했는데, 육신을 땅속에 누이고 싶은 생각은 없었다. 아직 그에겐 살아남아야만 하는 이유가 있었다.

'그래, 어차피 내가 원했던 건 대영웅 추소산의 후일담이다. 꼭 그와 만나야 할 필요는 없는 것이야.'

단양은 마차가 달려간 방향을 비껴서 걸으며 내심 중얼거렸다. 가슴 속 깊숙한 곳에 넣어놓은 전낭의 묵직한 감촉이 그의 마음을 지그시 눌러오고 있었다.

*　　　　*　　　　*

추소산은 죽현에 도착한 순간 이변이 일어났음을 직감했다.

청풍만이 노닐던 죽현의 청죽림 사이로 은은한 혈향이 번져 나오고 있었다.

방대한 크기의 청죽림.

대체 얼마나 많은 사람들이 죽었기에 청죽림 전체에서 피 내음이 배어 나오는가.

'우 소저! 남추!'

추소산은 마음이 다급해지는 걸 느끼며 청죽림 사이로 뛰어들었다.

풍림화산.

후 사초식 중 두 번째인 은림을 성공한 후 가졌던 지극한 만족감과 평온, 그리고 자신감.

그 모든 것이 순식간에 사라졌다.

지금 죽현의 청죽림 사이를 미친 듯 가로지르고 있는 추소산의 마음은 난마와 같이 뒤엉켜 있었다. 갈수록 더해가는 피 내음이 그의 마음을 더욱 심하게 헝클어뜨리고 있었다.

한데, 갑자기 은은하던 혈향의 농도가 수십 배로 폭증하였다. 살육이 벌어진 현장에 근접하기 시작했음에 분명하다.

쉬악!

추소산의 손에는 어느새 묵암검이 쥐어져 있었다.

달리는 데 방해가 되는 모든 것을 잘라 버리기 위한 선택.

묵암검의 암영이 주변으로 확산될 때마다 제멋대로 자라 있던 청죽들은 연신 수난을 당해야만 했다. 지금의 추소산은 대나무의 생장 같은 걸 신경 쓸 정신이 전혀 없었다.

그렇게 단숨에 청죽림의 한켠에 일직선의 길을 뚫어놓은 추소산의 눈앞에 수천 평이 넘는 공터가 나타났다.

옹기종기 모여 있는 촌락.

대충 삼십 채 정도의 가구가 모여 있는 그림같이 평범하고 자그마한 마을이었다.

하지만 그곳은 이미 예전의 평화로운 마을이 아니었다.

바람을 타고 훅하니 밀려드는 역한 피 내음. 그리고 마을 여기저기에 죽은 채 널브러져 있는 사람들.

적어도 백여 명이 넘는 사람들이 살고 있었을 마을은 어느새 죽음의 귀역으로 변해 있었다. 추소산이 혈문의 백인혈룡대를 상대하기 위해 죽현을 떠나 있는 동안 끔찍한 일이 발생한 것이다.

스슥!

추소산은 경공을 수류보로 바꿔서 단숨에 마을 어귀에 도착했다. 혹시라도 마을 사람들을 몰살시킨 살인마가 숨어 있다가 기습이라도 할 것을 염려한 행동이었다.

그러나 그의 예상과 달리 마을은 조용했다.

지옥과 같은 살육의 현장이란 점을 제외하면 지나칠 정도로 조용해서 마치 시간이 멈춰 버린 곳 같다.

'벌써 흉수들이 이곳을 떠났단 말인가?'

추소산은 지난 삼 일간 자신과 비검연무를 했던 우약연의 놀라운 무위를 떠올리며 내심 고개를 가로저었다.

냉정한 외양과 달리 더할 수 없이 따뜻한 마음을 지닌 여인.

그게 우약연이었다.

그런 그녀가 자신이 기거하던 죽현에서 일어난 대량 살육을 그냥 묵과했을 리 없다. 어떻게든 사람들을 살리기 위해 노력했을 거란 뜻이다.

하지만 그 같은 가정이 옳다면 어딘가 생존자가 있어야만 할 것인데, 어찌 이리 조용할 수 있단 말인가!

순간 추소산의 눈에 담담한 안광이 떠올랐다.

'생존자들은 숨어 있다!'

예상이 아니라 확신이었다.

그렇다면 이런 곳에서 망설이고 있을 시간이 없다.

슉!

추소산의 신형이 기쾌하게 마을 내부로 파고들었다. 어딘가 숨을 죽이고 숨어 있을 생존자들을 찾아야만 했다.

추소산의 판단은 옳았다.

그는 마을 요소요소를 찾아다닌 지 얼마 되지 않아 꽤나 의심스런 장소를 발견하는 데 성공했다.

씨족 마을 특유의 공동 창고.

그곳에는 수백 개나 되는 볏단이 쌓여 있었다. 마을 전체가 피에 젖을 정도의 살육이 있었음에도 전혀 약탈의 흔적이 없다는 게 이상하다.

그러나 추소산이 주목한 건 볏단 더미가 아니었다. 그 속에서 들려오는 게 분명한 꽤나 많은 숫자의 숨소리였다.

'찾았다!'

내심 소리 지른 추소산이 내력을 담아 소리쳤다.

"마을 여러분, 저는 방립을 쓴 소저의 행방을 알고 싶소이다! 나는 그 소저의 친구이니, 부디 제게 가르침을 베풀어주시기 바랍니다!"

…….

돌아오는 대답은 없었다.

'아무래도 너무 정직했나 보군. 세상이란 게 본래 그런 것이 아닌 것을.'

추소산은 방법을 바꾸기로 했다.

"제 귀에는 여러분의 숨소리가 다 들립니다! 지금 당장 대답이 없다면 창고에 불을 놓고 말 테니, 다 불타서 죽고 싶다면 그냥 숨죽이고 있도록 하십시오!"

"자, 잠깐만!"

예의를 갖췄던 처음과 달리 두 번째 요청에 대한 반응은 대단히 빨리 왔다. 추소산의 입가에 쓴웃음이 떠오르지 않을 수 없다.

어쨌든 추소산에게 소리를 높인 늙수그레한 목소리의 소유자가 떠듬거리며 말을 이었다.

"대, 대협, 우리들은 어떤 것도 잘못한 것이 없으니, 창고에 불을 지르진 말아주시오……."

"먼저 제 질문에 대한 대답이 있어야 할 것 같습니다만?"

"그, 그게……."

"안 되겠군요."

추소산은 한차례 고개를 가로젓고 품에서 화섭자를 꺼내 들었다.

화악!

불이 붙은 화섭자가 밝은 불빛을 만들어낸다.

보여주기 위한 행동이다.

추소산의 예상대로 곧 반응이 왔다.

"말하겠소! 말하겠소!"

"다!"

추소산의 짤막한 말이 지닌 위협 효과는 탁월했다. 자신을 마을의 촌장이라 밝힌 목소리의 주인이 하나도 빠짐없이 혈겁의 전말을 털어놓기 시작한 것이다.

'뜻밖이다!'

추소산은 마을을 벗어나 동쪽으로 신형을 날리며 눈살을 가볍게 찌푸렸다.

마을 촌장의 말에 의하면 죽현에 몰아닥친 혈겁의 주인공은 단 한 명의 백의인이었다.

그는 마을에 나타나자마자 무차별적인 살육을 시작했고, 그 결과 죽현은 피비린내로 진동하게 되었다. 당연히 살아남은 마을 청년들은 한편으론 백의인에게 저항하면서 노약자들을 마을 공동의 창고로 대피시키기에 여념이 없었다.

하지만 마을 청년들의 저항은 진짜 부질없는 것이었다.

백의인은 거의 희롱에 가깝게 십여 명의 마을 청년들을 때려죽이곤, 천천히 마수를 좁혀왔다. 흡사 유희라도 즐기듯 마을 사람 전체를 도륙하려는 듯 보였다.

절망적인 상황.

그때 우약연이 모습을 드러냈다.

마을 사람들이 터뜨린 비명을 듣고 모습을 드러냈음이 분명하다.

그녀는 백의인에게 처음부터 강력한 검세를 날렸다. 여태까지 신이나 악마처럼 마을 사람들을 도륙하던 백의인은 처음으로 사람 같은 표정을 지어 보였다. 분명 그렇게 보였다.

하지만 그것도 잠시뿐이었다.

우약연과 몇 마디를 나눈 백의인은 갑자기 길길이 날뛰기 시작했고, 그 뒤는 천지가 박살나는 듯한 싸움이었다. 두 사람 간에 얘기되던 협상이 깨졌음에 분명하다.

결국 우약연과 백의인은 서로 앞서거니 뒤서거니 하며 동쪽을 향해 사라져 갔다. 느닷없이 닥쳤던 혈겁이 순식간에 종결되어 버린 것이다.

그래도 혹시 몰랐다.

촌장의 명에 따라 살아남은 마을 사람들은 모두 창고 속에 비어 있는 공간 속으로 숨어들었다. 다시 백의인이 돌아온다 할지라도 볏단이 쌓여 있는 창고를 약탈하느라 사람들을 찾을 생각 따윈 하지 못할 거란 얄팍한 계산이었다.

어쨌든 추소산은 마을 촌장이 조금쯤은 양심이 있는 사람이라 생각했다. 그래도 조금쯤은 우약연의 행적에 대해 고백하는 데 시간을 끌었으니 말이다.

핏!

급히 달리다 보니 앞을 제대로 보지 못했다.

살짝 옆으로 튀어나온 대나무 살에 긁혀 추소산의 뺨에 작은 생채기가 생겨났다.

턱선을 타고 흘러내리는 핏물.

추소산은 뺨을 닦는 대신 입가에 작은 미소를 만들어냈다.

'촌장은 거짓말을 하지 않았다!'

그렇다.

추소산은 갑자기 튀어나온 대나무 살로 인해 마을 촌장의 진술이 옳다는 확신을 가질 수 있었다. 곧게 잘 자라던 대나무 살이 옆으로 튀어나왔다는 건 필시 인위적인 힘이 가해졌기 때문일 게 뻔했다.

그렇다면 속도를 조금 더 올려도 상관없다.

슈악!

추소산이 발끝에 힘을 모아 지축을 찍었다. 수류보의 속도를 극단적일 정도로 올린 것이다.

촤촤촤촤악!

추소산의 묵암검이 일으킨 암흑의 검기가 단숨에 동쪽으로 이르는 길을 만들었다.

그럼에도 수류보의 속도는 전혀 떨어지지 않았다.

마치 추소산이 달리는 앞길을 무언가 보이지 않는 하늘의 손이 내려와 마구 휘저어주고 있는 듯한 형상.

추소산은 더욱 속도를 끌어올렸다.

다급한 마음의 외침을 모조리 신법으로 환원시킨 것이다.

결국 청죽림이 끝났다.

느닷없이 펼쳐진 드넓은 초지.

그곳에 도착한 추소산의 눈에서 안광이 번뜩였다.

번쩍!

능선 저쪽이다.

추소산은 햇빛을 푸른빛으로 반사하는 청화비폭검의 윤곽을 쫓아 다시 전력으로 신형을 날렸다. 기어이 홀로 천인공노할 대마두와 싸우고 있는 우약연을 따라잡는 데 성공한 것이다.

치칭!

검봉에 가득 담겨 있던 푸른 불꽃은 밝게 타올랐던 만큼 금세 빛을 잃었다.

광구(光球).

한 인간의 손바닥에 만들어진 붉은색 빛의 원이 푸른 불꽃을 모조리 빨아들이고 있었다.

"혼원혈마기……."

창백하게 질린 안색을 한 채 우약연이 살짝 뒤로 물러섰다. 방금 전의 일검에 담았던 내력이 중했던 만큼 그녀가 입은 피해 역시 적지 않은 듯하다. 도톰한 입술 사이로 내비치는 선홍빛 핏물이 이를 증명한다.

슛!

결국 푸른 불꽃 모두가 사라졌다. 붉은색 빛의 광구와 더불어.

픽!

혼원혈마기를 잠시 거둔 헌원무진의 입가에 차가운 조소가 떠올랐다. 방금 전의 일검에 우약연의 전 내공이 몽땅 포함되어 있었다는 걸 알고 있는 것이다.

"신녀, 대대로 본 교의 성화신녀에게 전해진다는 청화비폭검의 위력이 어떨지 항시 궁금했었는데, 별것 아니구려. 하긴, 죽을 때까지 천교의 경전만을 외는 여인들이 만든 무공의 위력이 대단하다면 그것 또한 이상한 일이긴 하겠군."

"헌원 사자, 말이 심하구나. 네가 감히 본 신녀를 능멸하려는 것이냐?"

"능멸?"

"그렇다. 네가 지금 본 신녀의 행사에 손을 쓰는 것조차 중대한 죄를 범한 셈이다. 어찌 천교의 교법을 수호하는 임무를 맡은 광명사자로서 아무런 힘이 없는 양민을 살육할 수 있단 말인가?"

"그야… 내가 지금 천교의 광명사자로서 이곳에 있는 게 아니기 때문이겠지."

일순 우약연의 얼굴에 차가운 서리가 내려앉았다. 비로소 헌원무진이 감히 자신이 내린 징벌에 대항한 까닭을 짐작할 수 있었기 때문이다.

우웅!

검봉을 한차례 떨어 가벼이 경동한 마음을 다스린 우약연이 냉랭하게 말했다.

"방금 전 천교의 광명사자로서 이곳에 있는 게 아니라고 했는가?"

"그랬지."

"그렇다면 그 말이 의미하는 바 역시 잘 알고 있다는 뜻이겠지?"

"그렇게 재차 물어볼 필요가 있을까? 나는 지금 이 자리에 한 사람의 남자로서 서 있다. 성화신녀 우약연이란 여자를 정복하기 위해서.”

“신녀는 순결하게 태어나 순결한 몸으로 성화의 품으로 돌아가는 게 교법이네.”

“크큭, 천교의 제자나 지켜야 할 교법이지.”

“…….”

헌원무진이 침묵하는 우약연을 바라보며 얼굴에 가벼운 경련을 일으켰다.

비웃음.

그렇다. 지금 그의 얼굴에 떠올라 있는 건 바로 그것이었다. 그리고 다시 한 가지가 더해졌다.

“생각해 보면 천교의 신녀란 정말 불쌍한 존재야. 존성전에 있을 때는 그야말로 살아 있는 여신으로 떠받듦을 받는 존재지만, 실제론 처녀로 태어나 처녀로 늙어 죽는 존재란 말씀이야. 아니, 늙어 죽는다는 말은 내가 실수했군.”

“…….”

“방금 전에 말했던 것처럼 신녀는 죽을 때가 되면 성화에 뛰어들어 자신의 몸을 활활 태운다지? 순결한 몸을 존엄한 성화에 태워서 한 줌의 재로 변하게 만드는 죽음이라니. 정말 내가 비록 천교의 교법을 수호하는 광명시지리 곤 하지만 정말 비참해, 신녀의 운명이란.”

방금 전에 자신이 했던 말을 마음대로 뒤엎은 헌원무진의 두 눈에 갑자기 은은한 혈광이 어렸다.

그가 혼원혈마기를 극성까지 익혔음을 보여주는 모습.

내심 몰래 방금 전의 정면충돌 이후 흩어진 진기를 모으고 있던 우약연은 흠칫 몸을 떨어 보였다. 순간적으로 자신의 온몸이 불길에 타오르는 듯한 느낌을 받았기 때문이다. 이는 그녀로 하여금 지금이 바로 성화의 거센 불길 속에 뛰어들 때가 된 듯한 착각마저 들게 만들었다.

물론 그건 헌원무진이 의도한 바였다.

번뜩.

헌원무진의 두 눈에 어려 있던 혈광이 더욱 강렬해졌다.

극성의 혼원혈마기.

"크윽!"

우약연은 자신도 모르게 뒤로 신형을 물렸다. 그렇지 않고선 순식간에 열 배나 강해진 혼원혈마기의 영혼마저 태울 듯한 열기를 감당해 낼 수 없을 것 같았다.

당연히 헌원무진이 이를 그냥 내버려 둘 리 만무하다.

스으.

오랜 힘의 균형이 무너진 것을 기화로 헌원무진이 우약연을 노리고 바람같이 파고들었다.

활짝 벌려진 쌍수.

청화비폭검의 푸른 불꽃을 단숨에 소멸시켰던 광구가 두 개나 모습을 드러내고 있었다.

혼원쌍혈강(混元雙血罡)!

혼원혈마기 최강의 절초가 펼쳐진 것이다.

'헌원 사자가 아예 끝장을 낼 생각을 했구나!'

우약연의 청백한 얼굴에 살짝 어둠이 깃들었다. 자신이 전력을 다해 일으킨 청화비폭검의 청화검기가 점차 뒤로 밀려나고 있었다.

당연하다.

혼원쌍혈강은 아직 극성에 이르지 못한 청화비폭검 따위로 막아낼 수 있는 성질의 절기가 아니었다. 천교삼대신공에 들지는 않지만, 그보다 결코 못하지 않다고 알려진 혼원혈마기의 완성형인 것이다.

그러니 헌원무진이 이렇게 느릿하게 우약연을 밀어붙이는 건 그에게 다른 흑심이 있기 때문이었다.

그렇지 않았다면 벌써 우약연은 혼원쌍혈강에 피떡이 돼서 날아갔을 터였다. 그만큼 두 사람 사이에는 압도적인 무력의 차이가 있었다.

'하지만 나는 아직 추 소협의 얼굴을 보지 못했다. 그가 돌아오는 걸 웃으며 맞아주지 못했어…….'

순간 혼원쌍혈강에 압도되어 당장이라도 꺼질 듯 위태롭던 우약연의 청화검기가 갑자기 날카로운 기운을 발산했다.

지잉!

지이이이잉!

청화검기는 연신 가냘픈 울음을 토해내며 태산과 같은 혼원쌍혈강에 달려들었다.

충돌해 갔다.

몸부림쳤다.

그리고 처참하게 모조리 뒤로 튕겨져 나왔다.

풋! 풋! 풋!

검파를 쥔 우약연의 백옥 같은 손에서 핏방울이 방울져 터져 나왔다. 지나친 압력을 연속적으로 받은 탓에 호구가 찢어지고 손바닥이 갈라지기 시작한 것이다.

그래도 우약연은 포기하지 않았다.

계속 검을 찔러갔다. 차갑게 가라앉은 시선을 어느새 자신의 코앞까지 다가선 헌원무진에게 고정시키고서.

"지독한……!"

헌원무진의 얼굴에 질린 기색이 얼핏 스쳐 지나갔다.

유희처럼 생각했던 첫 번째 마음.

욕망이었다. 집착이었다.

하지만 결국 찾아낸 우약연은 과거와 사뭇 달라져 있었다.

얼음을 깎아 만든 듯하던 여신상이 어느새 부드러운 피가 도는 혈육의 형체로 변해 있었다. 감정을 드러내는 인간이 된 것이다.

그게 싫었다.

아니, 미칠 정도로 사랑스러워 견딜 수 없었다.

자신의 격렬한 마음을 이제는 도저히 감출 수 없게 된 것이다.

그런데 지금의 이 변화는 또 무엇인가.

인간이 된 후 약해졌다고 생각했던 우약연이 지금은 너무나 강하게 느껴졌다. 숨이 막힐 정도로 아름답고 강렬하게 자신을 빨아들이고 있었다.

"흐읍!"

헌원무진이 강하게 숨을 들이켰다.

달콤쌉싸름한 내음. 그리고 피를 거꾸로 돌게 만들 정도로 강렬하게 욕정을 자극하는 피 내음.

"크아! 널 당장 내 여자로 만들고 말 테다!"

"……."

헌원무진의 쌍수에 담겨 있던 혼원쌍혈강의 위력이 갑자기 배로 증가했다. 갑자기 폭주하듯 일어난 욕정의 부채질로 인해 일어난 현상이었다.

“픕!”

우약연의 입에서 피화살이 터져 나왔다.

자연스레 피투성이가 된 헌원무진의 얼굴.

낼름.

헌원무진이 혀를 내밀어 우약연이 쏟아낸 핏물을 핥았다.

우약연이 가볍게 진저리쳤다.

여태까지 악귀같이 강한 헌원무진에게 정면으로 대항하고 있던 그녀가 처음으로 보인 약한 모습.

헌원무진은 이를 놓치지 않았다.

슈악!

느닷없이 혼원쌍혈강을 거둬들인 헌원무진의 좌수가 응조(鷹爪)의 형상을 한 채 우약연에게 파고들었다.

촤악!

우약연의 상의가 절반 넘게 찢겨져 날아갔다.

“아!”

우약연의 두 손이 자연스레 자신의 가슴 쪽으로 모아졌다. 어쩔 수 없는 여인만의 본능이었다.

그때 앞으로 내뻗어진 일각!

퍼억!

순간적으로 하단전을 걷어차인 우약연의 허리가 크게 앞으로 꺾여졌다. 아랫배로부터 치솟아오른 고통 때문에 어쩔 수 없이 그런 자세가 되었다.

그러자 다시 앞으로 내뻗어진 우수.

꽈악!

헌원무진의 손아귀에 우약연의 삼단 같은 머리채가 휘어감겼다.

그리고 그대로 들어올려진 옥용.

"보기 좋은 얼굴이군."

헌원무진의 입가로 진득한 미소가 떠올랐다. 그는 여태까지 이렇게 우약연의 얼굴을 가까이서 보고 싶었다. 그게 십여 년 전 처음으로 그녀를 봤을 때부터 줄곧 꿈꿔왔던 일이었다.

'결국 신녀는 내 것이 되었다!'

헌원무진이 우약연의 머리를 틀어쥔 채 자신의 얼굴을 천천히 앞으로 내밀었다.

강제로 그녀의 입술을 취하려는 의도.

한데 막 우약연의 도톰한 입술을 무참히 유린하려던 헌원무진이 동작을 멈췄다.

이상한 느낌.

초절정고수만이 가질 수 있는 육감으로 자신에게 위기가 닥쳐오고 있음을 헌원무진은 직감했다. 그야말로 다 된 밥에 재가 떨어진 판이랄까.

헌원무진은 잠시 동안 고민했다.

그의 육감은 계속 엄청난 위기가 닥쳐오고 있음을 경고하고 있는데 눈앞의 우약연이란 유혹덩이가 너무 컸다. 막 손에 넣은 한 떨기 꽃을 이대로 놓고 싶진 않았다.

하지만 바로 그때였다.

싯!

귓전을 울리는 섬뜩한 파공성과 함께 헌원무진의 왼쪽 귀가 소리없이 잘려 나갔다.

풋!

귀에서 이는 이명, 그리고 고통.

헌원무진은 두 번 생각할 것도 없이 손에 다 들어왔던 우약연을 놓고 기쾌하게 신형을 회전시켰다. 아무리 욕망에 눈이 멀었다곤 하나 목숨조차 도외시할 정도의 멍청이는 아니었다.

스슥.

헌원무진의 신형이 단숨에 십여 개의 분신을 만들었다.

과거 우약연이 펼쳐 보인 바 있었던 십형분신보를 펼친 것이다.

그러나 애석하게도 그를 기습한 검기의 소유자는 십형분신보를 손바닥 보듯 파악하고 있는 사람이었다.

쉐쉐쉑!

헌원무진의 몸에 다시 몇 개나 되는 검상이 생겨났다.

눈에 보이지도 않는 검기가 빠르기도 엄청나게 빠르다. 도대체 막아 낼 수가 없다.

'그렇다면 튕겨내 버린다!'

헌원무진은 계속 십형분신보에 매달리지 않았다. 이미 상대방에게 파악당한 신법으로 도망 다닌다는 건 검날에 목을 내민 채 죽여주십사 하는 것이나 다름없다.

우뚝.

헌원무진이 두 다리를 대지에 고정시켰다.

무학을 연마하는 사람이라면 언제나 가장 먼저 배우는 자세.

천주부동을 펼친 것이다.

그리고 앞으로 내뻗듯 펼쳐 보인 쌍수.

피피핏!

헌원무진의 혼원쌍혈강이 단숨에 십여 개나 되는 검기를 모조리 튕겨냈다. 그의 모험적인 판단이 성공을 거두는 순간이었다.

그렇다면 암습자는 이제 어떻게 나올 것인가?

헌원무진은 천주부동을 펼칠 때부터 감고 있던 두 눈을 다시 활짝 떴다. 암습자의 얼굴을 확인할 요량이었다.

번뜩!

추소산은 묵암검을 손에 쥔 채 대지 위에 서 있었다.

우약연이 최후로 일으킨 청화검기를 보고 전력을 다해 경공을 펼쳤음에도 조금 늦었다. 아니, 사실은 많이 늦었다고 할 수 있었다.

땅바닥 위에 아무렇게나 쓰러져 있는 우약연의 가냘픈 모습.

그녀의 반라를 분노 어린 시선으로 바라본 추소산의 두 눈이 천주부동을 펼치고 있는 헌원무진을 향했다.

'기억나는 얼굴이다. 분명 형산에서 만났던 적이 있어.'

추소산은 똑똑하게 헌원무진의 얼굴을 기억했다. 그가 무학을 연마한 후 만났던 사람들 중 가장 강한 자였기 때문이다.

그러나 헌원무진에게 추소산은 그리 인상적이진 않았던 게 분명하다.

그는 혈기 어린 눈으로 추소산의 전신을 훑어보곤 바로 묵암검의 요기에 관심을 보였다. 무인으로서 묵암검 같은 기물에 탐심을 느끼지 않을 수 없었으리라.

"애송이에겐 과분한 검이군."

"애송이……."

"자신이 애송이가 아니라고 생각하는 건가?"

반문하듯 중얼거린 헌원무진이 슬쩍 손을 들어 깨끗하게 잘려 나간 왼쪽 귓불 부분을 만지작거렸다. 지혈을 해서 더 이상 피가 흘러나오지 않게 한 것이다.

덕분에 순간적으로 풀린 혼원쌍혈강의 기세!

추소산은 그 틈을 타서 공격하지 않았다. 그럴 필요를 느끼지 못했기 때문이다.

헌원무진의 눈에 이채가 떠올랐다.

"호오, 단순한 살수가 아니란 건가?"

"그런 일부러 내보이는 허점 따위를 노릴 생각은 전혀 없다."

"자신있다는 건가?"

"당신이야말로 꽤나 자신있어 보이는 것 같은데?"

"네 녀석 같은 애송이가 상대니까. 형산에서 만났을 때보다 조금 무공이 높아진 것 같긴 하지만, 애송이는 애송이일 뿐이야."

"날 기억하고 있었군."

"네 녀석이 내 혼원혈마기를 막아낼 때 사용했던 기묘한 검식을 기억했을 뿐이다."

"그럼 이거 하나는 가르쳐 줘야겠군."

"……."

항시 담담하게 가라앉아 있던 추소산의 두 눈에 이글거리는 불꽃이 타올랐다.

"나는 과거의 내가 아니다. 그러니 처음부터 그 혼원혈마기란 걸 전력으로 펼치는 게 좋을 거야."

"말 다 했나?"

"아니."

“……”

“우 소저를 건든 이상 곱게 죽을 생각은 하지 않는 게 좋을 거야!”

말을 마친 추소산이 천천히 묵암검의 검봉을 헌원무진 쪽으로 향했다.

검은색 요기.

주인의 마음을 읽은 듯 묵암검의 어둠보다 짙은 어둠이 미친 듯 날뛰기 시작했다. 추소산으로서도 더 이상 주체할 수 없을 정도로 요란스럽게.

『만검조종』 5권에 계속…

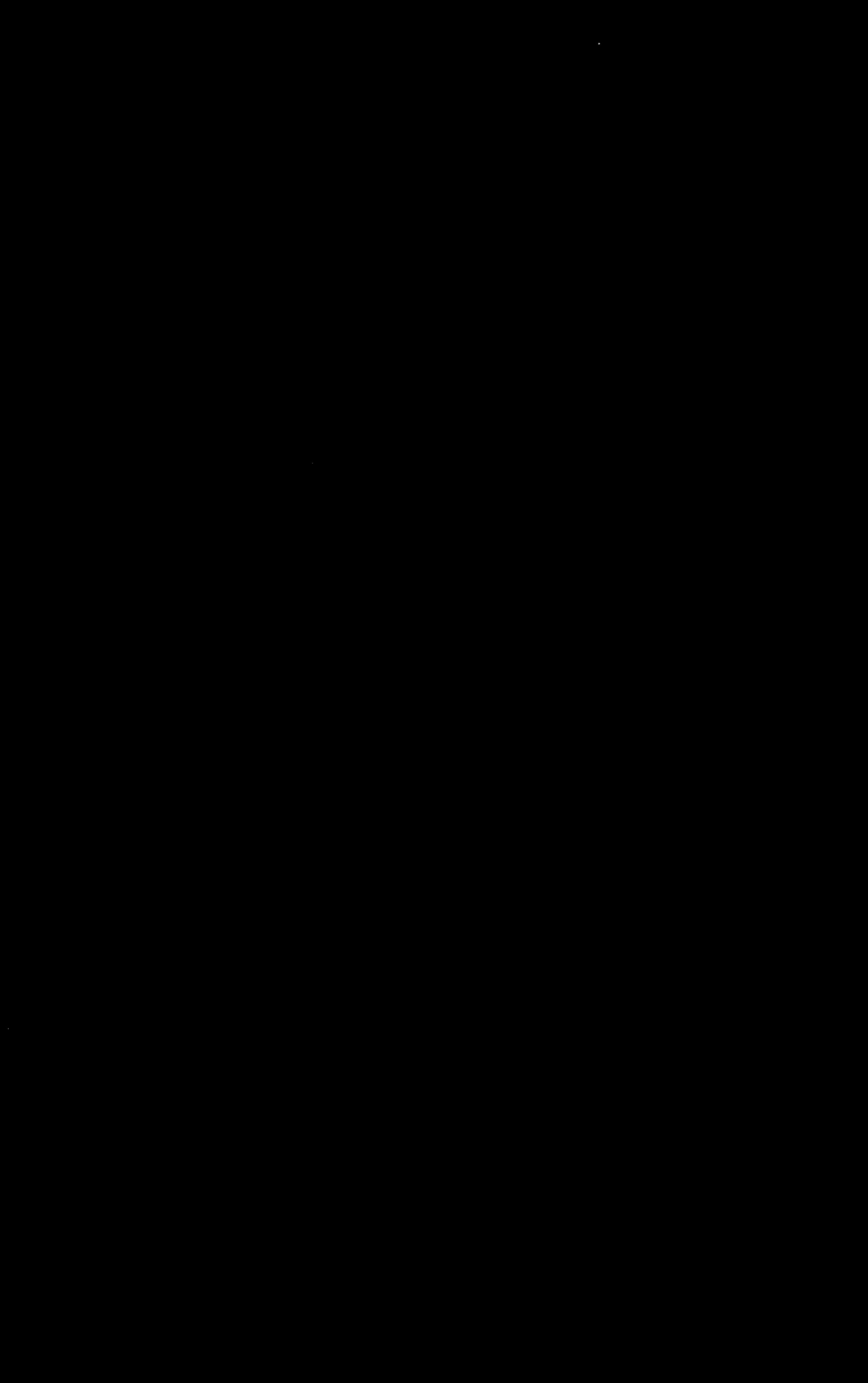